—— 致敬王鼎钧先生论艺说人永不衰竭的活力

—— 致敬卞毓方先生笔下宏阔的视野与激情

—— 致敬朱以撒"薄如蝉翼"的沉重

—— 致敬凌仕江由"杂志铺"唤醒的悲凉

—— 致敬阿微木依萝于平凡与庸常中捕捉到了一种人生的神气

评审委员会对入选的 50 篇作品及其作者，
致以衷心的祝贺！

年度散文 50篇 (2022)

评审委员会

主　任	陈建功
副主任	古　耜　何向阳
提名小组成员	古　耜　王子君
评　委	陈建功　冯秋子　古　耜
	何向阳　王子君（按姓氏首字母排序）

陈建功
作家，中国作协原副主席，中国文字著作权协会会长。

冯秋子
作家、编审，中国作协散文委员会委员，多届鲁迅文学奖评委。

古　耜
编辑家、评论家，中国作协散文委员会委员，辽宁省作协顾问。

何向阳
诗人、评论家，中国作协创研部主任，鲁迅文学奖得主。

王子君
作家，中国文字著作权协会文学总监，中国散文学会理事。

Fifty Essays of 2022

编者按

为梳理和展示中国散文创作年度成果，2022年7月，中国文字著作权协会与北京时代华文书局决定，共同发起主办"年度散文50篇"文学遴选、出版项目。项目采用推举、评选的方式进行，旨在探索优秀选本的遴选之路，打造一个具有独特性、权威性和可持续的散文出版品牌。目前，首届（2022）"年度散文50篇"遴选工作圆满结束。那么，这次遴选工作有何独特之处？具体的"推举、评选"程序是怎样的？这种文学遴选方法是否可持续？带着诸多疑问，记者采访了年选评审委员会主任陈建功先生。

披沙沥金 别辟蹊径

主编陈建功就
"年度散文50篇"
答记者问（节选）

记　者：建功先生您好！据知您自中国作协副主席任上退下后，除了自己的写作，目前正在主持"年度散文50篇"项目（以下简称"项目"）。据说，您提出要以散文年度奖评选的思路来操作。我觉得就年选作品来说，这显示了更为严谨乃至严苛的一种遴选方式。您是否可以介绍一下有关想法？

陈建功：这是中国文字著作权协会（以下简称"文著协"）与北京时代华文书局（以下简称"时代书局"）为梳理和展示中国散文创作年度成果，共同发起主办的一项文学遴选、出版项目。项目以推举、评选的方式评选出年度优秀散文50篇，结集出版，旨在探索优秀文本的遴选之路，打造一个具有独特性、权威性和可持续的散文出版品牌。我目前仍是文著协会长，义不容辞。

记　者：目前我们可读到的散文年选选本很多，大都是一位或两位主编来选定作品。你们采取"推举、评选"的方式来做，确实感觉不一样。

陈建功：是的，这就是我们追求的独特性。我认为我们的遴选固然不是评奖，但我们设定的，是近乎评奖性质的遴选办法，比较严苛。我们设定了推举范围和推举评选标准。

记　者：推举范围和推举评选标准具体是什么？

陈建功：具体来说，有以下几点：

1. 项目评选，自2022年起每年举行一次，首届拟出版作品集1卷。此后的卷数可根据项目的发展或衍生予以调整。什么叫"衍生"？就是我们可以衍生出"大学生散文年选""中学生散文年选"等等。

2. 首届推举评选2022年有影响力的散文50篇。

3. 推举作品范围，以当年度1至12月，也就是完整的自然年，正式出版的国家级文学刊物及具有影响力的地方文学刊物、刊发散文的报纸副刊为主，港澳台以及国外中文文学期刊和报纸副刊发表的散文，亦在关注之列。

4. 入选作品力求题材多样，亦尽可能兼及散文各体裁的样式。凡情感真切，表达独特，艺术新颖，特别是具有某种经典价值的作品，读者反应强烈的、可读耐读的作品在首选之列。我们希望更多的入选作品经得住岁月的淘洗，多少年后再读仍不失其魅力。

5. 编选入集的作品一般单篇字数限制在8000上下，最长不超过1万字。超过1万字的作品，以节选方式收入。有一些篇目，我们也会根据实际情况节选部分章节。全书以不超过30万字为宜。以后各年选字数，或可根据当年作品情况以及出版发行情况予以调整。

记　者：这样看来，这是非常严肃、严谨、严格的年度作品评选，非一二人能完成。你们有一个评选机构吗？

陈建功：是的，我们设置了推举评选机构。由文著协组织设立年选评审委员会。评审委员会由文学界知名作家、评论家、编辑家组成。评审委员会系项目终评机构。由于评审委员会成员也都会有散文作品发表，年选评审委员会特别规定，凡评审委员会成员的作品，不在入选之列。

记　者：这个太重要了，是应有的回避。您刚才说采用的是近乎一种评奖性质的遴选作品办法，具体的遴选程序是怎样的？

陈建功：遴选程序具体分两个步骤。

1. 项目的初选工作采用提名方式进行。由评审委员会指定两位评委组成提名小组，负责作品的初步筛选工作。提名小组成员以广泛阅读和报刊推荐相结合的办法进行初选工作。经过反复筛选，最后遴选出符合评选要求的散文作品90篇提交评审委员会。此外，评审委员会若有三名评委附议，可于初选篇目之外另行补充提名新的篇目。每人补充提名篇目以不超过2篇、共10篇为宜。这样初选篇目共100篇。

2. 评审委员会依照选拔标准对初选篇目予以审议。在充分讨论的基础上，选出入选篇目；若有某些篇目难以取舍，则投票决定。在这个过程中，任何评委都可以提出新的篇目，经大家讨论决定是否对原有篇目进行调整。在本年度文本的遴选过程中，五位评委会成员都分别阅读了初选入围的作品。在坦诚和谐的氛围中，大家不仅发表了对各篇文章的审读意见，而且还对本年度散文创作的特点与艺术倾向交换了意见，达成了遴选原则的共识。最终评选出本年度散文50篇。入选篇目的先后排名以作品发表时间先后为序。我认为，正因为各位评审委员是在深入阅读的基础上，有了对散文趋势的充分沟通和认同，因此在篇目的选取上几乎没有重大的分歧。曾经预设的、某些篇目以投票决定取舍的方式，基本上没有用到。至于下一年度遴选过程会不会采用，则以讨论的情况决定。

记　者：我注意到，这一年间，散文创作活跃，不仅有很多著名作家有好的散文发表，也有不少散文新人涌现。请问你们如何处理名家的作品和新人作品的关系呢？

陈建功：借用一句老诗，叫"不薄今人爱古人"，杜甫所说，是兼收并蓄的美学原则，但作为选家，以作品质量以及对本年度散文创作的贡献为取舍，也是要"不薄今人爱古人"的。名家有"宝刀不老"的佳作，也会有"急就章"；新人有稚嫩文字，也会有"雏凤清于老凤声"的妙笔。以作品质量为遴选标准，我相信或会有遗珠之憾，但鱼目混珠的现象，应是可以避免的。

记　者：这样一种选本，真是令人期待。请问是不是也有相应的推广措施？

陈建功：首先，借你的采访之机，我在此宣布2022年"年度散文50篇"项目评审工作圆满结束。同时，我们将推出由评审委员会和出版方共同制作的"年度散文50篇"公众号，以便同读者、报刊和作家及时沟通交流与选本相关的各种问题，并以此公众号为平台开展多种活动，请广大作家和读者关注。我们期待散文的年选活动成为广大散文爱好者的话题，无论对于本年度的入选篇目还是未选篇目，以及对以后各年度的遴选篇目和推荐理由，都可以发表读后感受。这应是对散文写作和阅读的巨大推动，也将是对评审委员会工作的巨大帮助。其次，有关入选篇目版权的相关工作，由文著协按照国家法规进行。

记　者：如此独特、严谨的年选，一定会引起广大作家的关注，应该会有不少作者希望自己的作品入选。那么如何避免人情关系作品的出现？

陈建功：评审委员会制定了推举评选纪律，以确保项目的权威性与公正性。

1. 主办方与评审委员会应保留评选过程的相关资料，如提名者的提名、评委投票的选票等，均应由提名小组成员和评审委员会成员签名，由评审委员会办公室密封存档，以备查验。

2. 杜绝不正当行为和人情请托之风。项目相关人不得事前透露推举信息，不得接受任何形式的请托。一经发现将取消相关人员的资格。

3. 实行回避制度。若与被推举者有亲属关系，应及时声明予以回避。

事实上，我们这个项目于 7 月倡议，8 月成立评审委员会，初选工作 9 月正式启动。我们没有在项目启动之时发布消息，而是选择在今天宣布评审工作结束，也是意在"保密"，以确保评审工作不受干扰。

记　者：以类似评奖的方式来进行年选，肯定比一般的年选图书出版的成本要高，投入要大。那么活动资金从哪里来？

陈建功：项目推举、评选的经费由主办方筹集。举凡热心文学事业、赞成与支持这一项目的实业家、机构和个人愿以襄助，无任欢迎。推举机构将借推举评选活动的所有相关平台，予以鸣谢。

记　者：这种年选的方法是否会成为未来年选的新模式？

陈建功：这个办法只是我们这个项目的办法，是否会成为新模式不好说。本项目所列示的推举评选方式，旨在探索文学选本的程序创新，增强推举评选工作的权威性与公正性，试图最大可能汇集年度散文的精粹，把最好的选本奉献给读者。这种探索亦必将在推举评选实践中不断完善，每年编选前对《条例》有所修订之处，亦应向社会公开。

记　者：请问评审委员会成员都有哪些人？提名小组成员是谁？

陈建功：这个现在无可奉告。但书出版后，你会在书里看到。

记　者：祝愿这一项目圆满成功！

陈建功：谢谢！

2023 年 1 月

年度散文50篇

（2022·第①卷）

陈建功 主编

王鼎钧 李敬泽 祝勇 等著

Fifty Essays of 2022

北京时代华文书局

图书在版编目（CIP）数据

年度散文 50 篇 . 2022. ① / 王鼎钧，李敬泽，祝勇著；陈建功主编 . — 北京：北京时代华文书局，2023.5
ISBN 978-7-5699-4961-2

Ⅰ.①年… Ⅱ.①王…②李…③祝…④陈… Ⅲ.①散文集－中国－当代 Ⅳ.① I267

中国国家版本馆 CIP 数据核字 (2023) 第 058813 号

拼音书名 | NIANDU SANWEN 50 PIAN 2022 ①

出 版 人 | 陈　涛
选题策划 | 余　玲
特约策划 | 胡　家
责任编辑 | 樊艳清　薛　芊
执行编辑 | 耿媛媛
责任校对 | 薛　治
装帧设计 | 好天气工作室
内文设计 | 程　慧
营销编辑 | 梁　希
责任印制 | 訾　敬

出版发行 | 北京时代华文书局 http://www.bjsdsj.com.cn
　　　　　北京市东城区安定门外大街 138 号皇城国际大厦 A 座 8 层
　　　　　邮编：100011　电话：010-64263661　64261528

印　　刷 | 北京盛通印刷股份有限公司　010-52249888
　　　　　（如发现印装质量问题，请与印刷厂联系调换）

开　　本 | 710 mm×1000 mm　1/16　　　印　张 | 18.5　字　数 | 235 千字
版　　次 | 2023 年 6 月第 1 版　　　　　印　次 | 2023 年 6 月第 1 次印刷
成品尺寸 | 153 mm×230 mm
定　　价 | 48.00 元

版权所有，侵权必究

目录

卞毓方　瀑布声里，有命运在大笑 —— 1

玄武　那些凝视我的野兽 —— 8

苏沧桑　向荒野 —— 17

安宁　河流 —— 33

钱红莉　有所爱 —— 39

胡竹峰　惜字亭下 —— 55

王洒　稻田的心 —— 69

刘醒龙　不负江豚不负铜 —— 81

王鼎钧　近代散文的七位宗师 —— 87

李敬泽　自吕梁而下 —— 97

冯杰　十二匹老虎在耳语 —— 108

朱以撒　薄如蝉翼 —— 124

- 淡巴菰 哑巴蝈蝈儿 —— 133
- 肖复兴 时间说话 —— 149
- 沈念 化作水相逢 —— 156
- 王剑冰 云南笔记 —— 162
- 荆歌 四季相伴 —— 171
- 徐迅 陪母亲 —— 179
- 祝勇 彩陶表里 —— 185
- 陈蔚文 回瞻与远行 —— 196
- 张瑞田 苏轼是如何渡海的 —— 212
- 王开岭 静止的春天 —— 219
- 汗漫 白马湖记 —— 235
- 南帆 溯源而上 —— 254
- 夏坚勇 魏晋风度及避祸与贵人及虱子之关系 —— 267

卞毓方

瀑布声里，
有命运在大笑

卞毓方

先后毕业于北京大学日语专业、中国社科院研究生院国际新闻专业，中年皈依文学，有《长歌当啸》、"季羡林三部曲"、《千山独行》《寻找大师》《日本人的"真面目"》《天马行地》等作品问世。

一

水往低处流，这是水的天性。

伊瓜苏河正是得其所哉！它滥觞于巴西东南部的高原，迢迢1300公里的西征，由海拔900米下流到海拔100米，犹如从迪拜塔尖顶下滑到一层大厅，如此悬殊的落差，端的像"黄河之水天上来"。当然有障碍，有曲折，但是阻不住它夺路嚣嚣、争流潺潺。人说速度就是金钱，对于伊瓜苏河来说，速度就是凛凛威风，就是万有引力，它沿途招降了大大小小三十条河流，劫掠了如恒河沙数的赤土，凭高俯瞰，水赭红如血，在四野绿如地毯、秾似碧云的亚热带密林烘托下，红得剽悍！红得莽烈！

更近乎壮烈！到了下游，伊瓜苏河口这一带，河床毫无征兆地突然塌陷，凹下去，不是两丈三丈，而是一落就是几十丈。扔进一座十多二十层的大楼，恐怕也填它不平。那水千山万壑奔涌而来，正自摧枯拉朽，不可一世，忽临如削之壁、莫测之渊，进无可进，退无可退，但见它张发裂眦，奋爪朝未知扑去——在绝壁上扯出悬河注壑的水幕，学名瀑布。

我坐在直升机左侧的舷窗边，俯窥地面的河与瀑。恍若一条巨大的赤龙在向深壑喷水，搅得浑洪飙怒，鼓若山腾。那壑呈倒U状，又被称为马蹄形。我的天，除了天马，谁的脚印有这么大？

雄踞于"马蹄"顶端的，也是块量最大、气势最雄的那挂飞帘，是当之无愧的"瀑王"，当地人却把它叫作"魔鬼的咽喉"。

称谓这么吓人，想必烙印着某种可怕的记忆。

初次惊艳伊瓜苏瀑布，是在王家卫导演的《春光乍泄》；继而，是在迈克尔·曼导演的《迈阿密风云》。曾经到过牙买加、墨西哥的我，潜意识里总认为它是遥不可及的存在。直到此刻，才确认伊瓜苏瀑布就在脚下。

"瀑布，是水的舍生取义。"弟弟说。他靠着右窗，把头转向我。

"莫如说脱胎换骨。"我讲。

"我大学学的是海洋地质，赞同余光中先生的观点，瀑布的一生是一场慢性的自杀。"弟弟事先做过功课。

"余先生是就生命的本质而言，在这个意义上，天下生命莫不是慢性的自杀。而就伊瓜苏河而言，经此一番粉身碎骨的洗礼，焕然一新，汇入前方巴拉那河，与之携手共赴大西洋——我觉得更像是一场浪漫的婚礼。"

"哈哈，科学和文学，是住在两个房间里的。"弟弟忙着揿动相机的按钮。

直升机降低，再降低，低到群瀑的轰鸣声声入耳。

"你听，瀑布在怒吼。"前排有人用英文说。

不，是欢呼——瀑布声里，有命运在大笑。

二

伊瓜苏瀑布一手挽着三国国境——站在"马蹄"的顶端看，左岸，巴西；右岸，阿根廷；前方，巴拉圭。一壑瀑布旺发了三国的风水。

我们下榻巴西的国家公园，首游"天上"，次览"人间"。举目远眺，伊瓜苏三分之二的瀑布集中在对岸阿根廷，观瀑的最佳平台却在巴西这边。

"你们同济大学有风景园林专业，"小詹转向弟弟，"借用园林设计的术语，这就叫借景。"他是从里约同机而来的旅伴，温州人，在巴西经商。

"你们注意看瀑布，"弟弟招呼，"眼睛盯一会儿，再回头看身后的景物，你会觉得一切都在向上飞升，有一种梦幻的感觉，这就叫'瀑布效应'。"

"瀑布效应"常见于股市分析，高深莫测，向来隔膜得很。这当口，我寻了对岸那挂最高的瀑布，使劲盯着瞧，然后转身，瞄向不远处的一片丛林，那些树呀花呀草呀果然就像平步登仙，扶摇直上。这是一种错觉，涉及视神经的复杂反应。

"地质学是怎么描述瀑布的？"我问。

"就两个字，'跌水'。"弟弟答。

"跌水？太俗！应该叫跌河，起码也是跌溪。瀑布是直立的川流不息。"

"水包括了河与溪，科学不是文学，讲的是根本属性。"

"昨晚听了半夜瀑布的轰鸣，"我转移话题，"它一定是在与天地对话。然而，芸芸过客，有几人听得懂它的真言呢？我想把它录下来，带回去仔细辨听。"

"用不着录，"小詹摆手，"我店里有现成的产品，世界三大瀑布伊瓜苏、尼亚加拉、维多利亚的天籁之音都有。"

"太好了！我只要伊瓜苏的。"

"伊瓜苏是当地印第安语，意为'伟大的水'。"弟弟解释。

"当地有个传说，"小詹接过话头，"古时候，有位神仙看上村里一位美丽的少女，要娶她为妻。但少女已经有了心上人，她毅然和情郎乘独木舟逃跑。神仙大怒,将伊瓜苏河拦腰截断,企图让这对恋人陷入灭顶之灾。"

"这传说和牛郎织女如出一辙,"弟弟归纳,"中国是王母娘娘棒打鸳鸯,拔簪一划,在牛郎和织女之间隔出一条银河。"

"中国的牛郎织女亏得喜鹊搭桥,年年七夕相会,伊瓜苏的这对情人呢?"我问。

"好像没有下文,传说只强调这河是怎么断的。"小詹答。

"伊瓜苏既然是'伟大的水',"我说,"那对恋人必然也像这伊瓜苏河的水,飞舟如箭,穿越滚滚劫波,拥抱海阔天高的未来。"

巴方的观景台依水而建,水面恰好有一条大鱼凌空跃起,仿佛是对我观点的呼应。

"可能是上游冲下来的,鱼喜欢逆流而上,也许它想重返故乡。"小詹迎着彩虹,眯起了眼睛。

那虹斜挂在瀑布的上方,居然有弯弯的两弧,这是阳光和水汽的联袂表演。今日天晴,却有人打伞,瀑布惊涛蒸腾起漫空的水雾,不是细雨,胜似细雨。

"可惜李白没有来过,否则,他会写出比《望庐山瀑布》更美的诗句。"弟弟感慨。

不一定的哦,我想。庐山瀑布和伊瓜苏瀑布相比,绝对是小巫见大巫,但庐山有幸,它把李白的才华激发到极致,到顶了,再也没有了。想象李白即使来到了伊瓜苏,除了"飞流直下三千尺,疑是银河落九天",还能写出什么更高级别的比喻呢?

三

午后,过境到阿根廷。巴西方面,栈道是修在水边的,观瀑,从下向上看。

阿根廷方面,栈桥是修在崖顶,观瀑,从上往下看。

在巴方纵目,瀑布赫然分作上下两挂,大水自绝壁倾泻而下,半道撞上突兀的崖棚,摔个虎啸龙吼,电闪雷鸣,旋即触石反弹,来不及整顿盔甲,就势扑向深渊。

在阿方四望,伊瓜苏河水面辽阔,宽约4公里,因为在断崖前,遭遇无数危岩丛莽的阻挡,所以它倾扑之际,水波自然分途,泻出的瀑布,一眼看不到头,多达275挂。

站在栈桥上欣赏瀑布,恍若欣赏百米高台跳水。上游,是澎澎湃湃、浩浩汤汤的波涛,临近嵯岩峭壁,流速加快,愈来愈快,算是助跑吧。到了崖顶也是跳台的尽头,它没有高高跃起——水不像人,腾跳不起来——而是决绝地、义无反顾地扑向前方,百分之百的自由落体。也非完全自由,前面有先锋部队牵着拽着,后面有大队人马推着挤着,当是之时,跳也得跳,不跳也得跳。如此说来,可看作水的集体跌落。啊不,还是说跳来得确切。跌,呈现被动;跳,包含主动。瀑之为瀑,源自水的集体跳崖,那一纵,是破釜沉舟,那一落,是绝处逢生;生命的豪赌就是从绝望里赢得希望。水之为水,亦源自瀑的形象代言,天下之至柔,驰骋天下之至坚,举凡前进路上的任何阻碍,终将为其夷平。

远远地,从下游驶来一艘大型橡皮艇,游客人人穿着雨衣,但见船夫在礁石、漩涡间作大幅回旋,过足了游客冲浪的瘾。然后,拨正船头,驶近上游阿方的瀑布群,停止不动,它是要干啥?是供游客拍照吗?说时迟，那时快，橡皮艇一个发动，猛地冲进了瀑布。正惊骇间，它已退了出来，眨眼，又冲了进去，如此反反复复，搅得腾波触天，高浪溅日，游客锐声大叫。

这项目惊险而又刺激，游客的叫声未尝不是一种发自丹田的音瀑，半为惶恐，半为喜悦。

禁不住跃跃欲试，千里万里飞来，这挑战不容错过——

对我来说，登上冲瀑的小艇，就是登上伊瓜苏的制高点。

可叹的是：转眼白了少年头；可喜的是：少年青丝并未云散，仍在心头猎猎如旌。

阿方在崖顶之外，另辟了一条贴近谷底的游览路线。弟弟和小詹沿坡道而下，前去探索那些飞练垂帛后的隐秘洞穴。我听弟弟说过，黄果树瀑布就掩藏着天然的大溶洞，长达四五十丈，86版《西游记》的水帘洞就是在那儿取的景。

伫立桥头，虽然跟瀑布保持一定的社交距离，犹能感受到它喷珠溅玉的热情洋溢。心弦一颤，禁不住想起了我的大老乡、别号射阳山人的吴承恩。此公祖籍淮安，一辈子围着东部沿海转悠，撰写《西游记》的大神，足履竟未曾敲叩西土，不愧是大天才，但也是大遗憾。倘若他曾先我而来，先我而探赜索隐于伊瓜苏之瀑，其笔下的花果山水帘洞，气象定然更加峥嵘——兴许这个星球上最炫最酷的瀑布符号，就此落户中土！

不恨大神吾不见，恨大神未见吾脚下的伊瓜苏。

见闻绝对有助于拓开心瀑。

心瀑才是灵感的源泉，自有"飞流直下三千尺"。

选自《解放日报》2022年1月6日

玄武

那些凝视我的野兽

玄武

晋人。1989年开始写作。作品见于《十月》《花城》《今天》《人民文学》《诗刊》等刊物。著作有《物书》《种花去》《更多事物沉默》等十余种。

鸟类的语言非常古老，而且，就像其他古老的说话方式一样，也非常隐晦。言辞不多，却意味深长。

——吉尔伯特·怀特

一个人能观察落叶、羞花，从细微处欣赏一切，生活就不能把他怎么样。

——毛姆

壹

一只喜鹊，飞来偷吃院里晾晒的核桃。出门正好看见它叼着一只核桃，斜斜地飞走了。它去找空旷有石头的地方，从空中抛下去，啄食摔开的核桃。

不到十分钟，又来一只，眼睁睁看它飞落叼起一只核桃就飞走。它在地面几乎没有停顿，看上去是蓄谋已久，等待多时，瞅准机会，落地、起飞，叼哪一只核桃，向哪一个方向飞，行云流水，一气呵成，流畅之极。

这才想起，窗台上放着的砸开的核桃有七八个，没来得及吃，全都不见了。

计明说，你赶紧收了，装袋里，要不一会儿工夫，喜鹊就叼得不剩几个了。

把晾晒的核桃装袋收到房间。听见一只喜鹊嘎嘎地叫。透过门帘看到，一只喜鹊落在原本晾晒核桃的墙头上。它大概在纳闷，发牢骚，刚才好多好吃的啊，怎么一下子啥都没了？

我就说一编织袋核桃，早晨一看怎么就少了那么多。这些个厮，至少叼走了七八十只核桃。

贰

獾子糟害过的玉米地，一片狼藉。晚上刚八点多，一个农民不放心，扛着铁锹去自家地边看，听到獾子掰倒玉米的咔嚓咔嚓声响，冲进去把它赶跑了。

但不管用。我们过去时，分明看到一只獾子在玉米地里钻。很肥的一只，比中型犬大，腿短，几乎贴着地，贴着玉米根钻来钻去。有一阵子它还停住，挑衅一般朝我们的方向看。距离不过二十米左右。

这地就在坡下，几乎算是在村里面。獾子已经不怎么惧人了。

有个老汉，每天晚上搬铺盖住在地边路上，看守他的玉米，不让獾子作践。那晚刮大风，又有要下雨的意思，我看见了劝老汉，说天凉，你这把老骨头可受不住啊。老汉听劝，回去了。第二天听村里人议论，他们听老汉说是我劝他回去，他听了，结果当晚獾子进了地，一番折腾，毁了不少玉米。哎哎，我很是有负罪感。我又不能帮他抓住獾子那东西啊。据说是一大家子，四五只或者七八只、十来只，大的有三十斤，其中一只是三条腿。

老头岁数大了，他指望这点玉米过活呢。只要不下雨，晚上就搬来铺盖躺玉米地边路上，地里还拉着太阳能灯吓獾子，又在地里拴了狗。为收这点玉米，耕作不说，光晚上看玉米就快一个月了。但是没用啊，打个盹獾子就进去了。

獾子是这里的祸害。农民苦于其害，却是无法。太多了。一只獾子，每晚能糟害一百棵玉米。一般来就是两只，那么二百棵玉米一夜就没有了。还经常带家小，三只，四只……

有农民在地里不时地放炮来吓走獾子。但你不能一整晚放炮吧。玉米还是没有了。

村主任家的玉米,年年被獾子作践得长不成。他说,今年那块地没种玉米。"我不种了还不行了?让它吃!"他气狠狠地说。

这个季节,玉米还没有成熟,这几天却正是獾子大量出现的时候。它们就喜欢吃这种一咬一泡水的嫩玉米。站起来,咔嚓一下掰倒,上去啃两口,扔掉,再一棵。它们边吃边玩,或者是挑剔,从中挑合口味的、好吃的。如果放任不管,一两亩玉米,三四个晚上基本就全部完蛋了。

玉米长得也不行。即便獾子不祸害也收不了多少。旱地,结穗时天旱无雨,有雨也只是过路雨湿个地皮,误了农时,之后再下雨也是于事无补了。今年这个村,玉米、谷子、黍子,大抵都是这个状况。有些地我看是基本没有收成,玉米至今仍是小柴火般,谷穗是扁的。白白浪费了种子化肥。

这地方说獾子有三种,狗獾、猪獾和人獾。最后一种听起来瘆人。又说狗獾若死了,狗是不吃的。不知是何道理。

叁

遇石鸡。

石鸡,与野鸡品种不同,同属于雉科。体重450至580克,雌雄区别不大。叫声嘎嘎,有方言称作嘎嘎鸡。百姓谚语:"石鸡石鸡十两肉。"

幼时捉过小石鸡,在山沟里追上,扑住,双手合拢捧回去,开心自己有了一只鸟。养着,总是长不大。后来下学慌张,一脚跳进门槛踩死了。自己气得要爆炸。也时常奔跑时踩死院里老母鸡带的小鸡仔,也觉得可惜,但从来不生气。生气是大人的事。

死了小石鸡，体会到大人的生气。我觉得当时大人们好像挺满意。他们大概想：瞅瞅，让你不小心，这下你自己感受到了吧。

一直以为，小时捉过养过的是野鸡，原来一直错了。是石鸡。老家方言"野鸡娃"。

雉科动物，算是本领大的，能飞，短距离飞行爆发力强，飞得迅疾。石鸡是飞一下就歇。常见是山坡上向对面坡下方飞。石鸡应该稍远距离飞行不及野鸡。遇到过一种叫红腹锦鸡的雄野鸡，在头顶的山谷之上翩跹飞过，目测距离有五六十米高。阳光照得它的华羽闪闪发光，它傲娇得像个小神仙。

雉科动物善于奔跑藏匿，奔跑起来，速度和灵活性不亚于野兔，比野兔强的一点是它上下坡都不减速，野兔下坡不行，翻跟斗。

雉科动物知道很多好吃的，冬虫夏草、灵芝之类。野兔大概也知道，但是野兔能抵达的范畴远不及雉科动物广阔。雉科动物能干掉许多毒虫，蝎子、蜈蚣之类，于它是美食，是辣条。

雉科动物只是没有进化出游泳的能力。野兔是可以游的，游得很好，几乎是在深水里奔跑，是陆地奔跑的速度。登岸，速度不减，一跃一伏不见了。

肆

查了几个月，才弄清楚，中国现存所有品种的野兔都是旷兔，都不会打洞，也不钻洞藏匿。

人类从未驯化过任一品种的旷兔。旷兔人工养殖，会患佝偻病，也无法繁殖。旷兔与家兔是两个不同物种，染色体差两对，不能繁殖。

人类驯养的家兔只有穴兔,打洞。全世界的家兔,都由野生穴兔驯化而来。野生穴兔原产于葡萄牙和西班牙,现为摩洛哥国兽,已是濒危物种。

野生穴兔群居,野外打架很凶,时常有打死一个的情况。野生穴兔的首领具有无上交配权,妻妾成群,基本是看上哪个算哪个。其他地位低的兔子实施一夫一妻制。有个老外研究兔子,写了一册书叫《野兔的私生活》。

中土既然古无穴兔,但《战国策》里为何有"狡兔三窟"的提法?或许是穴兔曾有,后来因某种原因灭绝?

几千年历史乃至目前,中国没有野生穴兔。中国和亚洲各地,没有穴兔的化石。可证中国古代没有野生穴兔。现存九种野兔,都不打洞。

穴兔自古丝绸之路而来。中国古代也没有原生白兔,野生雪兔(也是旷兔)只有冬天变白,为保护色,但眼睛不是红色。

中国驯化兔子也晚。以前仅限于宫廷笼养穴兔。民间养殖穴兔,要到元明才普及。

国内的野兔,在隐秘的草窠里生小兔崽子。它的生育能力和豆角差不多,不同的是比豆角时间长。从一月份到九月份,它一窝一窝生个不停。和家兔不同,野兔生下来就长着毛,就能跑能跳。古人说处暑后腐草化萤,腐烂的草变成萤火虫,我则相信野兔是土坷垃变成的。扔出一块土坷垃,它一边滚动一边变成蹦蹦跳跳的兔子。只要有草,有土,甚至有坟,就会有野兔。有时候也有老玄。

兔子和月亮弄到一起,是风马牛不相及之事。以讹传讹的事太多了,历史时常都是以讹传讹的结果,各历史时期的避讳,致使文字所载远远背离真实,甚或走向反面。奥维尔说:"过去的被抹掉,抹掉的又被遗忘，于是，谎言变成了事实。"由此来看，真正的文学作品的意义和价值、真实性，大于历史。我逐渐认可小说是民族秘史的说法。当然要是好小说，统称小说的文体不能担负这般荣耀。文学有文学的弊端，比如白俄罗斯作家阿列克谢耶维奇写核事故，她没有办法取得太多真实的资料，只能是故事，是细节。打动人心的由来是故事，是心理真实，不是数字，不是表面客观准确。

月亮里的白兔，原型与老虎有关。我就此写过一则长文《月亮里的老虎》。屈原提到过菟："厥利维何，而顾菟在腹？"那么多专家一代代考证，坐在精心装置的书房里皓首穷经论文一篇一篇地发，升博士、博士后，弄不清顾菟是何物。还有的把顾和菟解作是两种动物。他们这些人，恐怕连一只真实的野兔也没近距离看到过，更别提野兔的习性。几千年了，人们至今还认为野兔打洞呢。

这是事实，现状和历史的事实。没有穷究事物本性的精神，甚至没有精神。没有实地调查，甚至没有调查。没有真实，一切浮在虚妄和以讹传讹中。即便有实地经验的农民，也不知野兔是不打洞的。偶有个别知道的，也不能传载，其他人且不说，他的子孙也认为野兔打洞。他们会说："弄清野兔打洞不打洞有个球用？"

是的，没个球用。

农民熟知动物现象，却不细究根源，也缺乏细究的动力和知识来源。比如农民告诉我，獾子在八月份、九月份疯狂出洞，因为爱吃嫩玉米，玉米老了它就不吃了。八月份、九月份是獾子猖獗的季节，的确如此，我今年就遇到过多次，它们几乎不怕人类了。原因却非这样。嫩玉茭子能有那么大诱惑力，让獾子魂不守舍舍生忘死去吃？恐怕不是。能让所有动物舍生忘死大脑一片糨糊的，古今也唯有一件事。

查了许久，果然所料不错。八月九月，是獾子寻偶交配的季节。

月亮里的兔子，原本可能是老虎。上古方言尤其楚方言里，於菟是老虎的意思。《左传·宣公四年》："楚人谓乳谷，谓虎於菟。"兔子和月亮联系到一起，从实际情景考虑，大概有兔子习性的缘故。兔子是典型的夜行动物，昼伏夜出，月出而出，月隐而隐，从暮晚到凌晨五点钟左右。

伍

夜行山间，雨细密，渐大渐疾，草木上沙沙声变成粗暴的击打声。山谷里数月干涸的河道，此时水流甚急，头灯晃去，浑浊而湍急，那速度、冰凉，有一种近于冷酷的东西。水流像刀一样嗜杀。

有动物的惨叫声，似远又近，风把声音吹得忽焉，疑心是因为它们栖身的巢穴垮塌。我脚下的路面，踩上去还是坚实的，觉不出有凹陷迹象，但终是不踏实。

友人电话我快些回来，说雨大，谷里不安全。也就是电话的当儿，身后嗵的一声响。浑身汗毛直竖起来，回看却无野兽，若有，那么大动静，必是大兽，体重不会低于百斤。

上山寻车，走几步便前后左右看。无物现身。车下山过路面，轮胎碾着被冲落的沙石直打滑，发出咬牙切齿般的响动。再向下，峰回路转，刚才有大响动处，原来是路边的崖，耐不住雨水多日浸泡，站立不住，刹那间崩解。

好在车还过得去。又想快又想慢，小心翼翼通过。涉河道，比来时水深急了几许，水花飞溅到前窗。看到二十米左右有一只兔子，伏在高草中不动。只要不下车,它能一直装作不存在。车门一开,它必撒腿就跑。

车歇了一会儿,不熄火,就这样突突地抽了一支烟。它一直在那里,间或再伏下去一点。这么多天的雨,它就在山野间流离,至今存命,殊为不易啊。它可能也在严密注视我的方向,但看到的只是人类的灯火,未必望得见车上的人。它认为灯火于它无害,直立的兽则是危险。

在这大雨多日不歇之夜,邂逅也算是缘分。就这样注视一阵,离开吧。

出山离代,是10月9日的事。晋地从北到南,大雨无休止。

选自《文学报》2022年1月16日

苏沧桑

向荒野

苏沧桑

散文名家。在《新华文摘》《人民文学》《十月》等报刊发表文学作品四百余万字,出版散文集《纸上》《遇见树》等多部。获十月文学奖、冰心散文奖、丰子恺散文奖、琦君散文奖、中国故事奖等文学奖项。

要彻底觉察活着的每一天，深刻感受自己所在的这个世界以及身处其中的自己。

——巡山员蓝迪日志

流　沙

那粒沙的位置是：宇宙—拉尼亚凯亚超星系团—室女座超星系团—本星系群—银河系—猎户座旋臂—古尔德带—本地泡—本星际云—奥尔特云—太阳系—地球—北半球—亚欧大陆—亚洲—中国—内蒙古阿拉善—巴丹吉林沙漠——座无名沙丘。

我的位置是：宇宙—拉尼亚凯亚超星系团—室女座超星系团—本星系群—银河系—猎户座旋臂—古尔德带—本地泡—本星际云—奥尔特云—太阳系—地球—北半球—亚欧大陆—亚洲—中国—内蒙古阿拉善—巴丹吉林沙漠——座无名沙丘。

穹庐般的苍天，罩着无垠的沙漠，它和我被包裹其中，它是一粒沙，我是俯瞰着它的另一粒"沙"。

风将它带到我眼前，一粒沙一定不知道自己是"浩瀚"这个词的组成部分，这一秒，它落在我眼前，下一秒，它会被风扬起，也许会落在另一座沙丘的最顶端，最接近苍穹的位置，再下一秒，它又会落到何处？这些问题对于它没有意义，就像它的存在对于宇宙没有任何意义。除非它有灵魂，它有灵魂吗？如果一粒沙有灵魂，它无比漫长的一生不会只取决于风的方向。

这是我和它的区别。此时，我不听从风，我在与风对抗。

他们在沙丘顶端喊我爬上去，只有我一个人落在最后。沙丘很高很陡，他们说沙丘后面是更浩大的荒野，有更壮丽的景色。巴丹吉林沙漠和中国其他沙漠地貌不同，沙丘格外陡峭险峻，连骆驼都会畏惧，它们汗津津地、气喘吁吁地在之字形的"路"上攀爬，没有路标，只有风干了的发白的驼粪，还有卧倒后再也站不起来的一堆堆白骨。我猫着腰努力攀爬，但爬一步退一步，一站起来就被劲风刮倒，跌坐在沙丘的腰部。我盯着那粒随风逐流的沙，纠结了大概十秒钟，听见风刮过来我苏氏老本家的那句话"此间有甚么歇不得处"，于是我干脆将身子歪倒，甩脱鞋子，将脚埋进沙里。吸饱了正午阳光的沙们以干燥的温暖迅速裹住我酸疼的脚踝，我感受到一股来自宇宙深处的能量直抵心窝。

风在我耳边发出雷鸣般连绵不断的巨响，广袤的天地只有蓝和黄两种颜色，极其单调，极其干净，极其宁静，可我知道，这看似静默的世界并非我想象的那样毫无生机。

沙丘下有一汪和蓝天一样蓝的湖水，风推动着一轮一轮波浪，循环往复，时针一样轮回。

一群骆驼如一群蚂蚁在地平线上蜿蜒，几个牧民像更小的蚂蚁跟随其后。

诗人恩克哈达曾看见，沙窝里有兔子或是什么动物的粪蛋，一只小黑虫正匍匐着爬向驼队灰色的帐篷，身后留下一道细纹。小海子里有鱼儿在游戏，蜃霭中的芦苇头在水声中凝固，几颗野果在孤独生长，沉默无语。

阳光为每一粒沙裹上金色，风为每一粒沙制造辉煌的眩晕。沙漠，每时每刻向苍天供奉着巨幅流沙画，千千万万条世间最流畅最美的S形金色线条，比流水更美，比流云更美。亿万粒渺小的、没有生命的个体组成的博大和灵动，却向天地展现了一种生命哲学：摊开手脚，目空一切，无忧无惧，任意东西。假如有永恒的物质，沙尘算一种吧？它已粉身碎骨，死无可死，它们不与风对抗，不与世间一切抵抗，不与命运对抗，它们在天地间呈现出来的姿态，像一种死心塌地的、极致的爱情。

在遥远的地方，一些沙会成为摩天大楼的一部分，直抵天空，受着人们的仰望；一些沙会成为沙尘暴，受着人们的嫌恶，怨恨它占据了土地，导致了饥饿和贫穷；有一些雪白的沙或黑色的沙，会成为沙滩的一部分，接受着人们脚底的亲吻；而我眼前的沙，守着永恒的博大和安宁。人类的爱与恨，与它何干？一粒沙，不会告诉你它去过多少地方，藏着多少秘密。一粒沙，不会告诉你它有一千岁还是一万岁。一粒沙看着我时，像一位亘古老人看着一个婴幼儿，一个会转瞬即逝的生命，因此，它的眼神里充满悲悯和慈爱。

我躺下来，看见了天上有一只巨大的"眼睛"———朵巨大的白云中间，露出了一只蓝色的温柔的眼睛，俯瞰着远处身披阳光的骆驼群正在晚归，照拂着茫茫荒漠上所有的呼吸和心跳。

他在万里之外的荒野深处说："我怎么能自认为比高山野花还重要，比这里所生长的一切，甚至比终将成为沃土孕育万物的岩石还重要？是因为人有灵魂吗？然而谁能告诉我，灵魂不会寄居在植物和动物体内，甚至溪水和山峰里？"

胡　杨

低调的橄榄色，是内蒙古高原最西端、额济纳胡杨林九月底的底色，极致的翠绿和金黄之间的过渡色，令人想起休憩、停顿、戏曲唱段之间的过门。

一大片倒伏在沙地上的枯胡杨，在青灰色的天色里，像古希腊残缺的人体雕塑群。一棵巨大的枯胡杨横陈在我脚边，让我想起一尊深藏在欧洲某个教堂幽暗地下室的垂死者雕塑，他被从头到脚覆盖着薄纱，薄纱亦是雕塑家用玉石雕琢而成，与胴体的质感一样，无与伦比的真实，那层薄纱仿佛随着垂死者的呼吸一起一伏。

手不由自主向它摸上去。被千年风沙捶打过的树皮，和它身下的沙尘一样洁白，和戈壁滩一样粗粝。这个千年不死、千年不倒、千年不朽的神奇树种，关于它的传说总是与凤凰与鲜血紧密相连，它将树身掏空，将根极力扎进沙漠深处，在最干旱的季节用身体里储存的水活命。生物的多样性和神奇总是令人匪夷所思，对于胡杨树而言，这只是一种本能，它拼尽全力活着，站着，在大地上留下自己和后代，不管有没有所谓的意义，也并不知道，弱水河畔的几十万亩胡杨林，阻止着巴丹吉林沙漠向北扩散。

我在死去的胡杨林间穿行，像在一座城郭之中穿行，生者和死者的幻影在我身旁呼啸而过，还有薄纱下倔强生命最后的喘息声。

一位内蒙古小说家在小说里写道："是啊，老奶奶把那棵树奉封成了神树了嘛，怎么能随便砍倒呢……我的儿子，你将来应该把所有的树木全部奉封成神树呀！"

在我视线不远的地方，一片橄榄色的、风华正茂的胡杨树静静立在一湖碧水前，它们身后是正在逼近、像要吞没它们的沙丘。树们看起来像是一群母亲，张开双臂护着一湖碧水不被沙丘吞没，像奋力护着身后的孩子一样。

另一个九月,在印度洋的马尔代夫,当地人驾船带我们去一个很远很远的孤岛浮潜。孤岛像一个遗世独立的存在,只有网球场那么大,圆形的白色沙滩像一口小碗悬浮在万顷碧海之中,"碗"外是深蓝色的海水,"碗"里却是淡绿色的海水,游弋着一些鱼虾。沙滩上空无一物——不,突然,我看见一根一尺来长的白色枯树枝静静搁在沙滩上,与阳光将它在沙滩上投下的阴影相伴。是胡杨的枯枝吗?它在大海上漂了多少年来到这里?在此搁了多少年?还会继续搁多少年?

地球之上,苍穹之下,"高级"的我们总有一天会离开,"低级"的它们永远在。

他在万里之外的荒野深处说:"就算我人在山里,只要心情不好或心有旁骛,就听不见山的声音,感觉不到山的存在和力量。"

魔 域

是什么魔力让两个女人突然放声歌唱?

我抬头寻找鹰的身影时,一座欲倾之城,像崩塌的山体,像海啸的浪墙,向我俯身压来。

断壁,残垣,佛塔,蓝天,阳光,它们从黑水古城废墟的四面八方灌满我们的视线,沙灌满鞋子,风灌满我的红裙和披肩,关于黑城的千年传奇灌满耳朵。

鹰从黑城上空掠过,看见千百年前无数人从阿拉善的历史画轴里穿过,从阿拉善高原曼德拉山岩画的画廊里穿过,他们分属羌、月氏、匈奴、鲜卑、回纥、党项、蒙古等各民族,他们在此狩猎、放牧、战斗、舞蹈、竞技、游乐。如果鹰真能活千年,它会想念一千年前和它一样年轻的西夏城郭黑水城，这条丝绸之路干线上南北交通的交接点，熙熙攘攘穿行着驻军、商人、百姓，它目睹人们用马鞭、弓箭、猎枪、马头琴和长调将繁华喧嚣和波澜壮阔反复书写，也目睹黑水城在权力更替烽火狼烟中灰飞烟灭，成为一座孤城，一片废墟，灌满隔世的荒凉。

鹰见过这片古战场上无数场战争、无数次死亡。沙丘下突然冒出的枯骨，是谁的枕边人？谁的儿子？鹰用利爪掠杀猎物，却不懂人类的自相残杀生灵涂炭到底为了什么。

歌声突然响起。

穿着绿袍的斯日古冷摇晃着头，放声歌唱，她将合十的双手一下一下用力地挤向心窝，像在用力地倾诉、祈祷。风撕扯着她的绿裙和长发，撕扯着她有点沙哑低沉的歌声，歌声犹如脱缰的马，在我们头顶上空驰骋。

我问穿着蓝袍的苏布道歌词大意是什么，她回过头脸红红地笑着说，意思是想念他。

斯日古冷呵呵笑说："对，梦里老是醒来。"

穿红长裙的我唱起"十五的月亮升上了天空，为什么旁边没有云彩……"时，耳边响起了另一句歌词"苦海泛起波浪，在世间难逃避命运……"

我回头见穿粉色衣服的居延女子海霞在我们身后正随着歌声自顾手舞足蹈。刚才她跟我说，她有一个喜欢写作的好朋友，现在一个人在胡杨林里牧羊，她很想去看看她。我看着她真挚的眼神说，我也很想去看看她，我还想和她一起放羊。

沙漠上，烈日下，四个女人踩着沙子，走在黑水古城峡谷般的古土墩之间，旁若无人地唱着歌跳着舞，是因为黑城太过死寂，鲜活的人们忍不住想打破它吗？江南女子和蒙古女子原生态的音色反差很大，也许并不美妙，也许各有所妙。鹰从天上看，看到茫茫荒漠中四个艳丽的点，它觉得自己更喜欢大地上动人的生命乐章。

他在万里之外的荒野深处说："山上没有风，阳光映着白雪射在我们身上，很热很暖。茱蒂脱下毛衣和衬衫，裸体滑雪。好美的裸体。我本来也应该卸下衣物沉浸在晨光里，却选择爬上湖穴丘，让茱蒂一个人在滑雪道上晒太阳。"

野骆驼

我觉得，它的姿态带着点挑衅的味道。

小雨将荒漠唯一一条窄小的公路打湿后，公路在傍晚时分云层间泻下的斜线天光里，像一个闪闪发亮的走秀T台。

三只双峰野骆驼从路基下慢慢悠悠地走上公路。它是最健壮的一只，它走到我们车头前，侧身停下，转头亮相，嘴角上扬，然后，像舞蹈演员转身留头一样，优雅地侧转臀部，转过身，点点头，才将脸转了回去，慢慢走下路基，向着荒漠走去。

它带着嘲讽的微笑告诉我说，这个天地是它们的，自始至终是它们的。漫漫丝绸之路上，人类已经用飞机、汽车和火车取代它们，它们依然没有获得自由，所谓的野骆驼都是放养的，它们也依然认为，这个天地是它们的。它告诉我：因此，我们此番走秀并非示好，而是示威。

我跳下车去追它，我想闻一闻它冲着天空的鼻孔里喷出的高傲气息，摸一摸它结着团的已被小雨淋湿的驼峰上狼狈的毛。它不逃跑，躲闪着，抬起一条前腿，似乎想去掩住鼻子，它说，它讨厌陌生人类的气息，不属于这片土地的气息。

那么，它喜欢它主人的气息吗？它回到牧民家里，会用湿漉漉的嘴唇碰碰主人吗？并告诉他（她）它们仨今天去了哪里，遇见了哪些牛羊马兔鹰虫，哦，还有野兽般凶猛的汽车难听的喇叭声，远不如它们的驼铃声动听。

我想起另一个九月，在青海可可西里的公路上，我遇见一只一惊一乍的小藏羚羊。它四肢纤细得像一个影子，离我约五十米，突然狂奔，突然停下，又突然狂奔，放眼四野并没有一个可供它归宿的群体。大概两百米外，一群野驴，有五六只，正在战战兢兢地穿越马路，它们已然看到了汽车，闻到了异类的气味，感受到了某种冒犯。

我站在原地，看到云层伸手可触，不由自主跳起来去够，听见有人喊：不要跳，不要跑，高反！我才想起，可可西里的长途跋涉中，我完全忘了对高反的担忧。心跳加剧时，血流加快时，我感觉离高原上蓬勃的生命更近，那些羊，那些马，那些驴，那些草，还有那些脸上有两团高原红的人们，他们的背影总是微微有点驼，因为沉重的肉身，也因为谦逊的灵魂。

无家可归的小藏羚羊又出现了，我慢慢靠近它，我希望从世界上最纯真的眼眸里，看到最静谧的落日。至今，它依然流浪在我的记忆里。

画家兴安曾送我一幅画，三匹马依偎在月下，从容安详，是我想象中动物们最幸福的模样。那幅画让我相信蓝色星球上仍有另一个世界，一切都敞开着大门，苍穹，荒野，湖泊，河流，如果宇宙有一颗心，也一定不会关门。

他在万里之外的荒野深处说："给自己一次机会，什么都不要做，别在一定时间抵达某个地方，别朝着某一个特定的方向。在这里，你可以随心所欲。这是你的机会,可以迷路、掉进溪里或发现一个美丽的地方。"

鸥

我清晰地看见了一只飞鸟的眼神。它黑色的眼珠如一粒海洋黑珍珠填满整个眼眶,上眼睑是双眼皮,下眼睑有卧蚕,上下都画了半根眼线,像一位化妆得特别精致的少女。它全身雪白滚圆,除了脖颈和翅膀尖是时尚的雾霾灰,喙和脚爪是鲜艳的橘红色,这些色彩的搭配,使它看上去像一个在雪地里玩雪的少女,阳光洒满她的笑脸,眸子时时刻刻透着惊喜。

至今不知它的种类,海鸥,或是鸽子。它栖在居延海岸边的一根木桩上,和它众多的同类一起,它们看起来长得一模一样,就像这里所有的沙子长得一模一样,所有的芦苇长得一模一样。在苍天般的阿拉善,天地都简化成简洁的线条、单纯的色彩,构成最朴素却最摄人心魄的意境。

当我异类的气味逼近它的嗅觉,它腾空而起,巨大的白色翅膀掠过我的右额,扬起我的头发,我们彼此的眼睛离得如此之近,我看见它的眼神里没有丝毫恐惧。

也许人类的喂养,已成功诱导它们在这片水域停留得更久,甚至将这里当成了永久的家,将人类当成了家人。我想,有一些动物其实是通人性的,就像我养的斗鱼,它把自己藏进水草,每天早晨当我靠近鱼缸,它会兴奋地从水草里钻出来,摆动着粉红色的透明的圆形鱼尾,迅速往水面游,拍动着鱼鳍鱼尾,我打开鱼食袋子翘首以待,舀出十来粒鱼食。

我无法理解隔着水和一尺远的距离，它是如何知道来的是我，我是来喂食的，而不是偶尔路过它的笑眯眯的阿姨，或来觊觎它的什么，比如猫小野和猫银河。

鸟们拍动着翅膀腾空而起，落到芦苇丛上，也落到水汽弥漫的居延海水面上，它们落的时候并不轻盈，重重的，沉沉的，仿佛水下有巨大的引力。它们浮在湖面上时，看起来圆圆的，笨笨的，萌萌的，像我老家玉环岛漩门湾滩涂上珍贵的遗鸥，如果它们都不怕人，多好。

匈奴语中"幽隐之地"的居延，茫茫戈壁、草原和沙漠延绵不尽。祁连山雪水孕育了众多河流，其中的弱水（额济纳河）自南向北而至居延，形成了居延海等众多湖泊，水草丰美，碧波万顷，也孕育了两千多年璀璨的居延文明。这里曾经响起过的金戈铁马之声，响起过的"大漠孤烟直，长河落日圆"的吟诵，早已被漫漫风沙和声声鸟鸣淹没。遗鸥、野鸭、黑鹳、疣鼻天鹅、白琵鹭、凤头麦鸡、黑鸢、鹗、蓑羽鹤、卷羽鹈鹕、乌雕等等，在此栖息繁衍，除了气候和天敌，再没有什么能伤害到它们，比如战火，比如捕杀，它们活成了大漠戈壁无数动物甚至人类向往的样子。

很多年前一个日落时分，我在澳大利亚南端的菲利普岛看企鹅晚归。夕阳下，雪白的浪花丛里不知什么时候突然冒出了几十个黑白相间、亮晶晶的小东西，就像雪地里忽然绽放的"黑玫瑰"，弱不禁风地随着波浪摇曳着。紧接着，另一处浪花丛里又浮出了一堆"黑玫瑰"。随着人群一阵一阵的惊叫声，雪白的浪花里不断绽放开一丛一丛"黑玫瑰"，慢慢涌向沙滩。一个浪头打过来，它们中的大部分又被海浪卷了回去，过了一会儿，它们又聚集起来，奋力游向沙滩。这些"黑玫瑰"，就是世界上最小的、已濒临绝种的袖珍企鹅。

从沙滩到它们的洞穴大约几百米，经过它们长年累月的跋涉，已经形成了固定的几条小路。对于我们仅几十步之遥，对于它们如千山万水。几十只企鹅纵队摇摆着向着家园挺进，足足花了三个多小时。回到停车场，见告示牌上有一行英文："车子发动前，请看看车子底下，有没有企鹅，防止轧着它。"我看见，准备上车的几乎每一个游客，都弯下腰，往车子底下张望一圈儿后才上了车。

人类很友好。人类友好吗？在离它们很远的地方，人类复杂的生活形态，已经使得冰山加速融化，海平面加速上升，气候极度反常，濒临绝种的袖珍企鹅们并不知道，死亡已悄悄逼近。

他在万里之外的荒野深处说："在这里，日常生活非常简单。在荒野漫游，感觉自然而真实，另一个世界反而犹如小说，与我所了解的真实完全无关。"

天　籁

金达来微微闭上眼睛，将屏住呼吸聆听的我们和人间烟火隔绝在低垂的眼睑之外，独自进入了他的世界。

低沉的马头琴声是一匹老马，他随之而起的呼麦声，是另一匹老马，将我带出了蒙古包，走向旷野，进入了一个神奇的、神秘的世界。

金色阳光从云层间瀑布般倾泻。

亿万棵草一起仰起了脸。

雪水在融化。

瀑布从高崖奔涌而下。

羊羔子的唇终于够着了母羊的乳房。
布谷鸟在鸣叫。
牛群循声而来。
黑走熊在攀树。
四岁的海骝马在奔跑。
草原狼在月光下长噑。
风撕扯芨芨草和炊烟。
胡杨林落叶纷纷。
一个蒙古族女人背着羊奶桶，走进草原深处。
马奶酒的芳香里流传着英雄的传说。
大地凝神聆听着草原上久远往事里的柔肠百转。

  呼麦，这古老而神秘的声音引领着我的心，与生灵说话，与风聊天，与月光对饮。源于匈奴时期的久远回音，是草原上的人狩猎和游牧中虔诚模仿大自然的奇妙和声，靠口腔和舌头的变化，一个人能同时唱出两个以上声部的旋律，高如登苍穹之巅，低如下瀚海之底。
  他在唱什么，我一个字都听不懂，我跟着这个声音去了很多地方，那些地方人与万物和谐共生，灵魂与灵魂窃窃低语，不分种类。他半眯着眼睛，不像是唱给我们听，而像是唱给自然里的神听，唱给沙漠，唱给草原，他一定也听到了他们的回应。
  呼麦声和马头琴声一起，像苍老的骏马驮着我，晃晃悠悠，我的身体、我的心完全交付于这摇篮般的节奏。人类是否天生喜欢这种晃晃悠悠的感觉？否则，婴儿为什么喜欢摇篮？孩子为什么喜欢荡秋千？人们为什么喜欢骑马、喜欢喝酒？是因为生命之初源于大海吗？

达日玛悠远而又高亢的长调，将我带回了蒙古包里的热闹。狂欢的人群，烤着羊排，喝着奶酒，眼神里溢满天真和好奇，我的手里还抓着啃了一半的牛骨。

我想起另一个九月，青海一个蒙古包里，主人们载歌载舞为我们敬酒，我席地靠坐在一只画着艳丽彩画的柜子前，听到苍凉的歌声响起——

"鸿雁，天空上，对对排成行，江水长，秋草黄，草原上琴声忧伤……"

那一刻，我按在毡毯上的右手在和地面做着一种力量对抗——主人的下意识叫它用力将她的身体撑起来，站起来，跳起来，她会跳《鸿雁》这支舞蹈，可下意识里羞涩的力量又在阻止它用力，最后，它端起一盏奶酒，一饮而尽。

我终究没好意思站起来和他们一起跳舞，这个遗憾让我做了一个梦：我追不上他们的脚步，听不懂他们的语言，我猜测着他们嘴里吐出的每一个字的意思，很累很累。然后，他们中一个耄耋之年很邋遢却很美的女子，突然跑到舞台上，做了一些舞蹈动作，最后亮相的时候，脸上是带泪的笑，她扭曲腿部，脚底朝天，这对于年迈的她，似乎是不可能完成的动作。在梦里，我觉得她很丑。在梦里，我突然发现，她就是我，那个被自己拘禁、从未真正洒脱如奔马的自己。

诗人蒙古月来到杭州，钱塘江边我们第一次见面。他对我说，从你的长相、你眼珠的颜色看，你一定有塞外血统。

他在万里之外的荒野深处说："某种伟大没有边际的东西，将我吸纳进去，包围着我，我只能微微感觉到它，却无法理解它是什么。"

鲸 落

蓝迪·摩根森（Randy Morgenson）是美国巨杉和国王峡谷国家公园的传奇巡山员，他在山谷中出生长大，做过二十八年夏季山野巡山员、十多年冬季越野巡山员，救助过身陷困境的登山者，指引过游客领略山野之美，他是一个热爱山野到骨子里的人，是"行走在园区步道上最和善的灵魂"。蓝迪带新婚妻子茱蒂旅行时，夜里就在路旁的干涸沙漠扎营，只靠一桶冷水洗澡，因为他不想夺走沙漠生物无比需要的养分，连枯木也不拿来生火。

1996年7月21日，54岁的蓝迪在巡逻途中失踪，园方出动一百名人力、五架直升机、八组搜救犬，展开前所未有的地毯式搜救，结果一无所获。五年之后，有人在国家公园的偏僻角落发现了一只残留着脚骨的登山鞋……

致敬蓝迪的悼词是这样的：

> 蓝迪最后的旅程结束在一道狭窄的山沟，在一处偏远的高山盆地。久远的小溪流经山沟，虽然总是仰望天际，却始终深藏在严寒的晨光中。峭壁上传来岩鹨质问似的叫声，远方则是隐士夜鸫缥缈的呼喊，一面注视着缓缓穿越峡谷的暗影。天黑了，潺潺的溪水流经岩石，水花飞溅直奔遥远的星辰，再落入静谧的高山湖泊，不停往下流、往下流，和国王河的轰隆声响合而为一，接着迅速汇入汹涌的急流，经过一千七百米高的悬崖和依傍在陡坡的沉睡树木，梦想温暖春日里有熊搔抓树干的时光。
>
> 最后，他悄悄流进中央山谷大平原，群星和深邃的夜空将他接

去。从第一滴融雪直到无边的寂静,欢愉的内华达高山之歌不曾停歇。蓝迪的声音也在歌里,只要我们安静倾听,永远都能听见。

2021年小雪时节,当我一边回望一年多前的阿拉善之行,一边捧读美国埃里克·布雷姆的《山中最后一季》——和我同龄的,且将生命、灵魂与激情融入山野的山野之子蓝迪的人生传奇时,有两股巨大的、相似的力量裹挟着我在不同的时空穿越,让我常含泪水。

2021年小雪时节,四名中国地质科考人员在哀牢山失联,山把他们吞了进去,多日后又把他们吐了出来。山说,不要打扰我,不要打扰我,不要打扰我。山不知道,有些人是来打扰它的,有些人是来考察它保护它的,比如帮它清理垃圾,警示游人不要在野地生火,营救失联者或者搬出他们的遗体。

1966年,24岁的蓝迪写道:"为什么花草树木、万事万物要存在?因为少了这一切,宇宙就不再完整。"

也许,这句话已经道尽一切。

鲸鱼死去的时候,会慢慢沉入海底,人们为它取了一个美丽的名字——鲸落。我看过一个视频,鲸鱼母亲被人类射中,正在慢慢坠向海底,鲸鱼宝宝在母鲸身旁惊慌而又徒劳地游动着,甚至游到母鲸身下试图把它托起来。那是一段真实的、令人心碎的视频。

我们只是隔着屏幕的观众吗?是大自然的主宰吗?不,如果长梦不醒,总有一天,我们就是那头幼鲸。

选自《草原》2022年第1期

安宁

河流

安宁
___

发表作品四百余万字，出版作品30部，代表作：
《迁徙记》《寂静人间》《草原十年》。荣获华语青年
作家奖、冰心散文奖、丁玲文学奖、三毛散文奖等
十多种奖项。现任教于内蒙古大学，内蒙古作家协
会副主席。

你若去过巴彦淖尔，走过阴山脚下，一定不会忘记一粒小麦的芳香。那是几十万年以来，奔腾不息的黄河浇灌滋养出的河套平原的芳香。

所以我在巴彦淖尔，只想看一眼黄河。这条奔腾不息的河流，裹挟着孕育了我生命的一粒沙子，流经九省，浩浩荡荡，最后在我的故乡——齐鲁大地注入渤海。当我想起它，我的心便会生疼。这被一粒沙子硌出的疼痛，时刻提醒着我的来处——我出生成长的华北平原，也时刻提醒着我的归处——最终将会把我埋葬的蒙古高原。

夜色缓缓下沉，仿佛一滴饱满的墨汁坠入黄昏。就在天地温柔交融的瞬间，我透过飞机的窗户，瞥见广袤无边的库布齐沙漠，在幽静的月光下，犹如巨大的魔毯，铺展在大地上。被长年累月的大风吹出的每一道褶皱，似乎都在向着夜空呐喊：荒凉啊荒凉！卧龙般蜿蜒向前的黄河，随即出现在面前。它横亘在洒满月光的蒙古高原上，静寂无声，似乎早已陷入混沌的睡梦之中。广阔无边的河套平原与绵延起伏的库布齐沙漠，被闪电般的黄河倏然劈开。漆黑的阴山山脉化作一头猛兽，在乌拉特草原与河套平原的夹缝中匍匐向前。微弱又恒久的星光，正穿越距离地球几万光年的神秘宇宙，抵达裹挟着泥沙滚滚东流的黄河。

这月光下恍若梦境的高原，让人心醉。一切正在下落的声响，都轰然消失。只有陷入黑夜的大地，在暗涌中闪烁着隐秘的光泽。

多年前的夏日，在从内蒙古开往故乡的火车上，我以同样惊鸿一瞥的方式，途经黄河。携带着几千公里的泥沙，浩浩荡荡奔赴生命最后一程的黄河，在烈日炙烤的平原上，蒸腾着雄浑磅礴的力。水汽裹挟着热浪，以一览无余的荒蛮推进的方式，扫荡着一切阻挡一条巨龙般的长河成为汪洋大海的障碍。夏日的风黏稠，窒息，浑浊，干燥，带着一种巷口枯坐的百无聊赖。人在缠搅上升的热气中，仿佛因缺氧而探出水面大口喘气的鱼。只有站在黄河岸边的人,能够在干热中沐浴清凉潮湿的风。这源自青藏高原又洗去一路尘埃的风,这行经我迁徙并定居的北疆大地的风,这遥远的带着远古祖先梦中呓语的风,飞过巴颜喀拉山,穿过秦岭,越过阴山,行经黄土高原,掠过华北平原,最后在渤海上空缓缓停驻。当火车穿越黄河大桥,我看到生命中血液一样奔涌的河流,它因行经阴山脚下肥沃的土地,而在华北平原越发沉郁、舒缓;仿佛它正与我一起,抵达人生的中年,不再愤怒,远离嗔怨,祛除锋利,剪去欲望。被盛夏烘烤着的黄河,在没有波澜也无起伏的大地上,抛去万千的沙尘,只让最洁净的魂魄融入大海。

这是我第一次与黄河相遇,并看到它以悬浮大地的轻盈姿态,汇入深蓝的海域,义无反顾地终结自己作为一条长河的命运。它依然以河流的名字,在大地上日夜不息地歌唱,仿佛北方的流浪歌者。但它又神秘地消失于波澜壮阔的汪洋之中,杳无踪迹。它的"消失",又是某种意义上的新生。生命以更为开阔的方式,存在于宇宙中的一个星球。它不再记得青海的花儿、黄土高原上苍凉的呼喊,也不记得阴山脚下烈烈大风中的苏勒德、华北平原上翻滚的金黄麦浪。当它忘却生命的形态,以一滴眼泪的咸,离开大地,汇入深海,它便凤凰涅槃,获得永生。记忆与忘却,咆哮与寂静,存在与死亡,就这样消除了对立,化为浩瀚无边的宇宙。

几年后,我站在内蒙古河阴古城附近的黄河浮桥上,仿佛看到两千多年前,与我同样迁徙到这片北疆大地的王昭君,在渡过浮桥前,内心涌动的对于命运的敬畏与不安。北地大风凛冽,卷起漫漫黄沙,沙蓬草裹挟着尘埃在大地上流浪奔走,天地化作呼号的野兽,发出震动山林的吼叫。这塞外的苦寒,让一个女子对遥远的故土生出无限的眷恋与哀愁。

命运在酷寒中张开巨大的手掌，一段渡桥，化为命运之手的两端。走过去，一切历史都将改变，而那草原上不停迁徙的命运，也将自此相伴一生。命运站在河流的对面，露出钢铁般的冷硬与威严。最终，一个南方的女子，选择了顺从命运的召唤。

而我，站在浮桥的一侧，注视这古老又生机勃发的黄河，在风中发出的激越声响，仿佛听到跌落平沙的大雁跨越千年的动人的歌唱。青冢上的草黄了又绿，绿了又黄。树木在秋天从容地死去，又在春天安静地苏醒。河边的芦苇，在蒙古高原无尽的长空下，自由地起舞。这空灵不羁的舞蹈，与奔涌不息的河流，追逐着飞沙走石、日月星辰，在大地上永不疲倦地歌唱：长乐未央，长乐未央……

塞外大风日夜不息地吹过黄河，仿佛一头永不被驯服的猛兽，它带走了无数昌盛或者衰败的王朝，却将一个西汉女子的哀思，刻进大漠平沙，并跟随一条漫长的河流，抵达她的生命从未抵达的远方。长夜叩响着门窗，河流撞击着两岸，出塞的女子在哀怨的琵琶声中慢慢沉入梦乡。这北方河流掀起的浪涛，与南方江水激荡的回响，缠绕相生，不弃不离。它们从西部遥遥相望的两座山脉一起出发，行经万里江山，共同谱写出荡气回肠的民族生存史。这历史的瞬间，沉入一个弱小女子的梦中。她在击穿黑夜的浪涛声中醒来，知道迁徙的命运早已融入血液，纵使她百般不舍，终将走过浮桥，化为历史悲壮又闪烁的某个部分。

在阴山岩石上刻下人类崇拜的先人，他们雕刻出的犹如面临末日审判般惊惧的双眸，一定也曾注视过荒凉的大风席卷起这条翻滚的长河。在严苛的自然面前，他们无能为力，只能祈求上天。于是他们刻下山川，刻下河流，刻下飞马，刻下日月，也刻下生死。他们仰望星辰，也俯视大地。洪荒宇宙中盛满先人的敬畏，荒蛮的大地上江河游龙一样咆哮。

无字天书烙刻在红色的砂石上，仿佛巨人朝着远古在仰天长啸。古老的黄河日夜冲刷着阴山脚下的大地，带走无数的王朝，也留下肥沃的泥沙。逐水草而居的人们，犹如被大风吹散的蒲公英，在黄河滋养出的河套平原上野蛮生长。月亮高悬在阴山上，将一半微寒的光，洒在乌拉特草原，又分另一半温暖的光，给万物蓬勃的河套平原。它也不曾忘记乌兰布和沙漠，一千多年前，这里曾是人类繁华的家园，城池遍地，牛羊满坡，而今，只有大风吹出的流沙下埋葬的坟墓与朽骨，在清冷的月光下，讲述着白云苍狗，沧桑变幻。

这浮天载地的长河，曾因凌汛决堤，带来遍地阴森的死亡，也因缓慢深情的"几"字改道，冲击出水草丰美的万里沃野。就在这里，我吃下一口面食，整个被黄河浸润的瓜果飘香的秋天，便都回荡在我的齿间。夏天里千万亩葵花追随着太阳，在河水中投下绚烂的笑脸。秋天里它们与无数的庄稼一起谦卑地低下头颅，身体自由地舒展在大地上，以深情的目光，最后一次注视风起云涌的天空。野草抚过它们枯萎的身体，发出窸窸窣窣的温暖声响。一粒饱满的种子在阳光下炸裂，跌入草丛；一队出巡的蚂蚁迅速捕获住上天的恩赐，在涌动的黄河浪涛声中，浩浩荡荡拖回岸边的巢穴。秋风从遥远的某个地方吹起，带来一缕若有若无的花香。就在这个时刻，桂花迷人的甜香飘满长江沿岸的大街小巷。人们走到落满银桂的树下，抬头看看澄澈明净的天空；人们又走到洒满金桂的树下，低头看看落叶纷飞的大地。就在落花的私语声中，一条蜿蜒北方的大河，与一条横亘南方的大江，听到彼此的召唤，朝着浩瀚的太平洋奔涌而去。

刻下阴山岩画的先人，用惊骇的眼神，向万年后的世人呈示着远古时代，人类对于宇宙星空、生命万物、咆哮江河的惊惧与好奇。生命从何处来,又将去往何处?河流隐匿在哪儿,又消失在何方?肉体与灵魂,哪个更接近真实?死亡与新生,谁是开始,谁又是终结?天空与大地,会不会在人类永远无法抵达的边界处相接?落入河流与葬入泥土的生命,谁会腐朽,谁又会永生?一只从恐龙时代飞来的蜻蜓,如何穿过几亿年的沧海桑田,抵达苍茫的蒙古高原?

在巴彦淖尔,阴山下的先人没有告知我们答案,只有一条人类永远无法驯服的河流,穿越今古,生生不息。

节选自安宁《行走在苍茫的大地上》,《十月》2022 年第 1 期

钱红莉

有
所爱

钱红莉

又名钱红丽，70后，安徽枞阳人，出版有散文随笔《华丽一杯凉》《低眉》《风吹浮世》《诗经别意》《当我老了》《读画记》《一人食一粟米》等二十余部，曾获第18届百花文学奖，安徽文学院签约作家，现居合肥。

不过是挚爱

《三联生活周刊》前主编朱伟先生在咸鱼低价出售古典音乐CD。他的书房贴墙两排书柜，高及屋顶，存放的全是他收藏的CD，目测有几十万张之众。其中，可能还有珍贵的黑胶。

他是按照作曲家姓名字母顺序归纳收藏的，售卖亦如是。非常冷僻的作曲家阿贝尔的八张CD，第一天挂上网，便被抢了，并预告翌日再挂出中世纪法国神学家、哲学家、作曲家阿伯拉尔……

国内大约有一群古典音乐爱好者，人数颇为庞大。

刚来合肥落脚，曾与一同事有过不愉快……多年以后，当听说她专门飞去北京，听管风琴专场音乐会，自此对她刮目相看。一个热爱古典音乐的人，能有多讨厌，是不是？

某日，忽然意动，欲完成一部古典音乐随笔书稿。未及三分之一，不满意起来，从此搁笔，继续储备。一次，一朋友鼓励我给《爱乐》撰稿。因为敬畏，不便造次——古典音乐不过正在抚慰单薄的我。不比年轻时，不知天高地厚，任何专栏随便接，甚至半夜爬起看泰森的拳击比赛，就为了完成翌日的体育专栏。

无所畏惧的年纪，终于过去了，纵然值得怀念。

或许，一个人过度的自省，有时也是一种羁绊。

生命里不仅需要文学，也要有古典音乐，日月晨夕，鸟飞虫鸣，仿佛拓宽着精神世界的广度。

古典音乐，并非用来谛听，而是将自我整个融进去，汤汤泂泂，一颗心在音符中低沉、苍老，不问甜苦喜悲。

夜来，音箱里流淌着贝多芬的《三重协奏曲》，平凡的家仿佛一齐沐浴于光辉中了；当去到乡下，大片晚稻田飞金滴翠，声动如马勒的《大地之歌》……有时，听一首四十余分钟的交响曲，当最后一粒音符爬升至一定高度戛然而止，忽然热泪盈眶。我对德国指挥家阿巴多，怀着一份难言的宗教般的感情，但凡由他指挥的柴可夫斯基、拉赫玛尼诺夫，始终是最好的。当他去世，柏林爱乐乐团演奏《安魂曲》纪念他，许多未买到票的德国人茫然地站在剧院广场，眼神空虚，像极一群无依无靠的孩子，当真叫人难忘……

热爱古典音乐的人，仿佛比别人多活一辈子。

朱伟先生说："心爱物，身外物，散为聚，聚为散。"

读着，颇为悲凉。

一次，碰见一位同行，客气寒暄，不知怎么扯到书上。他说，谁谁去世后，藏书全被子女当废纸卖了，并说自己早把部分藏书捐去了乡村书屋。本来与他不熟，不想几句话，一下拉近彼此距离。末了，他感叹，你说到底有什么意思啊……

书卷多情似故人，晨昏忧乐每相亲。大家不过是挚爱。

芮乃伟、江铸久夫妇，一直未要孩子。他们应是上海最安静的家庭，彼此日日打谱、长考，唯有清脆的落子声。芮乃伟曾说，早年出去打比赛，每次输棋后非常痛苦，当一个人留在房间，一点点地复盘，痛苦便会被化解……复盘过程中，一点点洞悉自己，知道到底输在哪儿，当然不那么锥心了。

如此痛苦，何以要共负一轭地坚持？也不过是挚爱。

天鹅湖南岸工地正在建造几幢大楼。我好奇，某日绕道跑去一探究竟，竟是市图书馆。独自高兴了很久很久，仿佛找到了晚年的依靠。这里距离我家仅仅三站车程——晚年的我，背一书包，一只放大镜、干粮若干、水杯一只,日日来泡这图书馆。

特意告知同事,彼此抚然。

可能是出于敬惜字纸的潜意识,这些年各方馈赠的文学杂志,早已将单位分到的一只铁皮柜堆满,总是不忍处理。

孩子大约也不太喜爱文学。近年,正储意提前清理些书籍。到临了,总不舍。现在,除非万不得已,尽量减少买书频率。家里三间卧室一个客厅,均有书架盘踞。这些书的命运,往后可能也会被挂到咸鱼,低价散给有缘人。

就是特别悲凉。

曾经,微博上有人贴出旧货市场买到的手写信,墨绿方格纸,纯蓝墨水字迹,工整雅致,略读些内容,揣测大抵写于20世纪五六十年代,是两地分居的一对夫妇,细细叙述对于彼此的思念以及生活日常。这么好的信,后人当废纸卖。这不被珍视的有着体温的书信。联想到书柜底层那一摞手写信。等我不在,孩子想必一股脑儿烧掉,当风扬起灰。

这些书,这些信,这些古典音乐CD,纵然珍视,到末了,也一样都带不走,散便散了吧。

心爱物,也是身外物。

鲁迅先生说:"此后如竟没有炬火,我便是唯一的光。"所有热爱文学、音乐、书信的人,也曾闪闪发光过。

谁遣花枝照古人

距家两三公里处,有一片菜地。

以往,每隔几日,我总喜欢逛逛,回来时仿佛沾了一身的灵气。久之，养成一种癖好。

一日，再去，菜地竟被碾平，变成千篇一律的草圃，失落得很。

郊区的菜地，作为一爿农业文明的微缩景观，似乎保全了几欲失传的二十四节气，一年年地，两者彼此呼应着，一日日加深着人与自然的关系。"春初新韭，秋末晚菘"，这八个字里，不仅有美味，还有农时，以及四季的流转。

那片菜地，十余年来，日渐变成了我生活的根基，我的思绪唯有依靠它，才能开出一点点花来。土地，森林，花朵，飞鸟，山岚，河流……正是滋养人们灵气的源泉。

从事书写这门手艺，几同于挖井，徒手开掘，缓慢笨拙，非工业化的，一点一点深耕，累了，自然想起来这片菜地，修正自己，放空自己。

对于一个逐渐失根的人，它更是一种寄托。

一直喜欢按照农历生活，不时看看日历，对每月的两个节气给予关切。日子过到"立春"，纵然置身苦寒，但在精神意义上，也仿佛有了新生。今年的夏天，忽然被持续不断的高温拉长，直接覆盖掉立秋、处暑、白露、秋分，从37度的酷夏一夜过渡至深秋，迎来寒露、霜降。

辛丑年秋天，总归不像个秋天，没有了往年那种身着长袖衬衫的舒缓漫长，令一个农业文明里生长的躯体颇为不适。

近日，一切又都回来，平凡的日子被寒露、霜降稳稳接住了。这样熟悉的持续感，让印刻于中国人骨子里的东西又一次重回秋寒，总归错不了了，这长久地赋予人精神上的季节性安稳，让人的内心踏实，始终有一种恒定的东西在。

霜降前后的农历九月，应是起山芋、点油菜的时节。

最早厘清人与天地关系的，并非哲学家，而是农民。应时而种，应节而收，才是践行哲学的思想来源。

早前，我家附近这片菜地，同样精准地遵循着农时。往年这时日，山芋禾子被锄头扒拉到地角，扭了一只几米长的麻花，在秋风里滚着滚着，渐黄，渐枯……

夜读白谦慎《傅山的世界》。傅山一直主张"支离""丑拙"的美学观。他有一张册页：一根枯树，被拦腰折断，伤口处支棱着仿佛有痛，旁枝竟然有花，并非病梅，而是一株瘦桃。我曾在一座古寺见过一株半枯半新老桃树，一根树桩，分开两枝，一枝彻底枯了，另一枝上，新叶渐生、粉花华发，热闹与枯寂同在，望之，滋味殊异，唯独不见苦相。伫立良久，心里有波澜惊动，但总说不出来，那种视觉上的强烈刺激，早已超过了我以往审美的经验，就也说不出什么好来，一直难忘。直至夜观傅山册页。

秋风中的山芋禾子，亦如是，丑拙枯老，却又与人亲，与人近。

傅山在另一册页上题诗：古花如见古遗民，谁遣花枝照古人。

他所表达的，何以不是一份精神寄托？苏轼月夜找张怀民散步，也是寄托，好在他有伴，心意相通，孤独减少几分。

深秋后的土地，被装饰一新，窄窄一垄，一垄，又一垄，横七竖八，朴朴素素的，天地未开的原始性，有的被泼上水，撒了菜籽，盖上枯草。过几日，你记得去看，蹲下，轻轻把草拂开，凭空钻出无数乳白的芽，仿佛弱不禁风。这些芽，分别是青菜、芫荽、菠菜、茼蒿、萝卜……

再过几日，枯草被彻底揭去。每一黄昏去，它们就都变了模样——青菜秧蹿得最快，大约一周，泼上几瓢水，它们就都一齐在秋风中笑呵呵的了。确乎如此，每年深秋，我都听见青菜苗的笑声，婴儿般那么可爱，仿佛有着乳香的。

久蹲地头，风过一排排白杨树，哗啦哗啦，并非无边落木萧萧下的苍凉，我还是会想起成都诗人柏桦那首《望气》。这里的"气"，并非气息，而是"地气"。

忽想起露台空出的若干花盆。初春养的一株葫芦，开出许多花，只结成一只小葫芦。两株茄子、一株辣椒就都一齐枯了。

一齐拔了，松土，黝黑的肥沃的土，不如秧点蒜瓣吧。

我还养了一株马齿苋，枝枝蔓蔓的，匍匐于地，偏偏迟迟不开花，一日冷似一日，怕是再也收集不到它的种子就被提前冻死了。

一株黄种月季真顽强，趁着霜降来临前，又开出一朵花来。

我坐在小凳上，将所有土坷垃捏得细碎，蒜瓣剥去外衣，掰开，一瓣一瓣插进去，复轻拂一点浮土，将蒜瓣尖盖上，隔一日浇点水濡湿，不出三五日，便会抽出芽来。做完这些琐屑事，顺便将老梅树旁的拉秧草拔去，叶丛中早已花苞点点。年年如此，世间，还有什么比植物更守信的？再无。无端地让人心安，仿佛有了恒久依靠。

隔壁小区遍植鹅掌楸，一年年高大粗壮起来了，树冠下层的叶片渐黄，这种黄，并非失水的枯黄，而是富于生命力的黄，黄得蓬勃。城市绿化带转角处，总有雁来红，群群簇簇，相拥相依，何以有如此强壮的生命力？风一日日寒了，它们红得如此不羁热烈，用整个生命在红。还有葱兰，绿叶丛中点点的白，白得不被人辜负。年轻时，认为鸡冠花是最不好看的花，甚至粗拙老丑，如今透过中年的眼，反觉此花最具品质，倔强，顽强，凌寒不惧，纵然被嫌弃，照样有底气开花，多日不绝，犹如高山坠石的气魄，挺好，不容易。

人心的孤独，一年年被这些植物安慰着，久而久之，变得混沌，更加剧了精神上的依赖。唯独今年桂花，比往年迟了许些时，但，迟有迟的好，往年花香过于浓郁，熏得脑壳疼。今年因为天寒，香气淡淡浅浅，是"不来常思君"的迂回曲折。

近日，均是毛毛月，夜来散步，整个小区都笼在了似有若无的花香里，人在其中，仿佛飘浮于天上，有残山剩水的珍惜，甚为难得。这无所不在漫无边际的香气，宽窄疏密有度，禁不住攀折一枝，金桂已萎，是银桂。

把叶子剪了，放入插瓶，注满清水，一周不谢。深夜，香气渐拢，是暖香了，颇似凌寒中划一支火柴的暖。

孤寒与温静

用过晚餐，照常去小区木椅上坐一会儿，观观天象，听听秋声……我就是这样沉淀自己的。

大约6点，天已擦黑。前几日，大约农历十五吧，一轮明月悬于楼缝间，大而圆，仿佛初来世间的橘黄色，除了惊奇，也说不出什么，我就望着它，一直望着它。被自然之美击中后的涟漪，于心间起伏微漾。深秋的月色，亮而静，有亘古的意味。

咫尺处，一株无患子，整个树冠日渐黄下去，月色下仿佛燃烧起来了。也印证了一句古诗：窗里人将老，门前树欲秋。

昨夜，天上无月，唯余大朵白云。天穹幽蓝，衬得云格外白亮，望之良久。

秋天一日日深下去，像被神投入幽潭，不再忧心焦虑，人生的远景、近景，似一夜消失，唯余一颗心。白天，坐在阳台晒太阳，被褥、枕头抱出晒晒。黄昏后，被阳光洗礼后的棉絮，像极北方老面发的馒头，松软而暄香。

四季里，唯秋冬两季的太阳饱含香气。

林间有风，天空澄澈透明，迎着光骑车，秋光让人睁不开眼。

买一布兜菜，经过一段步道，不得不徜徉一番。法国梧桐叶青黄相间，黄叶忽剌忽剌往下旋落，蝶一样轻盈。沟渠内大片芦苇，白絮茫茫。香蒲结了深咖色蒲棒。一年年里，红蓼繁了密了。芒草一齐黄了，又一齐枯了。夏枯草坚持在秋风里开紫色小花。水杉锈黄，垂柳浅黄……眼前一切，纵然萧瑟荒凉，但，却那么美——原来，自然的荒芜更见穿透力。深秋的萧瑟与盛夏的葳蕤，自是别样，皱纹皓首比之明眸皓齿，更见生命的力度与内涵。

深秋真是蕴藏深厚的一个时节，银杏、乌桕在秋光下，如若两个永恒的发光星体，衬着钻蓝的天，黄如赤子，红如赤子。

每年这个时候，特别向往回到乡下：那里最好有一条江，或者一条河，夹岸大片稻田。不远处的丘陵山冈上，荞麦地蜿蜒不竭。僻野的深秋更有气质，更见风骨——零落的草甸，荒凉的山冈，清澈的河流……一齐平铺于地上，风的走向不羁而无所牵绊。秋霜一日浓过一日了。清晨，伫立门前望远，田畈一派泠泠然。

忽然没什么事了。坐客厅阳光里，翻牧溪画册，到《六柿图》，忽然感动起来……是这样的墨色，一瓣瓣，浅淡深浓。旧气，隔了千年递过来的旧气，尚有余温，是清灰里捂过的，底层的，日常的，谦卑的……

是牧溪的平凡打动了我。除了《六柿图》，还有《白菜图》。

每日都会买一两斤白菜。入秋，菜有霜气，异常可口。

百菜不如白菜。牧溪笔下的白菜，正是"客来一味"，何以令人心悸？

"春初新韭,秋末晚菘",这八个汉字里,埋伏着时序节令、人间烟火,以及一颗始终跳动着的温热的心。

牧溪感知到的,又是什么呢?

白菜晚菘图中那些墨色,已然旧了。旧的东西,总是珍贵的,厚重,凝练,内敛,欲言又止,留下一派清气,以及与生活隔了一层的凛冽之气。这所有的一切,皆源于秋气,荒凉之气。

我无法在盛夏的溽热里读懂牧溪,唯有深秋,一种无所不在的冽与寒,正是牧溪的精髓所系。他的《寒鸦图》那么孤独,甚至凄凉,何尝不在表达一颗心呢?屏蔽一切伧俗热闹,走向内心的明月深山。如此,孤独凄凉何以不是一份大自在?牧溪的燕子,犹如风中少年,一人独自飞,画幅上端稍微垂下几条树枝,是红柳吧,一样被墨色浸透了,纵是春草蔓生的三月,也是叫你守住了一份清寒。

每临深秋,我走在菜地,走在风里,走在湖边,不免想起牧溪《墨雁图》里一句题诗:西风吹水浪成堆。那份不请自来的寒凉,让人真切感知到,人与自然之间的那份两两相照,以及秋天老了芦花一夜白头的无可挽回。

我的望月,何尝不是那种物我之间的两两相照呢?

牧溪的僧人身份,注定了他的抽离感。到了20世纪初叶,另一画坛异数常玉,简直走向了牧溪的反面。

孤寒的反面,不正是温静吗?

常玉的温静无所不在。他的粉色系列,犹如婴儿安睡于夏帐之中,轻轻掀开一角,乳香铺天盖地。这是属于我个人的视觉上的通感了。

常玉大片未知的留白,构成了他艺术的夏帐,无数线条流畅比例失衡的马、骆驼、鹿、象、人,犹如亘古即在的婴儿。整个画面,像极西方圣婴们的受洗图卷,温柔,祥和,宁静。

一幅"嬉蝶"图,简直神品——背景一向是常玉派系的"粉"。白猫自粉色云堆间跃出,轻轻把一只灰蝶捉住了……那一刻,叫人仿佛知道了流水惘惘的意思,视觉上无限的冲击力,永远那么动人心魄,过后,又默默消弭于荒芜的时间中。

常玉的人体系列、动物系列,抑或瓶花系列,所表达的主题,无非时间的流逝,是将人抛荒于广漠的时间里而无能为力的消逝,流水一样的,一刻也不曾停止的消逝。

牧溪的抽离,常玉的浅淡,一遍遍体现于孤寒温静之中,像极这眼前的秋。

起 舞

孩子每周去跳一次舞。

鉴于他内省的性格,给他选择了街舞。一开始,他非常抵触,每去上课,简直像上刑。久之,慢慢克服。他胳膊长腿长,跳起舞来,非常有律动感。每次我接到他,都夸:"你是班里跳得最好的!"他不屑:"每个妈妈都认为自家孩子棒。"

他的性格随我,总是紧张而局促,我期望他在音乐中尽情释放自己,慢慢克服羞怯的毛病。秋游回来,一向内敛的他抨击某些同学欠缺教养,集体午餐时,一旦看见自己喜欢的菜,立即搬到自己面前,抢得菜撒了一桌……我则担心,他过分的教养束缚住自己,连肚子也填不饱。作为妈妈,我不忘提醒:"你也不要过分斯文,该吃还是要吃。"他则白我一眼。

舞校离家十余分钟路程，可以步行来去。但，每周，我坚持去接。实则，我只是喜欢看着那些孩子跳舞。我家孩子性格古怪，他可以在家跳给我们看，但，在学校，但凡瞥见我站在门外隔着玻璃看，他便放不开，迅速冲过来，示意我离开。

每次去，我只偷窥他一眼，便去观摩别的班级了。

最喜欢拉丁舞种。三四个班，有的班跳伦巴，有的班则是恰恰。

一次，低年级班或许要考级，气氛非常紧张。女孩们皆化了妆，头发扎成揪揪竖在头顶；一个个饱满的额，闪闪发亮，统一穿着浅粉色系芭蕾舞鞋，走起路来如一片云。

可能是教室不够，有一批孩子在走廊练舞：一二三，二二三，三哒哒，四哒哒——停！老师忽然抬高声调，那些孩子像突然被施了定型大法，双脚交叉，右手高高定格于头顶……一个高难度的动作。有些孩子重心不稳，风摆柳枝一样地摇晃。老师大声呵斥着，我看见孩子脸上扑的闪光粉簌簌往下落，乌溜溜的大眼睛扑闪扑闪，终于定住了，好惊险。

我是在走廊边缘看她们的，心里替孩子们捏把汗。大约两分钟之久，老师又开始调换别的动作练起来，转而再是一个高八度，又一个高难动作被定格于静止的时间中，与我近在咫尺的一对孩子，特别专注，每一个动作都那么协调，小手指，兰花一样翘过头顶，始终面带微笑。

开始放音乐，老师一声"起"，她们瞬间进入角色，露出八颗牙齿，将自己融入一段段旋律中，起舞，旋转，花一样绽开，融入，融入，再融入，慢慢把头低下，双脚收拢，昙花一样收敛身体，腾出右手，护在胸前，弯腰谢幕。真的好美。一群六七岁的孩子自律而自如。

末了，两位评委被校长请来，在走廊上看她们集体起舞录一段视频，接着还要去教室一个一个地跳。当日，大约所有科目的孩子都到了，不停地尖叫，匆忙的脚步，沸反盈天。可是，这一群孩子如此静定，留在走廊继续练习，不停地被定格于一个高难度动作之中……末了，老师提醒时间到，可以去教室准备了，别的孩子一下放松下来，小鹿一样蹿向自己的教室，唯有两个女孩一直沉浸在自己的动作中而浑然不觉。老师跑过来分别在她们稚嫩的肩上拍一下，才恍然有悟。这两位女孩的定力深深将我打动，她们可能是班级里最刻苦的孩子，小小年纪，于喧嚣中已然达到忘我之境，真是个好苗子。

　　常常，我不自觉伫立拉丁舞教室门前。不过纯粹喜欢看那一班女孩的身姿——当音乐响起，她们的腰部瞬间有了律动感，两个一组边跳边旋转向前，一直跳到大镜子前，再匆匆跑回，接着跳，汗湿衣襟。那些漂亮的舞衣，连体的，上身布满豹纹，露出右肩，下身连体裤，纯黑，至脚踝处，开成一朵朵喇叭花，一个个小腰，盈盈一握。有的女孩，一根黑辫子拖至腰部，一齐随着音乐起舞……无比惊艳。一个动作重复无数次，大家不曾偷懒，半小时浑然不觉过去了。偶尔，个别女孩动作不到位，老师无情地点名批评，只见她双手将脸捂住，不让别人看见自己的尴尬，维护着小小的自尊。学校校长亲自上阵示范动作，见孩子们不甚到位，然后，让她们集体停下，静静观摩老师的动作，随着节律，老师不停地旋转，自教室这头到那头，再从那头到这头……校长说，看见了吧，这才是最标准的动作，你们就练吧。

　　另一间教室，一群大一些的女孩，她们在跳伦巴。一个个十二三岁，小荷才露尖尖角的年纪，舞蹈间隙，出来喝水、上洗手间，她们的背影，袅娜而美，如若一片云，也是一泓溪流，随时可与周边的人区别开来，她们不会含胸驼背，永远春风拂面的模样。跳舞的女孩，注定卓尔不群，有一种不羁的自由美、自信美。

孩子每周需要复习上周的舞蹈动作，传视频给老师。有时，没有音乐，他也可以跳出来，行云流水一样的身姿左右腾挪，真的好美。一个人自小学会与自己的身体相处，并很好地调动它的灵性，如此快乐地与音乐融合在一起，何其有幸。

腾讯连续录播了四五届街舞大赛。孩子每个暑期皆看得津津有味。我偶尔瞄几眼，大开眼界。近期有张艺兴——此人同样性格内敛，话不多，录《向往的生活》时还紧张，一味低头做饭。一旦上了舞台，整个人完成了蜕变，偏偏选择奔放的"狂派"，简直将身体燃烧起来了，与平素判若两人。

每周，我几乎都提前去观赏孩子们跳拉丁。如果我的孩子是一名女孩，也许五六岁便送去学了拉丁，让她通过跳舞，自小懂得自律的重要，懂得若要拥有什么，一定得千万倍地付出苦辛。跳舞的孩子都是非常自律的，不仅仅表现在饮食这一点上。这所学校所有的舞蹈老师，一个个燕子一样轻盈，没有一丝赘肉，胸骨都看得见。

舞蹈真的可以重塑一个人的气质，举手投足，一颦一笑，皆不同，不庸俗，僵硬的身体被唤醒，一个精灵永远复活着，随时提醒你，挺胸，收腹，亮出天鹅般优雅的脖颈，展现着自信又美妙的身体。

舞蹈的孩子身体内还有一种倔强和自律因子。舞蹈出身的章子怡，她刚出道时，塑造《藏龙卧虎》中玉娇龙一角，面对周润发时桀骜不驯的眼神，及至负面新闻缠身时，再出演《一代宗师》中宫二一角，面对杀父师兄时眼神里的狠劲儿，同样得益于多年舞蹈的刻苦自律。

一个舞台上风光的人，她曾于人后付出多少汗水艰辛？

楼上邻居家的独生女，也是舞蹈出身。早年，每当黄昏，女孩背一只巨大的包离开家，身后是她母亲抱于怀的哭得撕心裂肺的孩子。她这是去上午夜场的班吧。非常有气质的女子,黑发束起,随意挽一个髻,她耳后毛茸茸的碎发,迎着夕阳微风,宛如晃动的水晶珠链。我与她父亲,属同一系统,并非同一单位,故,我从未与她对过话,但,每次相遇,我都对她挤出笑意。慢慢地,她孩子上幼儿园了。偶尔,楼梯口或者小区遇见,我会与她母亲交谈几句,慢慢了解到:女孩嫁的是一个香港商人,一直两地分居着。后来,孩子到了入学年龄,他们全家四口搬去了深圳,为的是孩子读小学方便。每年腊月,这位男邻居都回合肥一趟。做什么呢?不过是贪恋合肥这边的香肠。说是,深圳香肠甜口,吃不惯。千里迢迢回老家,就为了灌几十斤香肠带去深圳。

去年疫情期间,男邻居忽然一个人回来长居,也不便问。他留下老伴帮女儿照顾外孙,自己独自回合肥过起逍遥日子。邻居也是个热情的人,楼梯口每见着我的孩子,都要彬彬有礼地招呼一声。大半年来,每到黄昏时分,我总见他收拾得整整齐齐外出,相互点个头,不便多问。也就特别好奇:他是做什么去呢?纵是酷夏,他也一身绅士打扮,黑皮鞋、黑裤子、黑 T 恤,且带一只巨大保温杯。

一直好奇了大半年。终于,在盛夏带孩子吃必胜客时,揭开谜底。

夜色下,距家不远的必胜客门前,一个广阔的广场,各色人群,各自为阵,一圈儿广场舞,一圈儿街舞,另一圈儿则是交谊舞了。我与孩子几乎同时发现了我们的男邻居——他比较搞怪地戴着口罩,正与一位女士跳着恰恰……别的男伴着装非常随意,还有穿大裤衩的,唯有他一身正装打扮,特别有仪式感。让人好生感慨,他可真会享受晚年生活啊。只是,他总戴着口罩,不憋闷吗?

我的邻居是老年人群中极少的热爱舞蹈者,许多像他如此年纪的人,大多热衷于坐在麻将桌上,或者被迫含饴弄孙,唯有他自深圳的外孙那儿挣脱回来，一夜一夜跳舞。

而少数民族，仿佛天生擅长舞蹈，比起汉族来，他们天性快乐得多。壮族有一种芦笙舞，大人们在宽敞的露天稻场集体而舞，连刚刚学步的幼童，也加入进来，他们天生会模仿。快乐时跳，悲伤时也跳。广西大山深处，资源匮乏，可是壮族人特别快乐。当年，我站在群山间，深感人类处境的荒凉，可是他们如此热爱生活，血液里自带乐天基因吧。

爵士发源于美国黑人族群——黑人身体的律动感，优于白人，同样基于对生命的热爱吧。南美民族的桑巴，一样感染人，只要跳起来了，有何悲伤可言？生命只在当下。何有永恒？永恒就在舞蹈中。

远古时代，汉族人杀牛宰羊，祭天祭地，悲者歌之，乐者舞之。到了唐，民族融合，华丽的羽裳舞，大约源于胡人传统。渐渐地，又含蓄起来了。至北宋，开始惨绝人寰地实施缠足，借以禁锢女性躯体。女性的血泪史一直延续至民国，方才结束。

当一双天足被浅粉缎面的舞鞋所包裹，两根带子交叉着绑于脚踝处，音乐响起，身体的律动被唤醒，人类舒展起自己的身体，又是多么快乐，犹如敦煌壁画的"飞天"，让身体达到无限自由。

每周，我按时伫立于舞蹈教室前，欣赏着女孩们那些富于韵味的身体，名画一样次第展开，绢质的，永不褪色，流动的，而又静止的，让灵魂有了洗礼，从而也变得轻盈起来了。原来，我们的身体是如此的美，宛如诗歌、散文，有内在的节奏，也有独特的语感，在音符中高开低走，一气呵成，眼前的一切似都变得圆满。

选自《湖南文学》2022年第1期

胡竹峰

惜字
亭下

胡竹峰
─────────────
1984年生，安徽省作家协会副主席。出版有《胡竹峰作品（五卷本）》《南游记》等作品三十余种。曾获孙犁散文奖双年奖、丁玲文学奖、刘勰散文奖、丰子恺散文奖、林语堂散文奖、三毛散文奖等奖项。部分作品被译介为多种文字。

祖父说旧时有人背篾筐，上书"敬惜字纸"四字，走乡串户，收集字纸，送往镇上惜字亭内烧掉。先辈建惜字亭，旨在教化子孙勤学苦读、珍惜文字。

惜字亭是砖石结构，形如塔，高三丈三尺有余，五方皆为假门，底层有一方辟有拱形空心正门，专供焚烧字纸之用，以育人文风气。二至三层实心结构，飞檐斗拱，有各式花纹图案。亭子建造于清朝光绪年间，小时候手头有几枚光绪通宝，铜钞面文为楷书，背铸飞龙。乡下人家里多存有铜币，康熙、乾隆两朝最多，大小不一。旧人一双双手摩挲过的缘故，钱币锃亮，触鼻有阴凉清冷的铜锈气，让人精神一振。

穿过长长的老街，出口即惜字亭，如老松一般，那是平凡乡村雍容的儒风与清逸的仙容。亭头烟雨散了又聚，亭外青山黄了又青，亭尖自生野草，雀恋鸠飞。旷达和清穆不倒。一百多年光阴点点滴滴渗透砖壁，斑驳坑洼，古意充盈，愈久弥坚。亭边有人家终年在门檐下挂两个红灯笼，风吹雨打日晒，灯笼有些陈旧了，衬着粉饼般色调的外墙。

惜字亭下人家，虽世代耕农，对字纸也有敬惜之心。家里有读书人的，必备字纸篓。字纸保持清洁，不受污秽，得空放入炉中焚化，将灰烬深埋或送入河里。一些乡民识不了多少文字，却深得人间仪礼。路口瓜果，孩童们偷偷摘走吃了，主人也不恼。秋天瓜果成熟了，总会送亲邻尝新。

乡人惜字更惜物，村戏里上法场的人唱词一句句都是惜物之情："舍不得老布袜子有帮无底，舍不得鸡窝上一顶斗笠，舍不得床底下三升糯米，舍不得刚抱的一窝小鸡。"

地底潮湿，房子屋基用青石方块，青砖砌半人高，刷上石灰。青砖是珍物，舍不得多用，平常人家造房子，一律砌土砖上顶。砖缝抹平了，沿缝压出一条沟纹。夏天敞开窗子，冬天才贴上薄薄的白纸，窗上微微发出米糊与白纸的气味。屋檐下堆满松针，引火烧饭。劈开的木柴码放整齐，这种情调为山乡独有。

亭下常生野草，紫苏、苍耳、麻叶、稗子，还有我不认识的青藤。亭下河水流了不知多少年，石板桥却是晚清旧物。街上老房子，大多已湮没在历史尘埃中，那桥那亭在日出日落中演绎着清凉与温暖的感叹。

水一天天鲜活流着，因在古桥下，多了一层淡淡的古意。夕阳斜铺在河里，水面映照得如稻草般淡淡的黄。我乡极多石板桥，逢到夏天，桥洞是我们的乐园。摘几片芭蕉叶，铺地做床，无所事事过一个上午或者中午、下午。有月亮的夜晚，桥影、月影、人影、树影连同水的光影，是极美的景致。有桥处往往是交通要地，总有几家店铺。和母亲去购物，怯生生尾随其身后，紧拽衣摆，看一眼又看一眼那些花花绿绿的东西。老家乡俗管怯人叫"黑耳朵"。

惜字亭是灰扑扑的。阴雨天气，亭子也阴郁着，草尖低垂，树叶低垂，亭上细藤也垂须朝下。亭边瓦房人家灰扑扑的，墙角斑驳着裸露出藏青色大砖，砖上稀落落生有苔藓。老式木板门，窗户也是木制的，窗格烟熏火燎漆黑黑一节一节。苍老与陈旧里，凝结着一份幽古的清寒与贫乏。只有河水透亮，不知疲倦地流淌，寂寞无依，义无反顾。今时想起，都已怅然，都已寂灭。

惜字亭下山深树茂，一年四季花色烂漫，东风西风轮转方成四季。乡野绿植遍野，无有风沙，窗明几净。少年时每日在窗下读两册书，喝一壶茶，间或一二乡友来闲坐，上下千年。远离闹市，得了清静也得了热闹。

那些人家房屋邻近，鸡犬相闻。老屋错综复杂，多则百十间房子，少则几十间。一个族下几十户人家住在一起。人丁兴旺的开始搬移祖宅，鳞次栉比的瓦房仄仄斜斜横戳在一行行树中，也不规矩，靠东向西，坐北朝南，建得自然。路都是沙子路，两边种了些花草，被参差不齐的树、新旧不一的楼包围着。

民居多依山而建，峰峦环抱做靠背，有上好的风水。门前多有水塘，半月形居多。房子常常是几十年旧宅，五进三厢四合院，两端外带抱厦，青砖黛瓦马头墙。还有人住百年老屋，几十户人家围聚一起，乡人称为万家楼，因为住户多，民居原为万姓人家所建，遂得此称谓。

万家楼后来归了吴家，友人住在那里。他母亲做的萝卜干真好吃，二十几年，忘不了那样的情味。冬天借宿，夜雾中影影绰绰的鱼鳞瓦老房子，几盏未灭的灯火，点缀其间。早晨起霜了，一头走出去，迎面沁凉，瓜果蔬菜萧然意远。

古人说，欢喜一个人，他家屋顶的乌鸦也欢喜。不喜欢那个人，连带厌恶他家的墙壁篱笆。友人母亲为人和善，待我等如亲儿，每日烧好热水灯下候着。洗漱泡脚，屋梁上近尺长的老鼠探头缩脑，好像通了人情，并不可厌。几个少年嬉皮笑脸，世间最好的事，是人的相遇，像梅花沾有霜雪，草叶凝结露珠。

开春后，惜字亭下村落山野的各色花都开了，小路上常见挑夫折一枝野花放在扁担头，蕴含三分春色，又吉庆又和煦。日子贫苦，生在马槽牛栏，也在槽里栏里开有绿叶鲜花。

柳梢风味最好，丝丝绦绦长长短短，与茅草间杂一起。桃花谢了，焕然一树新绿。山中映山红红艳艳躲躲闪闪，小孩一捧捧折来当作玩物。厚厚的棉衣可以脱去了，草木向荣，人面欣欣。小女子穿上春衫，布袖飘摇如风行水上，韶华胜极，是一枝枝桃花。不独人物鲜活如此，屋前弯弯绕绕几条田埂，也若游蛇一般。水口关上，田里浅浅一洼水，远看如镜子，映得云白，映得山绿，映得树翠。田边有山，不甚高大，却青葱莫名，从山冈绿到岭脚。布谷鸟开始叫了，一只一只在田野咕咕相和，从清晨至傍晚。微风徐徐，正是放风筝的时节，终日有纸鸢在天上飞着，高高低低。

光阴流转，四季时序轮番。谷雨、清明时候，遍地庄稼，一片翠绿，一片祥和。乡农造屋早已不用土窑砖瓦，省却许多柴火，几年养得山林茂盛繁密。乡下常见大树，一人抱不过来，清凌凌有喜气。乡俗说山上多柴，家里有财，这就是太平盛世了。

乡野无邪，花草无邪，童年心性无邪。诗中"路上行人欲断魂"一句，我并不喜欢，觉得阴郁低沉。因为不喝酒，对"借问酒家何处有，牧童遥指杏花村"也无动于衷。后主词里感慨"才过清明，渐觉伤春暮"，也未免丧气。白居易倒是说得好，"好风胧月清明夜，碧砌红轩刺史家"，王谢堂前的燕子与碧砌红轩，都入了寻常百姓家。程颢也作过清明诗，"况是清明好天气，不妨游衍莫忘归"，比他《易传》《经说》《遗书》之类著作容易亲近。

清明时节雨纷纷，南方总有大片连阴雨，蒙蒙细丝十天半月不止，天气应了诗句，年年如此。墙角苔痕又高了几寸，人在雨中，望着烟笼远树，景致更妙。雨飘在庭院，飘在池塘，飘在田垄，飘在坡地，也飘在人的头面，细碎冰凉。河水涨了一些，乱流山沟，水中圆石无数，大者如菜盆，小者似鹅卵，更小的像弹丸，一颗颗润洁可喜。

地气旺盛，天清目明。晴日得气，有田园气、山林气。天地日月人世安定清明，春阳流水与畈上新绿有远意，水声经久不息，引得人向上向善向远。春天凝在花红叶绿里，溪涧池塘涨满水，积蓄自然之力。野草越长越高，蒲公英绒球随风乱飘，荠菜老得开了花。

春欣佳景，牛都是喜悦的，不再嚼棚里的干稻禾，每日早晨饱食大把鲜草，鼓腹昂首阔蹄从村前禾垛旁走过，潇洒陶然，好似仙家之物。午后，有牧童牵它上山，山林茅草遮身，那牲畜如入宝地，又一次肚皮浑圆。山地阴凉，草浅处可卧可眠可立可坐，或捧一书闲翻，不知不觉，日影西斜。

老屋旁有水塘，虽不见烟波浩渺的万千气象。每每午后，垂钓于树荫，或在草丛中酣眠，清风醉人，几忘烦心俗事。屋旁也有老井，甘甜悠长，可饮可涤。院墙外的空地上种些丝瓜、青椒、茄子、白菜，晚上在瓜架豆棚下乘凉。

星光灿烂，夜色如水，菜叶上露珠粼粼。常有青萤飞入窗口，屋内萤光闪烁，更有月色照得纱窗一片皎然，几缕寒光泻进室内，映着半床诗书。

春日，香椿发芽，采些归家，以香油拌之，养胃怡神。村口槐树开花，摘了回来，放鸡蛋清炒，饭量大增。每年可以吃到三五条黄鳝，是祖父犁田遇到了捉回来烧汤，用茶碗装着，一段段入嘴清香。黄鳝并不稀罕，却是春夏时令之物。一次生病，家人不知道从哪里谋一偏方，说油桐树虫有效，逼我吃下三条。那东西藏身油桐树干，形状像蚕，倒无异味。只是虫子黑得油亮，蠕蠕而动，总不免发慌作呕。

适逢节令，自有平日所无的章程。立夏称重，端午包粽子、吃绿豆糕，中元烧香纸，重阳打糍粑，中秋食月饼，过年祭祖，清明上坟。一岁尤重三节，端午、中秋、过年。过年的热闹不必说。端午、中秋亦有喜悦处。

过端午，吃粽子习俗由来已久。古人包粽子多用黍米，籽粒淡黄色，也叫黄米，煮熟后有黏性。粽子一般四个角，三个角的也有，还有五个角的，像戏台上的帽子。

小时候过端午，家里会包些粽子，裹上一颗红枣，有甜蜜的寓意，再蒸几枚咸鸭蛋，一分为二或者一分为四切开，四仰八叉躺在白瓷盘中。说来也怪，咸鸭蛋非要那样才流光溢彩，囫囵剥壳而食，不仅少了情意，滋味似乎也差一些。我不喜欢吃粽子，唯好其香，那种香缥缈肆意又含蓄温柔。老家人包粽子多用芦苇的叶子，提前摘下一叶叶洗净叠好，与古人不同。

古人多以菰叶包裹粽子。用菰叶包黍米成牛角状，称角黍；用竹筒装米密封蒸熟，称筒粽。筒粽方便快捷，近年巷口常见老翁老妇贩卖。粽子剥开以长竹签擎来吃，滋味清香，有翠竹气也有糯米的清香，还有惜字亭下人家的旧时气息。

每回吃粽子，总会想起祖母。祖母包的粽子，说不出的家常朴素，后来我再也没有吃到过了。

端午节旧俗，照例要挂把艾草在门头，我家年年只是随意放一捆在那里。有人将艾草剪做宝剑形状，民间各色禁忌皆有仙鬼依附其上，这是俗世的庄严肃穆。

端午如此，中秋也如此。如果是大晴天，月亮地里，漫天星火下摆张桌子，一家人团团围住水壶的袅袅热气，月饼切成扇形，就着点心，喝茶聊天，是一件愉悦的事情。

吃月饼每年只一次，金黄的面皮，细碎的芝麻，嚼出沙沙的声音，都是美好的。更美好的是红色纸盒凸印嫦娥飞天的画面，衣袂飘飘，上空一轮金黄的圆月,让人生出许多联想,还有飘飘欲仙的快意。小心翼翼剪下嫦娥,贴在镜子旁。梳头洗脸,顾影自盼之余与嫦娥眉目传情,牵连瓜田岁月的美意。

纸上嫦娥不老,有年回家在老屋里相逢,二十几年时光,我已非我,她还是当初模样。二十几年,没吃过那种月饼,仿佛消失了一般,市面未见。我不惦记那种味道,但我怀念过往的日子,怀念那在漆红桌子上切月饼的时光。

老屋旁有梅、柑、梨,有芭蕉,还有石榴。石榴从来没有挂果,是风景树也是风水树。最贪恋桂树,巨大的一团,远远就可以看见。爬上去,枝杈繁乱,零散几个鸟巢,别有洞天。有大树,少则上百年,更有千年古柳,虬根盘旋,枝叶参天交错,春天发了新枝,立夏后像一层浓重的绿云,遮挡好大一片天。又有芳草萋萋,青藤数枝绕树蜿蜒上行,越发绿意葱茏。

庭院海棠花开了,招蜂引蝶,也引来了几只蜻蜓。蜘蛛在天井结丝,两只飞虫自投罗网。山脚路口过来一村童,衔一秆麦管,呜呜吹响黄昏。天色茫茫,又下雨了,蒙蒙细丝落在衣袂间,亦见清风明月的气韵。青梅尚小,在枝头立着,隐有花的余香,白绒绒一身亮。炊烟在老屋的鱼鳞瓦头袅起。

屋前屋后皆是菜畦,一脉新生,豌豆灌荚了,长满一地绿月,摘回来烹食,风味大佳。韭菜尤好,有种稚嫩的香甜。一经立夏,韭菜浊气重了,吃起来便无春时新嫩。古人说蔬食以春韭秋菘滋味最胜,这是知味之言,也是经验。韭菜清炒或煎鸡蛋,有春鲜美味。用来炒河虾亦好,咸香且微甜,一时比翼。小时候河虾珍贵,不易吃得到。

望肉馋叹的日子,母亲自制网兜,兜口缝几枚铜钱,入水可紧贴水底，趁手一提，多有所得，无非小鱼小虾，也足以让人欢喜。夏日傍晚，母亲带我兄弟二人自溪头至水尾捞获，觅食若干。水中河虾，触须对碰，弹跳自在。鱼虾大者如蚕豆，小的粒米而已，焙干后，放辣椒炒食，咂舌之美，通达心底。放下碗筷，觉得未来远大，一室吉祥欢腾。

门前溪河清亮，阳光照下来，沙石闪动，竹影树影也闪动。河潭是浣洗场所，乡妇槌起槌落，清晨捣衣声不绝。溪边三五桃树，花开时节，花影人影相映。有落红飘至溪中，水流花谢，人一时无语。夏天，几个小童避开上人眼线，卷起裤腿在河中捞寻鱼虾，养在玻璃罐里。

小河水流平缓处芹菜丛生，葳蕤一片。掐回家洗净，以腊肉之油炒食，入口生气颇盛，与畦园菜蔬滋味不同。以前有贫人吃了芹菜，觉得美味，献给贵人分享。贵人觉得辣辣的，蜇于口，惨于腹。幼年听到这个故事，不觉得寒碜，感慨贫人的浩荡烂漫与仁厚朴素。这风气从先秦至今，跨越两千年，没有中断。

在徽州游玩，一族人家老祠堂大厅抱柱上高高挂有旧联，说是清人所作，内容大好，说出了心头话：

惜衣惜食缘非惜财而惜德，求名求利只需求己莫求人。

这联语让我感动，仿佛看见了惜字惜物的祖父青灰色的身影，也仿佛看见了一代代乡村老人的面容，更让我想起乡居的母亲，每回饭熟了，她总用钳子夹取灶台下正热的火炭丢入陶瓮中，用木板封口，火炭须臾而灭，经月可得数斗，冬天用来烧小炉。

做孩子的时候，凡穿衣或饮食，上人总让我们爱惜，一粒米也不能糟掉，衣裤鞋袜更要当心，不可随意损坏污染。祖父说一个人不爱惜衣食，必损坏福报，甚至折了命格。民间凡夫也得了些汉儒之风。

家里来了新客，邻人说话含笑，举止多礼。母亲在厨下，煎炒油炸之声响彻四壁。菜里会添一勺油，油汪汪的，动人心魄，仿佛照得见人影。虽无山珍海味，村落人家现世的安稳也是华丽富贵。给客人盛饭，小辈倘或单手接递，上人总要嗔怪，提醒用双手。来客盛饭要满，碗头有菜，几乎直抵鼻尖。乡村趣味处处讲究一个满，圆满丰满，水满缸，粮满仓，被满床，年画里的鱼和婴儿，也以肥美为上。

少时生活俭约，少喧哗，吃饭不得多话，不准挑三拣四，从自己面前慢慢吃。左手端住饭碗，不要吃着自己碗头又盯着盘子，夹菜不能把手伸到长辈面前。睡觉不许翻来覆去，坐要端正，晃腿会折了福分。人世久了，觉得少比多好。人生一世，忧患实多，欢喜是有的，忧愁的时候也不会少，轻轻浅浅享一份清福就好。君子知命，随分守时而已。不是君子，更要懂得随分守时顺应天命自然。

乡民饭场多设在厨房外，屋里一张八仙桌、四条凳子。桌子很旧，油漆脱落了，好在还牢固安稳。有人家水缸裂开了缝，用铁绳捆住。天长日久，锈迹斑斑，水迹濡湿锈迹，像桑叶，像地图。水缸面上浮着葫芦瓢，或敞口或覆身，泛出青铜色。从缸里舀半瓢水，仰头喝了，水线入喉清凉爽快，是清冽的山泉。

农人生来出力为务，上山砍柴、下田种稻，春天要播种，秋天要收割。地里依岁序种有玉米、蔬菜、小麦、红薯，年头忙到年尾，吃事舍不得花大块时间。

乡间日常，饮食仿佛余事。妇人从田间劳作归来，身上沾满尘土草叶。喂过家畜，洗净衣物，才有空闲进厨房。一日三餐不见山珍海味，素日不过米饭、各色蔬菜及家禽之类。粗瓷盘子或者海碗年年所盛都是笋、葱、白菜、豌豆、茄子、黄瓜、萝卜、冬瓜、粉条、扁豆。春节才有鱼，切成块，或者一整条，头尾饱满。年年有余，年年有鱼，鲢鱼、鲤鱼、鲫鱼或者草鱼。餐餐有腊肉，锅底米饭也会煮得满些，饭边是各色菜蔬，炖得发黄，不贪形色美丑。

日落日息，耕种挥汗，一年没有几天空闲。家里或者邻人做了年糕、米饼、芽粑、粽子、月饼、豆粉之类，虽平常物事，母亲却吩咐用盘子或者用藤编的箩筐装好与人分食。

月色中，星光下，漆黑里，捧着喷香的吃食轻扣柴扉。挨家挨户送过，人开门，惊喜盈盈，一边说多礼多礼、过情过情，呼小儿从厨下换碗接过。挟空碗回来，一路步履飞快，星月晚风草木虫鸣仿佛亦含笑。予人之乐如山涧流水，回味甘甜。

族谱记载，胡氏一祖任丈量官，宋朝时候来到惜字亭下，见风水宜室，定居下来。一世祖坟茔犹在，多少代人零落山丘，如草灰入地。当年祖父手植的几棵树或老死或挪作他用。只有一棵桂花立在屋边，被风吹过，摇响一垄秋声也吹开一枝冷香。

多少年，一次次从远方归来，老屋木门后，熟悉的人不在了，后来老屋也不在了。宋元明清到民国至今，一朝朝一代代，胡氏族人世世山野为民，务工出力，春种秋收。

从惜字亭入口，穿过老街，是一条稻田小路，路上有心窃窃想遇到的少女。她迎面而过，彼此无话。午后的风，静静的，轻轻悄悄吹动树叶发出沙沙声响。有时候也并肩而行，说是并肩，我终会慢半步。悄悄看着她侧脸，轮廓玲珑俊俏，颇似巧手精心打磨的玉人，蹙着的双眉下，一对乌黑清亮的眼盈盈如不见底的一泓水，蕴藏着淡淡阴霾。她瘦而单薄的身躯像只小猫。风从耳际拂过，新耕的田地散发出的清馨的泥土气息包裹着我，一些草的味道飘到鼻息间也瞬间包裹着我。初时的心事不敢点破，一抹私念悠悠漫漫，又如同飘扬的风筝，最后断了线，消失在天边。

少年的矜持与羞怯，是高山上稀薄的云朵，是花叶之间微妙的芳香。坐在浅绿的草皮上，以手枕头，书散在一边。天湛蓝深邃，云片白蒙蒙像棉花糖，风吹即散，少年走神了。指缝滑落的比留在掌心的多。过去就过去了，只有记忆，当年岁月丢了，不能回来。少时旧友，为人夫妇为人父母，各自艰苦，各自欢愉，彼此相忘于江湖。

晨雾迷漫，只有青山、河流、老屋、古亭的影迹。春光浩荡，亭尖野草又绿了，野花高举。大雨过后，忽而云开，阳光照过亭尖画戟，斜斜切下一抹幽凉。惜字亭默默看着。小村人家生老病死，井然有序。有些人走了，有些人来了。惜字亭至今康泰，亭尖野草萎了又绿，青了又枯，反反复复。亭下一户户人家在光阴里老去，一年年，山改了模样，河改了模样。

窗外起了风，茶褐色的松针落满后山，枯叶萧萧，心绪也萧萧。枯叶寂寥，心绪也寂寥，内心有秋声赋。秋风刮过瓦片，飒飒的声音，不是秋声赋，是物之哀了。戏词说："你记得跨清溪半里桥，旧红板没一条。秋水长天人过少，冷清清的落照，剩一树柳弯腰。"落日冷清清照在西山，那些树那些草，被擦亮了一般。无数次静静地坐在门前塘埂上看夕阳之光，染得山影红彤彤的灿烂。

西山如笔架。民国时有风水先生路过，说门对笔架山，此地当出一个文士。我勤勉读书，以为自己会应了那话，将来做一文士。而实在生了逃离之心，出门是山，过了那山还是山，一座座山挡住了一切。孔子说他是丧家之犬，而那时我不过是丧家的微尘虫豸。

后来到处见到像笔架的山，江山多胜迹，才明白此说无稽，风水先生讨一个彩头而已。人生业障太多太重，实在不必太多穿凿、太多执念。

走在惜字亭边，喧嚣只在远处。近旁荒藤绿树老宅古桥，高且大的树栖居了飞鸟，废园长满了野草。暮鸦归来，秋燕南去，风过塔顶，雨落天井，草动虫鸣……四季悄然更迭。白昼日光，夜阑月色，将惜字亭下的日子照得晴朗光明。

前人走过的路，年年山风，春草复生，一寸一尺一米一丈吞噬往日旧痕。下雪了，荒野堆银砌玉，亭子白了头。人间踪迹被一片白隐住了，倏忽回到了过去。山依旧，水依旧，树枝上三五只麻雀跳跃，几百几千几万几万万年前大概也如此。

小村陋室里第一次读柳宗元《江雪》，唐时景象让人沉迷。山无鸟影，路无人迹。孤舟上戴蓑笠的老翁，独自在寒冷的江面上垂钓。斯时想来，又写实又虚空，如人生诀。

戏台上演鲁智深事。花和尚醉闹山门，打坏寺院和僧人，被师父遣往别处，辞别之际唱曲，说自己赤条条来去无牵挂。人性空无，富贵人家与贩夫走卒无二，生来无物，死后带不走一粒尘埃，赤条条来去，在得失中参透看破，在拿起与放下之间解脱，最怕牵挂太多、羁绊太多。古人说，几亩小园，一座破旧的小屋，能避风遮霜。蜗牛角与蚊虫的睫毛，都足以容身。先民心性如此豁达。

空而无心，空且有我，无所谓有，无所谓无。人生至此，所得不过得，所失不过失。吃饭、喝茶、饮酒、读书、写字、作文、行乐、受苦、沉浮。沉沉浮浮，是河东河西岁月码头变换的风景。中国文章有人间天国，那是陶渊明幻构的桃花源，是《红楼梦》中的大观园。住到文章里，像走进了日月星辰。我欣喜写一点文章，潜入文字世界。

那些冷僻荒村，白甘平淡。村人不知外乡外埠繁华风光，知道也不羡慕，守着惜字亭下不大一块天、一方地自生自灭。何止百年孤独，追忆逝水年华找不到引子。

人生在世，命途不同，足迹有别。有人轰轰烈烈做大事，有人终身平凡寂寞，激不起半点浪花。无有是非不论成败，各自福祸吉凶，都不过在世间谋一口热饭滚汤、一张暖炕。有人谋得酒酣耳热笙歌夜夜，有人粗茶淡饭偏居一隅，最终都是走向空无，要的不过此身安妥。

惜字亭下人家撒豆播种，以田地为业。那是他们的桃花源、大观园。一茬茬农人无求无喜，酸甜苦辣尝遍，一切有度，自可过着生活。顺应天道，施肥灌溉，收成好了便好了，收成不好由它不好，来年春日再来耕种。人无妄念无着相，无有梦便不会醒，无牢骚心无矜夸心，处处有佛性有道性。乡农如此，乡景也如此。

秋夜过惜字亭边石桥，河里一轮圆月，明润在天，不知它照着溪水，溪水不知有月照着，不管不顾地流着。石桥、溪水、明月不知有我经过。

选自《当代》2022年第1期，有删节

王洒

稻田的心

王洒

男，汉族，1978年9月出生，贵州仁怀人，中国作家协会会员，贵州省仁怀市作协主席。发表作品三百余万字，有散文集《泥土上，屋檐下》、纪实作品集《扶贫日记》等出版。

没有谁对父亲最好,唯有稻田。

没有谁让父亲最骄傲,唯有稻田。

在黔北仁怀大山里种了一辈子地的父亲认为,稻田有颗金子般的心,是它无私的奉献,才让父亲在艰难困苦的岁月里不至于有忍饥挨饿的卑微,才让父亲执掌的家庭在寂寂山村里活出了该有的光明。

稻田,是父亲的命根子。

壹

20世纪80年代初,父亲分到了像宝石般镶嵌在大山深处的稻田。稻田有的在山膀膀上,有的在山弯弯里,有的在山窝窝中,有的在山脚脚处,是根据远近、大小、肥瘦搭配后,在生产队的组织下抓阄分配的。

紧紧握住纸阄上的稻田,父亲哼起小曲儿,即刻回家向奶奶、母亲禀报。

百年木屋里,灶前的奶奶正往灶膛里送柴火,灶台后,母亲正往锅里烙干粑。等待分田的心情里,火光、炊烟,都成了眼前的欢腾。

"分了,分了,分了……"父亲闯进门,"龙井、肚肚儿、窝窝儿、莲莲儿、沟扁扁、水井湾、杉儿树、反背、新田、麻汤田。不多不少,整整十丘。"父亲像点孩子的名字,将分到的田一口气点给奶奶和母亲。

每丘田,都有自己的名字,都有来历或故事,跟人一样,是有身世的,要善待。嚼着干粑,父亲嚼出每丘稻田的前世今生和一家人的未来。

贰

除夕夜开始,父亲就满是稻田的心事。

神龛前，父亲祭完祖先，就取祭祀用的少许饭食装进碗里封闭，随后放在神龛台上，等到元宵节时才取下来。这碗里，不知父亲装的是什么心愿。

我记事时就问父亲，父亲只一句："今年庄稼哪样好，正月十五碗里找。"

难不成，神龛上的神秘碗，能长出庄稼？我不明白。

左等右等，元宵节来临。打开碗，父亲瞅了瞅，欣慰地抬眼朝向身旁的母亲："今年，谷子最好，苞谷、麦子、高粱要次点儿。"母亲回笑："好啊，老天爷在照顾我们嘞。"

十五天，神龛上碗里的饭食都霉变了，出现白、黄、红、绿等颜色。母亲解释，白色代表大米，黄色代表苞谷、麦子，红色代表高粱，绿色代表菜蔬……

我明白了。这是多么神奇的祈祷啊！

只要下雨，父亲总要侧耳倾听第一个春雷什么时候滚来——正月打雷坟堆堆，二月打雷谷堆堆，三月打雷谷壳飞。

好在，第一个春雷，总在农历的二月来临。二月春雷，像是父亲下田耕作仪式上的演奏。

观望天象、遵从时令耕作，是父亲作为一个农民最基本的素养。

清明前十天，父亲将年前买来的稻种，用温水浸泡一天一夜后，撒在提前准备好的温棚里。父亲一丝不苟，像呵护刚出生的孩子，不仅要用肥泥为它们垫"窝"，还要盖一层有机质高的灰土"被子"。

约一周，芽出土。天热时，父亲要开棚散热、浇水，生怕它们"中暑"；天冷时，父亲要封棚保暖，生怕它们"受凉"。

漫山遍野，绿意渐浓。温棚里，秧苗长得急。扛上犁耙，牵了水牛，父亲正式下田整治秧苗田。

父亲的秧苗田，年年定在肚肚儿。肚肚儿在一座山膀上，形状像一个壮汉的肚子，所以叫肚肚儿。秋收后，父亲一般不会将水放干，而是将它整治成冬水田，以便来年承担起培育秧苗的责任。

犁两遍并耙平后，父亲割来半人高的油麦、蚕豆、豌豆等青苗踩在泥里，为移栽来的秧苗提供营养。父亲形象地称，稻苗好比幼崽，只能喝奶。青苗快速腐烂后的肥力，就跟奶一样，稻苗才容易吸收。

秧苗田里，一厢一厢，平整的苗床全露出水面。厢与厢之间，是装满水的厢沟，作用是确保苗床和秧苗有充足的水。这是父亲多天工夫打造的。

秧苗田整治好后，秧苗已长到食指那么高，正是从温室移栽到野外的时候了。

起苗前，父亲要将温棚膜扯掉，让秧苗在阳光或风雨中独立成长三两天，然后才为它挪窝。经受过磨炼的苗子，到温室外才能抵御侵袭。

在几名农人帮助下，秧苗移栽开始。弯起腰，脸朝苗床，屁股朝天，左肘靠在左膝盖上，右手指从左手取过幼小秧苗，一株一株，小苗被小心翼翼栽进苗床。此刻开始至秋天，父亲与农人们，千万次，要反复向稻田作揖；千万次，要反复与稻田商量；千万次，明白稻田从不亏待他们。

"布谷，布谷，收麦种谷……"山坡坡树丛里，布谷鸟催忙的口号声传来，父亲抬头就嚷："催啥子鬼，腰都忙断了还催？我们休息下，别理它。"

听了父亲的俏皮话，大伙儿乐了。坐在田坎上，吸起烟，父亲与农人们"打量"到的，是一片绿意盎然的稻田；感受到的，是唯有向稻田弯腰，而不曾向谁弯过腰的尊严。

叁

移栽完秧苗，父亲开始整治稻田。

抢收完头年轮作的油菜、小麦或蚕豆后，将近一个月时间里，父亲都在盼雨的日子中度过。

谷雨时分，春雨渐增。

夜雨中，父亲始终睡不实，不时探听屋外雨声。天亮了，雨还未停歇，父亲就迫不及待。"这雨，够整田了。"

戴上斗笠，披上蓑衣，扛上犁耙，牵上水牛，行于山路。父亲躬耕的身影，是山村春天特有的音符。

一夜春雨，稻田浸饱了水。山沟沟里，春水满怀热情朝稻田奔去。

田里，父亲枷起水牛。

耕牛在前，犁头在中，父亲在后。父亲一手扶住犁尾，一手高举撵牛棍，在他一声声"上、下、走、转、缩"的吆喝中，懂事的耕牛甩起尾巴朝前奔。犁铧过处，泥土翻滚，春水搅和，虫子呛出……有虫子，八哥、喜鹊、乌鸦也前来捧场，树丛中的布谷声和父亲的撵牛声，成了对唱的山歌。抢水整田，是黔北山区最具韵味儿的节奏。

遇上雨水偏少的年份，父亲与母亲还要半夜打起马灯迎雨整田。天亮时等我们醒来，一丘田已整治完毕。"雨足高田白，披蓑半夜耕；人牛力俱尽，东方殊未明。"抢水整田，是祖先留下来的时令记忆。

父亲是整田高手，一丘田，要反复犁十来次，每一次，都要走不同的犁径，尽可能保证泥底都犁过，那样泥底才结实，才稳水。每丘田的肥瘦不同，有机质土壤厚度不一，犁的深浅程度、泥水混合搅拌的次数也就不一样。稻田田坎，要用专门锤田坎的棒棒锤牢固，再用耙子扯田里的稠泥糊上。稻田四周,也要打理得干干净净,不让杂草烦了稻禾。父亲常言,这是出大米的地方,必须干净整洁。父亲打理的每一丘田都不漏水,母亲形容,水像装在碗里不漏一滴,除了天上的太阳,没有谁能奈何它。

祖传的整田技艺,总是要传下来的。

莲莲儿田里,父亲开始教我手艺。记忆深处,父亲从未教我学过什么,也从未要求我学什么,包括上学,你考零分还是满分,他都一个表情。倒是整田,他教得特别上心。父亲有几门手艺,村中他是有名的石匠,家中他是篾匠,为家中燃煤还当挖煤匠,为有酒喝还会烤酒。父亲觉得,有艺不孤身。整田,是父亲唯一留给我的技能。有田,能种地,什么时候都挨不了饿,这是父亲教我的最基本的谋生之道。

田全部整治好后,父亲便要求我们一筻一筻从牛圈里往田里背牛粪。"春天你背多少肥到田里,秋天就能背多少谷子回家——人不哄地皮,地不哄肚皮!"

肆

小满后,秧子已长到筷子那样高,眨眼工夫就要开始插秧。

头一天,父亲向母亲交代:"晚上,把腊肉准备好,整点腊肉骨头和白金豆一起炖,吃饭才有滋味儿……蒸好麦粑,打几斤酒回来……"

第二天清晨,还未等父亲赶到秧苗田,帮忙的农人就已经到了。不用问路,不用带路,哪家的田在哪里,农人们闭上眼睛也能找到。田,是他们最熟的朋友、最亲的人。

近二十个人,约莫十点钟,秧拔完了,又将秧子背到每一处丘田里。

此时，灶房里的母亲，已将饭菜倒腾得令人垂涎三尺。站在开阔处，我扯起喉咙喊向父亲和农人，让他们回家吃饭。饭桌上，父亲总爱劝两杯。小口喝着酒，大口吃着肉，农人们始终感觉不到大忙季节的疲惫。

饭后，父亲的"秧门"正式打开。

顺着田的朝向，两个人先拉绳子顺绳插秧定大行，行距大约两米，这两米范围就是一个人的插秧区域。大行里，依据窝距五寸、行距八寸的大概要领，每人再插七行，行行都要齐整。弯腰、伸腰、退步，历经数不清的姿势与动作，一丘波光荡漾的稻田，披上绿装。

伸伸腰，深吸清新暖风，父亲与农人们，品尝出稻田沁人心脾的滋味——"手把青苗插满田，低头便见水中天；六根清净方为道，退步原来是向前。"

时至傍晚，插秧结束，"秧门"关上。

屋内，暖色灯光下，父亲劝起累了一天的农人畅饮解乏。猜拳的声音，时断时续的小调，醉了山村，醉了初夏。农人醉意里，我看到他们手脚上，满是砂粒划破后的伤痕。这些引不起农人疼痛的道道口子，在他们粗犷豁达的性情里，成了无私稻田编织的勋章。

伍

插秧后，水，就成了父亲的头等事。

隔三岔五，父亲总往田坎上跑。雨天，担心雨水冲垮稻田；晴天，担心秧水被晒干。最让他焦虑的，还是夏天久旱无雨的日子。

为给稻田补水，父亲要到很远的地方抬抽水机抽水。十余台抽水机，很快将小池塘的水抽光。塘见底，仍不见雨，咋整？

盼雨，父亲望眼欲穿。傍晚，天边边泛起火烧云——早晨烧天不等黑，傍晚烧天等半月。雨，一时半会儿落不下地。

不能再等，必须找水。

为救肚肚儿田，父亲来到一个叫响水洞的地下水泉眼边等候。排队两天后，轮到父亲放水了。这时的肚肚儿，田坎边已经裂出小口，好在，它马上要解渴了。

那晚，父亲邀我跟他做伴。来到洞口处，我为父亲打上手电。借着手电光，父亲用锄头掏沟、分流、放水……

一个小时后，响水洞的地下水，叮叮咚咚流进稻田。稻田边微弱的手电光下，我看到父亲对着秧子的黝黑脸庞露出憨笑。

跟在父亲身后，我与父亲返回响水洞。响水洞外，父亲寻得一处岩壁平台。

攀到平台上，我与父亲依偎着，等待水静静地流淌，守候着稻田里的酣畅。不知什么时候，我睡着了。

等我醒来，身上盖的，是父亲带来的大衣，头枕着的是父亲的衣裳。抬起头，我看到满天星斗，还有两三百米外的父亲，口中衔着手电，双手正抓起泥巴糊已裂口的田坎。

为了稻田，为了家人，父亲不敢停歇。我没有呼唤父亲，泪水却被父亲深夜劳作的身影唤出眼底。

田中有水，稻子得救，薅秧必不可少。

大暑前，稻浪里，父亲照样弯着腰，用双手抓扯水草，用双手刨松稻子根部的泥，让其根须更发达，长的秧子才壮，结的穗子才丰实。

临近立秋，稻子经过父亲精心培育，开始抽穗了。

蛙声里，父亲在田坎上踱来踱去，心里有说不出的喜悦。扶起一窝水稻，父亲数了数，分蘖的稻子，整整二十根，每根抽出的穗，谷粒三百多。

将一根稻穗放在鼻子前，父亲闻了闻，真香，这稻花味儿，跟碗里的香气是一致的。记忆里，父亲从未亲吻过他的子女，可在稻田里，他要反复地闻、反复地亲吻。

白露左右，稻田里的稻穗弯腰向土。一株株弯腰的稻穗，是稻田给父亲还的礼，是给父亲最厚重的回报。

赚了！父亲说，这是世界上最牛的买卖。父亲在稻田里数万次弯腰，换来的是稻田百万级的谦恭回敬，换来的是父亲弯腰后挺直的腰身。父亲说，这人世间，只有稻田对他最好。稻田的心，才最真诚，才最无私，你对它虔诚，它必报你收成。

摘下一株，父亲在掌心揉搓起来。脱壳露出来的白米，让父亲的口腔与肠胃，溢出四季的香甜。

陆

转眼，收割季来了。

此时的父亲，总要骄傲地查寻、比较，看看谁家的稻子还高傲地站着，是否还有招惹蜜蜂的稻花。"白露不低头，割来喂老牛"！再看咱家的稻田，金灿灿的，沉甸甸的，微风拂过，沙沙低语。

自鸣得意的父亲等起晴天，准备秋收。

集镇老街，铁货铺里，还未等父亲开口，陈铁匠迎面就问："王大哥买镰刀吧？"何种季节，农人在小镇上的何种心思，都逃不脱陈铁匠的眼睛。

"是的，陈师。"

"几把？"

"五把。"

"好。今年谷子还行吧？"

"是行喽。风调雨顺，田儿争气，谷子太好，你这镰刀，怕要割坏嘞。"

"没事儿没事儿，我这镰刀质量保证，割坏了我赔。"

"谷子好，镰刀割坏了我也乐意，不要你赔……"

"哈哈哈……瞧你这大哥。"

父亲提了镰刀，再买块肉，神气十足往家赶。

第二天，趁着好天气，父亲又请来农人，一镰一镰，弯腰挥向稻子。稻田里历经春秋与风雨的水稻，一瞬间就被农人割进手中。它们一把一把被捆起来，又被晒在稻庄上。

稻庄上晒了两天后，乌云压过稻田。见我们抢收稻谷的奔跑，路过的农人，以及在村校上完课的老师，都纷纷赶来帮忙。你一抱、我一背、他一挑……雨还未下地，父亲的稻谷就被迎进堂屋。

父亲感激的方式，还是一杯酒、一碗肉。被死活留下来的农人和老师，猜拳自然少不了。秋雨声里，他们喊出一年的春夏秋冬、苦辣酸甜。旁边的父母亲，斟酒添菜，脸上掩饰不住颗粒归仓的神采。

柒

田间地头，催人春耕的布谷声再也听不到。把夏天撕扯得热气腾腾的知了，也许回归了泥土。秋分时节，只顾奉献的稻田，开始短暂休闲。

门前的白杨，树叶开始发黄。

秋天越来越分明，可父亲，仍像春天一样奔忙。

金风细细，夜幕低垂，长庚星高挂。李支书家里，父亲正与支书商讨起卖米事宜。一家人的开销，全在谷里。

"现在急用钱不？"李支书问。

"不怎么急，就是想把卖米的消息放出去。"

"那好。现在卖，你晓得的，价格上不去，晚些时间价格上去了才出手。我记好你要卖米的事了。"

辞别李支书回家后，母亲念叨起来："过几天赵大爷家娶儿媳妇，要送礼五块；买两个猪崽养殖，要花四五十；天凉了，要为孩子们添点衣裳……"

父亲将大米背到离家十多里的集镇上。

太阳偏西，仍无人问津。赶集人，街坊人，仿佛家家都不缺米。风调雨顺年景，大抵如此。

场散尽了，父亲只好将米存放在熟人店铺里，等下个场期再来卖。

那天下午，我从集镇的初中放学，正出校门口时，看到父亲远远地朝我招手。

一眼望去，父亲忽然苍老了许多。身上的涤卡布衣裳，脚上的解放鞋，已经发白。我感觉，他的腰身大不如前，单薄且不那么直，兴许这是侍弄稻田长期弯腰造成的。这是我刚刚会了与父亲年纪相仿的老师后，再瞧父亲时得出的结论。

从放学的人流中，我跑到父亲跟前："爸，你怎么在这儿？"

"还不是卖米嘛。没卖成，身上没钱嘞……饿不饿？要不，我找家熟人馆子，赊碗羊肉粉你吃。"

"不饿！爸，我们回家。"

父亲从衣兜里摸出一把瓜子递给我，这是他早上从家出发时带上的，为接我时给我解馋。父亲从早晨到现在，连水都没喝一口，肚子难道不饿，就不想用瓜子塞塞牙缝？

十多里路上，父亲的背影，在夕照中越来越瘦长。父亲给我揣的葵花籽，让我嗑出最深沉的记忆——父亲接我放学回家，从此再也没有了！

第二个场期，父亲低价卖了米，每斤七角八，比收谷前低二角五。父亲心痛好久，那可是好田种出来的好米啊！

步入深冬，买谷买米的人找上门来。看来，李支书的话，管用。

买谷买米人家，大都没田或少田，父亲理解没米的难处，赊欠，当是可以。不抬价格，去年多少，今年就多少。父亲处事，跟他种的稻谷相似，身上有芒，内心却跟米一般纯实。

一年又一年，一家人生计，全靠稻田。稻田，是父亲最为骄傲的、比儿子还要成器的家庭成员。

现如今，父亲去世多年。难以实现机械化的山区稻田里，农人的耕作技艺仍在传承。母亲坚持父亲的观念，一定要我们成为爱田的人，万不可忘了它恩深义重的情分和农人的本分。

——稻田的心，就是我们的心！

选自《光明日报》2022 年 2 月 11 日

刘醒龙

不负江豚
不负铜

刘醒龙

1956年生,湖北黄冈人。湖北省文学艺术界联合会主席,《芳草》文学杂志主编,中国作家协会第九届全委会委员,中国作家协会小说委员会副主任。曾获茅盾文学奖、鲁迅文学奖等奖项。

用五百吨纯铜砌一座房子,在任何年代都不可想象。

在铜陵,这所举世无双的房子,让人看得实在过瘾。

纯铜砌成的房子,名叫铜官府。房子是新修的,修这房子是要言说一段铁打铜铸的往事。站在铜官府外的那一刻,秋天到来好久的模样一点也见不着,天气反而炎热得如同酷夏,铜和房子一起在阳光下冒着巨大的热量,透过空气,可以看见升腾不止的火焰一样密密麻麻的光谱。霸气也好,拒人千里之外也罢,生就了独一无二,就该有如此气质。那种仿佛天生的气场,丝毫不输紧邻的高高大大的一座铜官山。

苏东坡有七言诗说:"落帆重到古铜官,长是江风阻往还。要似谪仙回舞袖,千年醉拂五松山。"有些事物,就是这么着,好似天生一般。历数那些还能存世的古时经典,属于国之重器一类的桂冠,几乎全都戴在青铜铸就的鼎与簋的头上。所以,能在煤都、铁都、铝都等等称谓之中雄踞文化源头的,唯有铜都。也是因为有了铜都一说,铜陵这座小城,才可能毫不犹豫地以大地方的尊贵身份列于历史长河之上。

面对纯铜造就的铜官府,不由得想起刀光剑影的东周列国,一旦拥有这五百吨青铜,即便是容身蕞尔、于心唯忍的小国寡君,也会雄心勃发,做起江山在我的春秋大梦。砌在雕梁画栋之间的这些有色金属,真个出现在那个年代,制成那些年代的冷兵器,足以装备一支战无不胜的精锐之师。

雄踞华夏八百年的楚国,怎不是得益于与铜陵相距只有数百里的铜绿山出产的青铜?铜绿山那边,也有三千多年的青铜冶炼史,一千多年的建县史,殷商时期就"大兴炉冶",大冶是为中国近代工业的摇篮,大冶市的铜绿山古铜矿遗址已发掘出自西周至西汉的采矿井巷三百六十多条,古代冶铜炉七座,是迄今为止中国保存最好、最完整、采掘时间最早、冶炼水平最高、规模最大的一处古铜矿遗址。

在铜官府认识的朋友还说，铜陵这边青铜文化源流要略早一些。朋友引用的这话，出自一位研究青铜文化的共同朋友之口。只可惜朋友写成关于青铜源起的某些文字偏颇了些，有悖于铜陵江海潮流山川大地中生长了三千年的成功与自豪。

说起来宛若那相信不得的流言蜚语，铜陵这里，还用一千五百万元预算喂养十几条鱼。在大通古镇，这种令人叹为观止的现实，与长江东去、海潮西来一样，不需要任何辨析，放眼看过去，既清楚明白，又刻骨铭心。科学地说来，俗话说的这鱼，是一种兽，特别是理论起生殖繁衍时，因其行为与兽相同，索性以雌兽和雄兽相称。多数时候，学界与凡俗一律称之为江豚。只有纯学术和太俚俗时，前者才称其为淡水豚，后者则直呼江猪。

告别铜官府中的历史烽火与现实烈焰，搭乘轮渡，上到长江中间的清凉沙洲，接连遇见昔日人称小上海的大通古镇，还有和悦洲与铁板洲之间的夹江上的铜陵淡水豚自然保护区。沧桑兴废，只在一台摆渡车的摇摇晃晃之间。一座曾经十几万人的重镇，早被岁月风雨侵蚀成断垣残壁。连接长江主流与岔道的不起眼的夹江，反而成了令世界瞩目的科学史上首座利用半自然条件对白鳍豚、江豚等进行易地养护的场所。如今白鳍豚已绝迹，此地的主要任务是保护长江中下游特有的世界水生珍稀动物江豚。

当年由武汉水生所救治的地球上最后的白鳍豚，科学家想尽一切办法，也无法令其繁衍哪怕是独苗苗的后代。白鳍豚的前车之鉴，使得人们空前重视江豚的境遇。从2003年5月到2006年7月，生活在夹江这片水域中的雌兽"姗姗"接连繁殖出三头小江豚。那天，一行人站在专事喂食的栈桥上,看水中十几头江豚优雅地抢食被投放到水中的鲫鱼和鲤鱼,从保护区设立之日起就从事饲养工作的那位中年男子,左手接二连三地将两三寸长的小鱼儿抛进水里,右手指着水中个子最小的一头江豚,说它是去年才出生的。相关科研机构调查后推测,长江江豚现有一千多头,其中,干流约为四百多头,洞庭湖约为一百多头,鄱阳湖约为四百多头。小小的夹江中就有十七头。

资料上说,江豚的眼睛无视力可言,对外的一切感知,完全依赖于与生俱来的声呐系统。一段夹江,水不太清,也不太浊,水边的植被不太密,也不太疏,都是人们习惯的长江两岸模样。一条小鱼儿抛下水,就有一只江豚从不清不浊的江水中滑跃而来;两条小鱼抛下水,就有两只江豚从似流未流的江水中溜溜地显出原身。除非水里有三条小鱼儿,才会见到三只"雌兽"或者"雄兽"。无论小鱼在水中呈何种姿势,长着一双无用眼睛的江豚,都能准确无误地叼着鱼头,吞入腹中,绝对不会出现从鱼尾开始倒着下咽的错误。最奇妙的是,如果小鱼儿没有脑袋,从入水的那一刻起,江豚就会视若无物,连闻都不去闻一下。这奇妙是饲养江豚的中年男子说出来的,说话之际,他信手掐掉一条鲫鱼的头,抛到一只江豚的身边。一向不会让入水的小鱼多待半秒的江豚,竟然没有丁点儿搭理的意思。中年男子如此做了三次,结果都是一样。之后抛入水中的小鱼是完整的,说话之间,去年才出生的那头小江豚就现身,轻轻一抖身子,就将完整的小鱼完整地吞入腹中。

从夹江这里开始数起,整个长江中下游水域中的一千多头江豚,是地球生物的杰出代表,其科研价值,甚至超过人类本身。我们的祖先只经历过一次进化。小小的江豚,比人类多经历一次轮回,在生命历程中,多获得一次成功。不知道哪一年,进化后的江豚,从水中爬起来,上到陆地，变成四条腿的动物。可惜时间不算太长，爬上陆地的江豚，难以适应面朝黄土背朝天的日子，于是重新回到水中。

用不着脑洞大开，只要稍微动一下脑子，让思想的边界轻松抵达江豚开始第二次进化的某个年月日，就有可能发现同为哺乳动物的人类，从水中爬向陆地的模模糊糊的小小身影。好不容易变身为哺乳动物的江豚，义无反顾地回到水中，却还是这般哺乳动物之身，莫不正是人类的过去与未来？也正是这一点，人类所做的相关江豚的一切，与其说是保护江豚，不如说是保护人类自己；与其说是研究江豚的来龙去脉，不如说是意图从中找出事关人类自己的某种传统与传承。

铜陵这里的铜官府也有如此意义。那叫铜官的，是殷商之后掌管"炉火照天地，红星乱紫烟"的铜矿开采业的一介官名。近代以来，人类早已认识并掌握着许多比青铜重要的地矿资源，仍不放弃对青铜的追寻，并非青铜如何珍贵，而是青铜是人类较长时期内的不可替代的文明载体。

那天在铜官府，朋友脱口而出，指某个精美绝伦的青铜器物的制作方法为青铜时代盛行于欧洲的那种方法。这轻飘飘一说，绝对不是一声惊雷，只能等同于巨大的吃喝。铜陵所代表的青铜文化，唯一源头是"范铸法"，也正是与"范铸法"相辅相成的劳作方式，孕育了青铜时代的中国文化。青铜时代盛行于地中海沿岸的青铜制作工艺，造就了与东方文化迥然不同的西方文化。此中关键点在于，不能因为湖北省博物馆珍藏的曾侯乙尊盘貌似很难以"范铸法"制成，就可以在没有任何其他青铜工艺的考古实证时，凭着异想天开的脑子，想当然地用地中海的海水来润润长江。

2018年，夹江上那片自然保护区里的江豚，从"亚种"升级到"种"时，在学界之外的社会上没有引起任何反应。殊不知，这虽不是天翻地覆的大事，但在科学研究中也还算得上倒海翻江了。所谓亚种就是由于地理因素等限制导致生物产生的种群，本质上并没有产生生殖隔离，依然可以产生可育后代。比如狼和狗，狗是灰狼的一个亚种，所以狗可以和灰狼进行交配产生后代。"种"却不行，"种"的定义就是生殖隔离。两个生物分属不同"种"级别的，往往意味形成时间相差或相隔百万年。文化上的融合，显然没有生物界那么艰难。然而，青铜时代相隔万里并肩走向高峰的青铜文化，也有点类似生物的"种"，而非"亚种"。诸如曾侯乙尊盘这样的青铜重器，没有坚实的青铜文化作为基础，想要登峰造极只会是异想天开。这也等于说，虽然条条道路通北京，也不可以要求京杭大运河上最优秀的船工，一夜之间改为驾驶马车，还要取得比惯走京杭直道的顶级骑手早到皇宫的好成绩。活生生的事实一直在证明，唯有长江才会提供江豚存世的保证，那些幻想某个时间在亚马孙河、在伏尔加河、在莱茵河与塞纳河中出现江豚种群，只能是白日做梦。同样的道理，在古老华夏的大地上，唯有生生不息的"范铸法"才有可能摘取中华青铜文明的桂冠。

　　荒野中的一段夹江，十几头江豚，在科学意义之外，是那有造化之人才能读懂的对着天地写来的春秋笔法。看似无心插柳，实际是有心栽花。用江豚比照青铜，用青铜寓意江豚。铜陵之铜，所赋予"铜官"之责，擅长由青铜文化举一反三，能够从三千年古老矿渣中寻觅端倪，又可以对新兴自然保护区有更新的想法，不负江豚，不负青铜。

节选自刘醒龙《朗读故乡》，《湖南文学》2022年第2期

近代散文的
七位宗师

王鼎钧

山东兰陵人。当代华文文学大师。1949年去台湾，1978年后移居美国纽约。创作生涯长达大半个世纪，长期出入于散文、小说和戏剧之间，著作近40种，以散文产量最丰、成就最大。被誉为"一代中国人的眼睛""崛起的脊梁"。

杨牧教授把中国近代散文归为七类，每一类都有一个创始立型的人，这七位前贤是：周作人，小品；夏丏尊，记述；许地山，寓言；徐志摩，抒情；林语堂，议论；胡适，说理；鲁迅，杂文。他为此编了一部《中国近代散文选》。

夏丏尊

对夏丏尊先生我印象深刻，看到他的名字，想到《文心》和《爱的教育》对我的影响。他家境清寒，三次辍学，终身没有一张文凭，21岁就就业赚钱，我青少年时期的坎坷和他近似。杨牧教授说，中国近代散文中的"记述"一脉由夏氏承先启后，各种选集都收了他的《白马湖之冬》。

说到记述，夏先生记述他同时代的几个人物，写丰子恺，写弘一大师，那才是文以人传、人以文传。且看他写的《鲁迅翁杂忆》，他曾和迅翁在一所学校里同事，那时迅翁还没有用"鲁迅"做笔名，他说他俩服务的那所学校聘请了一些日本人做教员，需要有人把日文的教材译成中文。他写迅翁翻译教材的时候，用"也"代表女阴，用"了"代表男阳，用"系"代表精子。他写迅翁对他说过，当年学医，曾经解剖年轻女子和儿童的尸体，心中不忍。这时的周树人先生还没有"横眉冷对千夫指"，令人乐于亲近，不失为一条珍贵的史料。夏先生又写迅翁只有一件廉价的长衫，由端午穿到重阳，又写睡前必定吸烟吃糕，意到笔随，显出散文之所以为"散"。

周作人

夏丏尊先生的名气并不是很大,没想到把他列为中国近代散文的七位宗师之一,说到周作人先生,那就是众望所归了。周先生的学问了不起,不知为什么,未曾以皇皇巨著像冯友兰先生那样以哲学名家,或是像顾颉刚先生以史学名家,留在散文这一行,以"小品"受我辈膜拜。学问大的人下笔总是旁征博引,周先生常常引用我们没见过的书,从中找出我们需要的趣味。

周先生对散文提出两大主张:一、美文;二、人的文学。他似乎不喜欢雄辩渊博的论著,所以始终没说清楚,好在有人响应补充,有人以不同的术语引进相似的说法,今天我们可以印证,"美文"指形式,"人的文学"指内容。美文之美不是美丽,是美学;人的文学不是人欲,是人性。古人说,读了《出师表》不流泪的,不是忠臣;读了《陈情表》不流泪的,不是孝子。为什么会流泪呢?因为它发自人性,触动人性。天下教忠教孝的文章多矣,为什么要拿这两表说事儿呢?因为两表达到美学上的要求,是艺术品。长话短说,可供欣赏的散文,内容见性情,形式有美感。

放下理论读作品,周先生写《水里的东西》,有一篇谈溺死鬼,淹死的人的鬼魂一直留在他淹死的地方,不能离开,要想转世投胎,得先"讨替代",拉一个人下水淹死,让那个人的鬼魂代替他。溺死鬼常用的办法是幻化为一种物件浮在水面,引诱人弯下腰捞取,他在水中趁势一拉。他常常变成一种儿童玩具,让小孩子上当短命,所以水乡传说中的溺死鬼往往是一群儿童,三五成群,一被惊动就跳下水去,犹如一群青蛙。

博学的周作人先生除了写乡野传说，还写到日本的河童，文字干净明亮，行文舒展自如，风格庄重闲适，这些都属于"形式美"。至于内容，孟子说"恻隐之心，人皆有之"，周先生对河边同一地点不断有人淹死，笔端没有温度，为什么也大受欢迎呢？我有一个解释：溺死鬼找替身云云根本是无稽之谈，难怪他写得既不恐怖，也不悲惨，"本来无一物"嘛！周先生谈溺死鬼，有破除迷信的作用，应该高举为无神论的上乘文学。无神论者不要禁止谈鬼神，要任凭周作人这样的作家去谈鬼神，使人感觉并没有鬼神。

林语堂

都说周作人先生喜欢在小品文中引用许多名著名言、名人轶事，其实林语堂先生也是，两位前贤读书多，记忆力又强，一旦提笔为文，天上地下冒出来一群灵魂自动帮忙，"读书破万卷，下笔如有神"，或许可以如此解释。王勃作《滕王阁序》，句句是典，当众一挥而就，读者觉得不是进了滕王阁，好像进了图书馆，这也是一道风景。

谈散文欣赏，我们不用强调林氏的渊博，应该推荐他的幽默。众所周知，他是中国幽默的发起人。论幽默，他有理论："幽默家沉浸于突然触发的常识或智机，它们以闪电般的速度显示我们的观念与现实的矛盾。这样使许多问题变得简单。"

他是怎样"沉浸于突然触发的常识或智机"的呢？他说："世界大同的理想生活，就是住在英国的乡村，屋子安装有美国的水电煤气等管子，有个中国厨子，有个日本太太，再有个法国的情妇。"他说："派遣五六个世界上最优秀的幽默家，去参加国际会议，给予他们全权代表的权力"，世界上就不会有战争。他为这个幽默代表团拟了一个很长的名单，太长了，有些读者觉得并不幽默。多数人认为幽默要有警句。林先生晚年住在台北，有一所学校请他在毕业典礼中演讲，那天有多位政界学界商界的名人出席，个个发表长篇大论，林先生上台说："演讲要像女人的裙子，越短越好。"这是警句，全场大乐。报纸报道典礼经过，用这句话做标题。曾几何时，那天达官贵人经世济民的高论一概不传，林先生的"越短越好"独存。

林先生说庄子也幽默，孔子也幽默。庄子梦见化蝶，不知道是庄周化蝶，还是蝶化庄周；马克·吐温说，他的母亲怀的是双胞胎，临盆生产的时候，其中一个胎儿淹死了，他不知道淹死的是他，还是他哥哥。这在马克·吐温是幽默，庄子因此也幽默吗？孔子说"无可无不可"，大庙里两个和尚起了争执，甲僧向方丈告状，方丈说你说的对。乙僧也到方丈座前诉苦，方丈也说你说的对。丙僧得知情由，向方丈质疑：甲僧乙僧各执一词，师父应该明辨是非曲直，怎可认为他们都是对的？方丈说，你说的也对。世人都说方丈幽默，孔子也因此幽默吗？林先生这种广泛的幽默论，很多人跟不上。

读者大众希望幽默大师开口闭口都是警句，别忘了林氏幽默是从英国文学的熏陶中提炼出来的，幽默是一种修养，在平淡中形成，这种幽默往往是一种独尝的异味，未必哄堂大乐。我们现在常说幽默感，这个"感"字有讲究，你我要有能力发现幽默，享用幽默，"感"是"我"锐敏的回应。"两山排闼送青来"，我怎么看不到，"于无声处听惊雷"，我怎么听不见，答案是主观的条件不足，幽默也是如此。

林先生认为庄子幽默，孔子幽默，连韩非都幽默。这么说，老子也幽默，他骑青牛出函谷关，守关的官吏一定要他留下著述再走，他用一大堆含义模糊的句子随手组合，让你进入迷宫，让后人视同秘典。林先生认为陶渊明也幽默，陶公作诗数落他的五个孩子，长子懒惰，次子不肯读书，老三老四是双胞胎，到了 13 岁还不识字，最后这个小儿子 9 岁了，整天只知道找梨子找栗子吃。于是陶公说，既然老天爷这样安排了，我还是喝酒吧！这么说，迅翁也幽默，他有一首诗写失恋，"我"在女朋友那里接二连三碰钉子，百思不解，最后，"不知何故兮，由她去罢！"

徐志摩

接着读下去，见到徐志摩先生。徐氏的才气，跟周氏、林氏的学识形成对比，他不管古人看见什么，重要的是自己看见什么，不论古人有什么感受，重要的是自己有什么感受。他写翡冷翠，翡冷翠是什么地方？Florence，也译成"佛罗伦萨"，欧洲文艺复兴的发源地，在艺术、建筑、绘画、音乐、宗教各方面产生许多大师，留下许多古迹，后世更有源源不绝的论述，徐氏的《翡冷翠山居闲话》，1600 字，竟只引用了前人一句话。他写康桥，康桥是什么地方？Cambridge，也译为"剑桥"，英国最古老的大学城，多少世界名人跟这里有渊源，牛顿、达尔文、拜伦、罗素……徐志摩自己也曾在这里留学。他写康桥，5800 字，几乎没有使用引号！他强调的是，啊，我那甜蜜的孤独！他游天目山，看和尚，游契诃夫的墓园，想生死，所谓墓园只剩一块石碑，他也写了 2800 字，不抄书，完全自出胸臆。

徐氏散文的光彩夺目之处在于描写风景。这样的风景描写，在周作人、夏丏尊、林语堂诸位大师的文集中是找不到的，许地山先生也没有这样的文笔。到了现代，文学批评家一再指出，散文和小说中的风景描写越来越少了!

许地山

许地山先生是台湾人,对日抗战发生以前就名满全国,我10岁,他大概40岁,语文教科书里选了他的文章。那时,台湾和东北都被日军占领,内地各省若有祖居台湾的和祖居东北的作家,都受到文坛特别的重视,我们小读者也对他们特别景仰。许先生常用"落华生"做笔名,"华"是古写的"花",落花生是小孩子爱吃的东西,"落华生"的意义就丰富了,除了是植物,还是在我们大中华落地生根的一个人,许先生如此命名,可见他对中国语文的敏感,欣赏文学作品的人也该有这种敏感。

散文多半"意念单调,语言直接",许先生不同,他常常在散文里说故事,有时候甚至就用散文写故事。这样的作品你拿它当小说,略嫌不足,说它是散文,又觉得有余。当年并没有人特别称赞这种写法,后来,我是说20世纪六七十年代,我和一些散文作家吸收了小说的技巧,给作品一个新的面貌,修改了散文的定义。这是散文的发展,文评家照例要给新生事物寻找源头,找来找去找到了许地山,于是许先生的排名在朱自清、郁达夫之前,位列七宗之一。

请看许氏的《读〈芝兰与茉莉〉因而想及我的祖母》。

文章开端"我"正研究唐代佛教在西域衰灭的原因,对琐碎的考证觉得厌倦。接着是从邮箱中发现《芝兰与茉莉》,开宗第一句便是:"祖母真爱我!""我"因此想起祖母。先发一段议论:西洋文学取材多以"我"和"我的女人或男子"为主,属于横的、夫妇的;中华人取材多以"我"和"我的父母或子女"为主,属于纵的、亲子的。中国作家叙事直贯,有始有终,原原本本,自自然然地说下来。这"说来话长"的特性——和拔丝山药一样甜热而黏——可以在一切作品里找出来。

议论之后,接着写起"我的祖母"来。那是一个很长的故事,旧日大家庭凭着"七出"的条文,拆散年轻人的婚姻,那个受害的女子回到娘家没有再嫁,戒了烟,吃长斋,原来的丈夫也没有再娶,两人有时还可以秘密见面,由陪嫁的丫头在中间传递消息。后来女子生了重病,死前叮嘱原来的丈夫和陪房的丫头结婚,这个陪房的丫头就是"我的祖母"。全文约八千字,祖母的故事占了六千,许老前辈能知能行,果然原原本本、自自然然地说下来,和拔丝山药一样甜热而黏。他这个写法可以说是用散文拖着一个故事,当年是散文的别裁。

鲁迅与胡适

现在应该谈到鲁迅和胡适了,这两位大师名气太大,几乎用不着介绍。读者的程度不同,背景不同,性情不同,各人心里有自己的胡适,自己的鲁迅,"千江有水千江月",每个月亮不一样,也教人不知道怎样介绍。

提起迅翁,不免首先想到杂文。杂文本是散文的一支,繁殖膨胀,独立门户。散文也是"大圈圈里头一个小圈圈,小圈圈里头一个黄圈圈"。迅翁那些摆满了书架的杂文,是大圈圈里的散文,夹在杂文文集里的薄薄一册《野草》,是黄圈圈里的散文。欣赏迅翁的散文,首先要高举《野草》,讨论《野草》。

以《野草》中最短的一篇"墓碣文"为例,迅翁把他内心深处的郁结,幻化成一个梦境,把读者的心神曳入他的梦中。梦是阴暗的,犹不足，出现了坟墓、暗夜、荒野，孤坟凄凉，犹不足，坟墓裂开，出现尸体。尸体可怕，犹不足，尸体裂开，出现心脏，犹不足，尸体居然自己吃自己的心脏。迅翁使用短句，句与句之间跳跃衔接，摇荡读者的灵魂。迅翁使用文言，用他们所谓的"死语言"散布腐败绝望的气氛。这种"幻化"就是艺术化，散文七宗之中，唯有迅翁做得到，也只是《野草》薄薄一本中寥寥几篇，它的欣赏价值超出杂文多多。但丁《神曲》写地狱，《地藏菩萨本愿经》也写地狱，也许是因为经过翻译的缘故，艺术性有逊迅翁一筹。迅翁何以有此禀赋，可幸，既有此禀赋又何以不能尽其用，可惜。

至于杂文，那是另一回事。杂文是匕首，是骑兵，写杂文是为了战斗，而胜利是战争的唯一目的，当年信誓旦旦，今日言犹在耳。迅翁被人称为"杂文专家"，运笔如用兵，忽奇忽正，奇多于正，果然百战百胜。战争是有后遗症的，反战人士曾一一列举，我不抄引比附。此事别有天地，一言难尽，万言难尽，有人主张谈散文欣赏与杂文分割，我也赞成。

胡适先生的风格，可以用他的《读经平议》来显示。读经，主张中小学的学生读四书五经，政界领袖求治心切，认为汉唐盛世的孩子们都读经，因此，教孩子们读经可以出现盛世，似乎言之成理。胡先生写《读经平议》告诉他们并不是这个样子。第一，看标题，他不用驳斥，不用纠谬，不说自己是正论，他用平议，心平气和，就事论事。第二，他先引用傅斯年先生反对读经的意见，不贪人之功，不掠人之美，别人说过了，而且说得很好，他让那人先说。第三，他提出自己的反对意见，别人还没有想到，可能只有他想到，他说得更好。第四，文章结尾，他用温和的口吻劝那些"主张让孩子们读经"的人自己先读几处经文，不是回马一枪，而是在起身离座时拍拍肩膀，然后各自回家，互不相顾。

他行文大开大合，汪洋澎湃，欣赏此一风格可参阅他其他的文章，如《不朽，我的宗教观》。

　　这两位老先生都有信念，有主张，有恒心，有文采，两老没说过闲话，人家是三句话不离本行，这两位前贤是句句念兹在兹。人家写小说、编剧本，他俩写散文，直截了当，暮鼓晨钟，甚至没有抒情，没有风景描写，可以算是近代文坛之奇观。两人作品内容风格大异，鲁迅如凿井，胡适如开河，胡适如讲学，鲁迅如用兵。读鲁迅如临火山口，读胡适如出三峡。那年代中国读书人的思想不归于胡，即归于鲁，及其末也，双方行动对立对决。"既生瑜，何生亮！"论文学欣赏，既要生鲁迅，也要生胡适，如天气有晴有雨，四季有夏有冬，行路有舟有车，双手有左有右。

　　每一本文学史都说，中国近代散文受晚明小品的影响很大，晚明小品"独抒性灵，不拘格套"，使当时的文学革命家如归故乡。乘兴为文，兴尽即止，作品趋向小巧，张潮一语道破："文章是案头之山水，山水是地上之文章。"固然盆景也是艺术，然而参天大木呢？宣德香炉也是艺术，然而毛公鼎呢？印章也是艺术，然而泰山石刻呢？流觞曲水也是艺术，然而大江东去呢？晚明小品解放了中国近代散文，也局限了中国近代散文。

　　散文七宗之中，迅翁和胡博士是超出晚明小品的局限的两个人。

选自《南方周末》2022年2月10日

李敬泽

自吕梁而下

李敬泽

1964年生。1984年起在中国作家协会工作，曾任《人民文学》杂志副主编。现为中国作家协会副主席。著有《青鸟故事集》《咏而归》等作品十余种。曾获鲁迅文学奖文学理论评论奖等多种奖项。作品被译为法文、波兰文、韩文等多种外文。

此山自黄土高原站起，左手按下去一个晋中盆地，跨晋中、向太行；右手隔黄河指陕西，黄河浩荡犁开黄土，奔赴壶口而去。

这是吕梁山，一山断秦晋，分出西北华北。

关于吕梁山，我知道什么？

我知道吕梁，儿时看过连环画《吕梁英雄传》，后来读过马烽、西戎的小说《吕梁英雄传》。

吕梁是山西一个地级市。

由《吕梁英雄传》，我知道，抗日战争中，这里是日军所抵的最西之地，在这里，吕梁英雄拦住了他们，使他们再不能向西。

马烽是文学史上山药蛋派的代表性作家，20世纪80年代末他自山西来京，任中国作家协会党组书记，我曾在不同场合远远见过他。

吕梁有好酒，汾酒。

有好酒处必有一条好水，汾水。

汾水之南有汾阳，现在是吕梁辖下一个县级市。

汾阳有郭子仪。郭子仪平安史之乱，功比天高赏无可赏，最后封了汾阳郡王，"好一条老汉他本是关中人，救唐王平天下他封在汾阳。"

汾阳姓郭的人必定不少，比如郭德纲，祖籍汾阳，不知从哪一代离了汾阳去天津，生了个小儿子就叫郭汾阳。

汾阳有贾樟柯。贾樟柯的电影里，汾阳是宇宙的中心，飞机、火车、长途客车、大卡车、小汽车、自行车，来来往往载着人在世上奔忙，自汾阳出走、向汾阳归来。

最后，我到了汾阳才知道，汾阳有个贾家庄。贾家庄本不是贾樟柯的庄，但贾樟柯现在以此为家，办一个活动叫"吕梁文学季"。此来正是为此。

这一晚，贾家庄里上演山西梆子《打金枝》。

广场上，黑地里站满了人，男男女女，指指点点，忽然风翻荷叶，笑成一片，有孩子骑在大人脖子上仰天看月。此情景仿佛贾樟柯的《站台》。《站台》里的野台子是在遥远的、无限遥远的20世纪之末，台上台下鼓荡着野地般荒凉的欲望和苦闷，眼下这台戏却已到2019年，鲜花烈火、富丽堂皇。

锣鼓起，大幕开，汾阳郡王把寿筵摆。

郭子仪今日庆寿诞，金玉满堂好儿孙一双一双上前拜，偏剩下小儿子形单影只名叫郭暧，却原来，郭暧的妻、唐王的女升平公主她摆起了架子不肯来。

小郭暧，气冲冲，回宫找到公主说明白。说明白就说明白，天下事有黑就有白，公主道：君是君来臣是臣，哪里有为君的倒把臣来拜！

郭暧闻听气冲斗，没有我老郭家卖命，哪有你老李家的江山来！

——这个破韵押不下去了，总之，郭暧急了怒了，一抬手，打了公主一巴掌。

打老婆啊，这是家暴！今天下午几位女作家女学者刚刚在村里另一个台子上讨论了女性地位和女性权利，晚上这个台子上就一耳光打出了父权、夫权和男权的威风，郭暧这厮他是不是觉得他是个男人就比皇帝还大就比天还大，他这是要用一巴掌来宣布世界是他们的归根结底还是他们的，他这是丧心病狂啊，他就是比封建皇帝还大的反动派！

但台子上下，戏照唱，戏照看，男男女女并不肯就此翻脸。我们之所以在寒风中看戏，不是因为我们没看过，《打金枝》谁没看过呢？中国的戏看的就是熟人熟戏熟悉，人生如戏、戏如人生，我们就是要在戏里把我们熟悉的人生温习一遍，神州不会陆沉、天下不会大乱、打金枝不会闹成打离婚，因为熟悉，所以安然。

　　一出《打金枝》，根本要义就是三个字，北方话叫"和稀泥"，八级泥瓦匠，南方话叫"捣糨糊"，上海老阿姨。南北同心，天下同理，说的就是一个过日子难得糊涂。戏台上，郭暧和公主青春明亮照人，年轻，所以遇事要分明，公主论君臣，郭暧讲父子，忠和孝针尖麦芒；公主论名分，郭暧摆功劳，名与实如火如水，这日子过不下去了、这世界眼看就要翻车。谢天谢地，还有唐王有郭子仪，年纪一大把胡子一大把，早知道这个理讲不清，这个架打不得，我大唐靠的是老郭家拼命冲杀，老郭家反大唐又得拼命冲杀，这个架打起来，就要从家里的坛坛罐罐打到山河破碎一地，一场安史之乱，总人口减少三分之二，难不成再减三分之二？于是，唐王骂闺女、郭子仪捆儿子，哄得小两口重归于好，从此后和和美美过日子，红红火火、地久天长。

　　此时月朗星稀，台上台下的人，最终都是笑了。这戏唱了几百年，从封建主义的明清唱到半封建半殖民地的民国，唱到了新中国。山西梆子唱、京剧唱，几乎所有地方戏都唱，唱遍天下州府，所唱的就是时间中的智慧、老生老旦长须白发的持重稳当。

　　——倒也不仅是中国，自有人类大抵如此。山洞里走出一个人，一抬头，前边还有一个人，两个人往前走，前边又有一个人，三人围兔总好过一人逐兔，于是合作打兔子。但三人行必要吵架，打到兔子烤熟了必有四条兔腿三张嘴的分配难题。那就谈，比一比谁的功劳大，谈好了，继续一块儿打兔子，蛋白质供应充足。谈崩了，分道扬镳，各追各的兔子，忙几天各自追不到眼看要饿死，人类文明危乎殆哉。荷马史诗《伊利亚特》里，阿喀琉斯就狂怒了，宣布兔子不打了，自己要回山洞了，因为他作为强者未能公平地得到强者的报偿。这个小郭暧，也是个阿喀琉斯啊，打老婆当然是绝对错误，但是，他真正怒气冲冲提出的问题是，郭家为王朝立下了如此巨大的功劳，我们是否得到了公平。年轻人的血气和冲动把这出戏把世界推到了悬崖边上：你要的是什么公平呢？莫非你要当村长当皇帝不成？唐王和郭子仪必须把这个悬崖上的问题糊涂到平地上去。所有胡子长的人包括孔子、柏拉图、亚里士多德，他们都站在唐王和郭子仪一边，他们接受世界的不完善，他们深思熟虑、老奸巨猾，他们通过《打金枝》宣传推广老年的、安静的德行。

戏散了，贾家庄的路上清辉如霜，路两边是高树，早春疏朗的枝杈印在幽蓝的天上。回到住处，是几幢仿建的老式洋房：徽音水坊、焕章别墅、正清金屋等等。徽音是林徽因，焕章是冯玉祥，正清是费正清，他们都曾来过汾阳，他们来过贾家庄吗？应该来过的吧。现在，吕梁山下，中国的肘腋之地，他们毗邻而居，可以开会了。

我本一俗人，当然希望住到林徽因家，白日里被人领着一路走来，一抬头，却是站在冯先生门前。我真的不想住在他家，我是文人书生，与冯相处不安，地久天长、一夜安眠还是住在林家。1934年，梁思成、林徽因与费正清夫妇相偕来到汾阳考察古建筑，彼时伪满洲国已经成立，希特勒已经上台，五洲震荡，天下欲沸，他们却注视着那些老的、旧的事物，那些在岁月中经受磨损经历风雨、地震、兵火而依然幸存依然屹立的事物，那些不变的、具有长须白发的恒久品性的事物。而冯先生，很难想象他对此有什么兴趣，1930年，风云突变，军阀重开战，蒋介石一方，阎锡山、冯玉祥和桂系一方大战中原，阎冯战败，冯借阎一角地暂且容身。这个人注定不能在吕梁山下安居，他身上有洪荒之力，他的天命就是破坏一个旧世界。1924年北京政变，冯先生大闹一场，到最后出其不意、声东击西，一把撕毁1911年的《清室优待条例》，驱赶溥仪出宫。戏不是这么唱的呀，台下众人大惊，对！老子要的就是你们这大吃一惊，《打金枝》的戏散了吧，不再有悬而未决、不再有犹豫留恋、不再有揖让和糊涂，从此后白刃相见、水落石出。这个民族正面临生死存亡的危机，在危机中把一切视为例外，更何况不过是一纸《优待条例》。

　　这座房子小了、这张床也小。冯先生会撑破这间卧室。我不知道他的确切身高，我看过照片，他比合影者高出一大截，他是巨人猛虎，这个人必对他周围所有的人形成威迫，他在乱世中啸聚起庞杂的大军，他会在暴怒或故作暴怒中狠抽部将的耳光，耳光啪啪响亮，将军立正站好，然后他会命令将军在他的卧室外彻夜站岗。现在，我的房门外可能就站着这样一个倒霉的将军，《打金枝》的世界不复存在，他心中一千架渔阳鼙鼓一起敲响，安史之乱正动地而来。

　　忽然想起，多年前读陈公博回忆录，20 世纪 30 年代，中国被日本迫上悬崖，汪精卫、陈公博等结成"低调俱乐部"，他们认为他们有"理性"、世界大势了然于胸，他们断定中国无法与日本对抗，中国太弱了，必须寻求妥协。但是，冯玉祥这个"莽夫"，他坚决认为必须打、只有打。陈公博在回忆录中带着蔑视，带着秀才遇见兵的无奈写道，每次谈到中国所面临的种种不可能时，冯大爷根本不听，只有一句话：打！打到胜利！

　　——历史站在这高昂壮硕的血性汉子一边，把那群整洁消瘦、彬彬有礼、"体面""理性"的绅士扫进了垃圾堆。在危机状态中，历史由血气翻腾的激情和决断所写定。1924 年，冯玉祥把溥仪轰出紫禁城，绅士们莫名惊诧，他们被冯的决绝鲁莽吓住了，胡适甚至说：这是民国史上最不名誉的一件事。后有鼠目寸光者看大事，以为没有当年的仓皇出宫，或许就不会有后来的伪满洲国，其实只要脑筋稍微转个弯就能想到，假如溥仪仍留在故宫北平，在日本掇弄下难保不会搞出更大的烂事。在1924年，胡适见不及此，冯先生自己也没想那么多，胡适讲客气，冯先生则不管三七二十一掀了桌子。哪有什么地久天长，真要长久的话，皇帝如今还坐在宫里，时间猝然提速，世界轰鸣，欲绝尘而去，现在，需要一个鲁莽无畏的人来解决这个bug，他一抬手就解决了它，顺便以绝对的轻蔑，宣布了那个长须白发、请客吃饭的温良恭俭让的旧世界的完蛋。胡适吓了一跳，王国维吓了一大跳，吓得都不想活了，他们未必多么爱大清爱溥仪，他们只是深刻意识到了这件事背后的逻辑。

在这个太行与黄河之间、吕梁之下的村庄里，林徽因、梁思成、费正清和冯玉祥成为邻居，他们被博物馆化了，被从各自的世界中提取出来，如安放在玻璃柜中的藏品，各自被灯光聚焦、照亮，各有各的心事。现在，冯玉祥从这幢房子走出去，在花园里，碰见了深夜未眠的梁思成和林徽因，他们会谈些什么？在1930年或1934年，他们或许无话可说，道不同不相为谋，话不投机半句多。但如果再过些年呢？比如1944年，林徽因千里流亡，僻居宜宾李庄，卧病在床，据说，她的儿子梁从诫曾经问她："如果日本人打进四川怎么办？"林徽因说："中国念书人总还有一条后路，我们家门口不就是扬子江吗？"

——此时这一腔血，林和冯是一样的。

再过五年，1949年，冯玉祥昔日的部将傅作义签署了北平和平解放的协议，固然是兵临城下、大势不可当，但战场双方的商量何尝不是出于对这古都、这故宫，对民族生活的长久岁月和恒常价值的眷念和珍重。而此前一年，冯先生已殁于黑海的船上，彼时，他正满怀憧憬地奔赴新的中国。

贾家庄里，梁思成、林徽因、冯玉祥，见那边遥遥走来一个童子，走近了，却是马烽。1930年，马烽8岁。1934年，马烽12岁。1958年，马烽36岁，在贾家庄完成了《我们村里的年轻人》剧本初稿，1959年，电影在国庆10周年前夕上映。——夜里，我在冯玉祥的房间从电脑上搜出了这部电影，那是60年前的中国故事，2019年，我来到了这个故事的根基所在：贾家庄。这吕梁山下的村庄，千百年来贫困、孤独，4000亩可耕地中2800亩是盐碱地，它在封闭、脆弱的生存循环中耗尽全部能量。一代一代人老去，时间周而复始。但是现在，时间挺直了，时间获得了方向，这里有一群年轻人，他们要打开这个村庄，劈开两座大山、跨越三条深沟，从远方引来清水，洗去盐碱，让这里成为流淌奶与蜜的地方。

在网上，我读到了刘芳坤、田瑾瑜两位山西学者合写的论文，他们敏锐地注意到了剧本中一个意味深长的现象，尽管片名是"年轻人"，但在马烽的行文中，却始终贯穿着一个集体的、抽象的指称——"青年"："一伙青年正在锄地，一个个汗流浃背"，"青年们纷纷报名"，"歌声继续着，青年们在未打通的那段崖上和塌下来的巨石上打着炮眼"……在山西人的口语中，其实是不使用"青年"这个词的，这不是吕梁山和贾家庄的词，它来自北京、来自普遍性的现代汉语书面语，从梁思成的父亲梁启超的"少年"，到李大钊的"青春"，到陈独秀的"新青年"，青年是决绝地向未来、向现代而去，是血气、激情和梦想，是断裂然后创造，是旧邦的新命。必须是"青年"，不能是"一伙年轻人正在锄地，一个个汗流浃背"，"年轻人们纷纷报名"，"歌声继续着，年轻人们在未打通的那段崖上和塌下来的巨石上打着炮眼"，其中隐含着一种老年视角，"年轻人"终将被收回自然的生命周期、周而复始的日子，而"青年"，这个使山西人、使贾家庄人感到陌生的、不自然的词，以它超出日常经验的光芒和生硬，拒绝被注视、拒绝被收回，它喻指着它本身就是宏大的历史主体，将这个村庄向着未来和现代打开。

——忽然想起，我其实是很近地见过马烽的。1990年底，我从被停刊的《小说选刊》调到《人民文学》，去八里庄鲁迅文学院的招待所和《人民文学》的主编程树榛见面。老程和马烽都是从京外调来，暂住招待所。马烽苍老，就是一个饱经风霜的老农，他和夫人正围着一个电炉子下面，山西人啊，想必是自己擀的面，像招呼一个年轻人一样，他说："来一碗？"

我很后悔没有吃一碗马烽的面。

归去来兮，调到北京的马烽大部分时间仍在山西，过了几年终于彻底回去。这不是他第一次回去，中华人民共和国成立初期，他就在中国作家协会工作，1956年终于在34岁时回山西，挂职汾阳县委副书记，从此，他在贾家庄有了家。这里不是他的家乡，他的家乡在吕梁地区的孝义，但汾阳、贾家庄离吕梁山更近。在一张1980年的照片上，我看见马烽走在贾家庄的乡亲们中间，整个人明朗舒展，是走在他的风光、他的山川里。

天亮了，一群人去看马烽当年所居的小院。进得门来，迎面是马烽的坐像，他端坐在椅子上，依然老年形象。我忽然想，这是不对的，马烽是青年是新青年啊，他属于在20世纪塑造中国的青春洪流。22岁的马烽和比他小半岁的西戎写出了《吕梁英雄传》，来此之前我专门找了一本带上，这是一本多么粗糙的书，但正是这种粗糙令人震撼折服，事件与行动、抉择与战斗，密如疾风猛雨，作者和读者都不能停留、无暇沉吟，必须奔跑，在混乱的战场上拼死和求生，没时间也不应该把这一切编织成严密周详熟练得包了浆的故事，战争和危机中的书写不是绣花，是立即开枪。

但在这一切的底部,有一个根本逻辑:生命、时间、历史的循环必须打破,为了使世界获得前行的动力,必须张扬身体的澎湃"血气",老成持重、深思熟虑是怯懦的,糊涂和忍让是可耻的,悬崖之上,只有搏斗,再无苟活。吕梁英雄们秉青春之血气,雷石柱、康明理、孟二愣,这些康家寨的年轻人,说服、带动、反抗他们的长辈,义无反顾地把这个村庄推入了滚滚向前的历史。当青年们和强行入侵的日本鬼子干起来的时候,他们也就把康家寨打开了,从此这个村庄进入现代历史、奔向一个现代世界。直到《我们村里的年轻人》,决心创造新生活的高占武依然不得不与长须白发的高忠爷争辩,在后者看来,年轻人畅想的未来不过是少不更事、痴人说梦。而在影片上映的1959年,黄河那一边的柳青正在对《创业史》第一部做最后的修改。年轻的梁生宝力图打破祖祖辈辈的命运循环,在此地,走异路,变成别样的人们,但他的身上却不仅是血气,而更多是俄罗斯式的沉思、忧郁,甚至是马烽暮年的苍老……

现在,贾樟柯走进马烽的小院,马烽会对他说什么?以我的直觉,垂暮之年的马烽不是一个喜欢教导别人的人,很可能,他只是从大碗上抬起眼,说一句:来一碗?但是,如果是写《吕梁英雄传》的22岁的马烽、写《我们村里的年轻人》的34岁的马烽,贾樟柯碰见他、我碰见他,我们又会说什么?2019年,我55岁,贾樟柯49岁,我们已是比马烽更老的老人。

谁知道呢?贾樟柯的电影,终究也是关于"我们村里""我们县里"的年轻人,马烽在片名中使用"年轻人"或许是对口语、对日常经验、对恒常土地和岁月的妥协,而在贾樟柯这里,"年轻人"似乎正在从"青年"中离散出去,变成加速器中向着四面八方漫射的原子。

但谁知道呢？也许有些事仍然在，马烽把康家寨、把贾家庄置入了广大的空间、广大的世界，历史不再是时间问题，不再是仅由时间标定的价值，他和柳青，他们把时间空间化，向着远方和远景、向可能和不可能敞开和扩展。当马烽遇见贾樟柯，他会发现，空间仍在，但那已不是隐喻和转喻，那就是必须使用交通工具去跨越和抵达、去置身其中的地理空间，这不再是《伊利亚特》，这是《奥德赛》，奥德修斯们是否记得回家的路，还是，他们的家在路上？

在贾家庄，我待了两夜。第一夜，是《打金枝》。第二夜，是音乐会。

暮霭沉沉，钢琴在流淌弹跳飞翔。这不是音乐厅，这是幽蓝的天之下，这是群山之间。乐声透明、饱满，似乎上空膨起一个巨大的玻璃的气泡，收拢着珍惜着所有的声音，让所有的声音闪闪发亮。

我忽然想到，此行竟不曾看见吕梁山。我想起上一次也是第一次来到吕梁，那是二十多年以前，大概是1994年，由太原奔孝义，在孝义大醉，上车一路西行，醒来时，下车，唯见荒烟蔓草。余醉未消，我问：吕梁山何在？

我记得，同行者笑道：醉了醉了，脚下便是吕梁山。

选自《十月》2022年第2期

冯杰

十二匹老虎
在耳语

冯杰

1964年生于河南。诗人，作家，文人画家。曾获台湾《联合报》散文奖，《中国时报》散文奖，梁实秋散文奖。有诗集《一窗晚雪》《乡土和孩子》、散文集《非尔雅》《鲤鱼拐弯儿》、书画集《野狐禅》《画句子》等。

老虎也有细嗅蔷薇的时候
　　　　——题记

A　北中原姥姥的老虎

老虎。最早是一匹走动在留香寨月夜和传说里的老虎。

在摇晃的蒲扇里，听姥姥讲老虎报恩的故事。一行医人暮晚路上行走，一老虎挡住去路，张着血盆大嘴。人问：要吃我吗？老虎摇摇头。那人要走，老虎不放。人就仔细看，原来虎口里卡着一支银簪，那医人从虎嘴里把银簪掏出来，老虎咆哮而去。这人回到家中，夜半，忽听院外虎啸，又听扑通一声，归于宁静。第二天看，院里丢下一头肥猪。

故事还没结束，我就自作聪明地喊道："猪是老虎衔来的。"

姥姥赞扬："真能。"

多年后我在古人笔记里找到几种源头，都属老虎报恩的同类项，只是所衔的食材不同，虎送鹿肉不是猪肉。北中原不产鹿只养猪，姥姥把动物本土化了，越发亲切，这是民间文学家的技巧。

春节前，我围着姥爷看他写春联。其中一副是："虎行雪地梅花五，鹤立霜田竹叶三。"姥爷说："虎义，狼贪，豹廉。"长大后知道乡村有对动物判断的民间立场。

自从有了簪子的馈报，我也想在乡村路上遇见一匹嘴里含簪的老虎，那样春节前姥爷就不用到高平集上买肉了。半个世纪过去，除了路上遇到队长搜身查看偷玉米否,一直没遇到含簪的老虎。后来,见到更多穿品牌戴面具的老虎。

北中原老虎云集。庙会上,有卖虎中堂的民间画家,麻绳上悬挂着许多张老虎,垂吊的老虎在寒风里几乎冻死。画家告诉我,属虎者家里一定要挂上山虎,辟邪,不要挂下山虎,吃人。凡下山虎都是肚饿的缘故。

留香寨村有位画家叫孙九皋,平常喜欢抄手在村里走动,看谁家墙上适合,马上开画,有点儿行为艺术,像五代时期杨凝式喜欢见壁题字一样,都属艺术家的一种毛病。一天,他相中我家青墙,即兴用白石灰画一只白老虎,从东到西,占满一墙。青墙白虎,分外显眼,"怎当他临去秋波那一转"。村里每天收工,人和疲惫的牲口蹒跚归来,远远会看到那匹老虎,人畜为之精神一振。

乡村夜晚,白虎在月光里走动,我看到斑驳虎影,立志长大要当画家,卖钱或镇邪。

我走到社会上,知道画虎最著名的不是集会上外村的画虎艺人,也不是我村的孙九皋,而是一个远在天边的张善孖,画家张大千他哥,号"虎痴",为画虎专养一匹老虎,走到哪儿牵到哪儿,赴宴时有老虎蹲旁边,宴上客人一边和他喝酒,一边要看老虎表情,手抖往往忘记叨菜。

有一年村里媒人要给我说个媳妇,一问属相,对方属虎。村中宰相孙半仙对我姥姥说龙虎相斗,八字不合。后来看那属虎姑娘好看,还长一对小虎牙。我姥姥说,这不算啥大事,东庄庙上肯定会有破法。哪知人家虎妞看到我家迷信,经济条件不好且还瞎讲究,虎牙一收,姻缘告吹。我一直怀念那一对小虎牙。

眼看我年龄要"过岗"有打光棍的危险,媒人又说一位姑娘属小龙,庙上师傅又说"一床上不卧二龙"。我姥姥马上纠正,说小龙不是龙,是蛇,是长虫。

古人立下规矩,十二生肖不能一锅里吃大杂烩,譬如"老虎一声吼,兔子抖三抖",譬如"自古白马犯青牛",譬如"猪猴不到头",都是主张家庭阶级斗争的。我的百科常识来源于庙会上老虎的耳语,包括虎须功能。孙半仙还说,虎须可治牙疼,趁热插在牙齿间即愈。我听起来像说他自己冬天喝粥。

我父亲职业是乡村会计,为全家生计一辈子谨小慎微,唯恐错账,他对我说过:"玩钱如玩虎。"老虎成了另一种生活隐喻。

B 虎史档案抄

我逐渐长成为雄性动物,31岁前没见过老虎。我爸当年告诉我,画画只管"比猫画虎"。我最早临摹刘奎龄、刘继卣父子的老虎,我最早听到老师竟讲"老虎属猫科"时,我第一次为老虎笑了。

翻看老虎年度报告如下:

现代虎祖先是一种叫"中国古猫"的小型食肉类,大约在距今300万年的更新世后在地球上出现,与人类出现时间接近,有可能与人类祖先蓝田人一起生活过,古猫看到过蓝田人烤肉。由于气候变迁,虎从发源地向亚洲各地扩散,向西经中亚抵伊朗、高加索,没过阿拉伯沙漠进入非洲,没越高加索山脉进入欧洲。一支又分两个分支,一支进入朝鲜半岛,受阻海峡,未能踏上日本列岛;另一支通过华北华中华南,进入中南半岛。这一支又分成两股,一股通过缅甸、孟加拉国,直抵印度半岛;另一股沿马来西亚半岛,携妇将子,渡过马六甲海峡,登上印度尼西亚苏门答腊、爪哇岛,但老虎始终没有游过台湾海峡。俗老虎走进同仁堂虎骨膏药里,消化在人间百味;雅老虎走向国家的国徽上、旗帜上,不再下来。

1975年我11岁,在北中原濮阳发掘出一匹蚌壳塑就的"中华第一虎",蚌壳老虎距今有六七千年历史。老虎曾在北中原大地行走,我小时虽没见虎,却一直穿虎头鞋,戴虎头帽,系虎兜肚。

猫在显微镜下放大一百倍是虎。虎体态雄伟,强壮高大,毛色绮丽,呈黄到红色渐变,有深色条纹。老虎头圆,吻宽,眼大,嘴边长着白色间有黑色长而硬的硬须,颈部粗而短,与肩部同宽,四肢强健,犬齿和爪锋利,腹面及四肢内侧为白色,背面有双行的黑色纵纹,尾上约有10个黑环,眼上方有一个白色禁区,故有"吊睛白额虎"之称,当年武松打死的就是这种,老虎前额黑纹让王羲之写下一个"王"字,正是有这年号,才能誉为"山中之王""兽中之王"。旗帜象征性多重要啊,战场上也多以斩旗为胜。

老虎一直所向无敌,连村里哄孩子大人都牵出老虎来欺骗童真。"再哭,老麻虎要来。"孩子马上止哭。老虎也有短板。段成式在《酉阳杂俎》里透露出:"猬见虎,则跳入虎耳。"老虎怕刺猬。兽王有漏洞,我没机会验证,只是看后质疑:虎耳朵有那么辽阔吗?能像一泊"虎湖"。

C 施耐庵的本土虎知识

我没当上画家,先当了作家。两者其实都属于手艺人。知道中国作家里要数施耐庵迷恋老虎。

他文字娴熟,指导着武松如何躲避,如何挥拳,如何布置月色,如何打虎。施耐庵避免了武松被大虫吃掉，不是哨棒和拳头。

　　施作家一直有老虎情结，除了让武松、李逵打虎，又轰赶出来方圆百里区域内老虎纷纷走动，108 将里 12 人冠以虎名，占百分之十还多——打虎将李忠、笑面虎朱富、青眼虎李云、插翅虎雷横、锦毛虎燕顺、矮脚虎王英、跳涧虎陈达、花项虎龚旺、中箭虎丁得孙、金眼彪施恩、病大虫薛永、母大虫顾大嫂。男虎女虎皆有，其中"彪""大虫"都是虎的笔名。

　　那位横行京城的泼皮牛二也是"没毛大虫"。

　　乡谚说"三斑出一鹞，三虎出一彪"，鹞是雀鹰的俗称，小时候见过鹞抓小鸡，鹞子借窝孵化，出来后把小鸠吃掉，近似"鸠占鹊巢"。《癸辛杂识》载："虎生三子，必有一彪。""彪最犷恶，能食虎子也。""彪"排在虎豹之间，列强顺序为"龙虎彪豹"。俗话还说"九狗一獒，三虎一彪"，一窝狗中最凶的为獒，虎崽中最凶悍的一只虎是"彪"，是"老虎中的老虎"。

　　一般人看不到彪。清朝六品武官服上有一"彪"形动物，可推测到彪不生活在山野，多游走于仕途官场，属于不存在的虚构老虎。

D　博尔赫斯在建筑一匹空虚的老虎

　　虎不同于人，没有国界之分，它不办出境证也可自由穿越国境。它没有前科，留下虎蹄不留档案。

　　美洲不产老虎，它当年没游过白令海峡，造成博尔赫斯最后到失明也没见过老虎，他经常把美洲豹当作老虎使用，一生误读老虎。博尔赫斯坐在图书馆里，镜子相互折射老虎，他用自己的文字在梳理别人的虎皮。

譬如"我看见了无穷无尽的过程,我由于领悟了一切,也领悟了老虎身上的文字。"

譬如"虎是为了爱而存在的。"

譬如"我既有无限的力量,便可以造出一只老虎。"

譬如"我们要寻找第三只老虎。这一只像别的一样会成为我梦幻的一个形式,人类词语的一种组合。"

譬如"我脱下外衣,躺在床上,重新做老虎的梦。"

他知道作家和老虎的距离。他说:"'庄子梦虎,梦中他成了一头老虎',这样的比喻就没有什么寓意可言了。蝴蝶有种优雅、稍纵即逝的特质。如果人生真的是一场梦,那么用来暗示的最佳比喻就是蝴蝶。"

人生一如梦中蝴蝶虚幻。

博尔赫斯自己终于成了一只语言斑斓的老虎,实现了他童年的老虎梦。这一只"老虎中的老虎"最后变成"作家中的作家"。晚年失明,眼里只剩下唯一的金色。掀开虎皮,我看到博尔赫斯就是文学里的那一只"彪"。

E 高丽老虎的肉醉

我跟随一位朝鲜族姑娘到过边城集安,去高句丽遗址拜谒好大王石碑,这是世上极具书法价值的一块石碑,细雨里买一张不知真假的"好大王碑"局部拓片。拓片在收藏界有"黑老虎"之称,在高句丽遗址壁画上偏偏有一只白虎对应。田野里玉米碧绿在拔节受孕。白虎涉水,铁网阻拦。从遗址看对岸猛于虎。

老虎是朝鲜人崇拜的神，我童年在北中原乡下看电影《奇袭白虎团》，里面缴获一面白虎图案的团旗。第一次知道世上还有白老虎。白虎掺和到黄虎颜色里，基因突变，造成乱色。其实朝鲜虎和中国东北虎同源，首尔当年奥运会，吉祥物选为虎。朝鲜神话中虎想化为人，太阳神为考验，让它在洞穴过100天，只允许吃大蒜。老虎等不及100天，未能实现心愿。可见大蒜对老虎的重要性。老虎并不想满嘴死蒜气。长白山东北人祀山神，多杀猪备酒，焚香上供，却不知老虎更喜欢吃牛肉、吃羊肉，它并不适合狗肉，吃狗必醉，故有"狗是老虎的酒"一说，猪肉也不对老虎口味，吃猪必瘫。因为猪肉、狗肉太香太腻的缘故，我有春节吃红烧肉出现"肉醉"之感，这曾是童年的簪子理想。

天下事物不可太奢，要少吃猪肉和狗肉。

东北人的猎虎经是："若见虎卧，勿动，即告众。若见虎奔，则勿停，追而射之。"近似游击战"十六字方针"。现在打虎则判重刑。老虎来到当下河南，大家开始纸上打虎，把老虎用四尺三裁的形式瓜分卖掉。我去过庄子的故乡河南民权县，画虎村把画虎当成产业，批发零售，贩卖虎肉。我看到有人专画老虎屁股，有人专画老虎腰，有人专画老虎头，有人专画老虎尾巴，甚至专画胡子或斑纹。流水作业，迅速准确，手机录像，最后组成一匹完整老虎。全村形成画虎产业链，远销海内外，老虎供不应求，可见社会上老虎需求量大。村长对我说，全村出现50位画虎画家，5位"画虎王"。实为画坛所未闻也。

这是庄子当年没有想到的，他只梦蝶没梦虎。庄子为了配合博尔赫斯。

F　岭南老虎·古典的警世

我少年时还临过"岭南派"高剑父、高奇峰画的虎样。岭南派多留白,老虎毛皮质感,身上带着月色和星光。

辛丑金秋,我和晓林从中原来到岭南,在广东佛山联办画展,清远朋友相邀去吃著名的清远鸡。上鸡前,看到一则虎事和佛山与清远都有关联,觉得有趣,"我佛山人"吴趼人写故乡遗事《趼廛笔记》。

他说清远一老翁,带儿子到佛山兜售一副完整虎骨,"既得售主,交易毕,翁抚所获金而悲"。别人问何事所悲?他潸然曰:"此虎已伤吾家三口,几灭门,幸而有今日,是以悲耳!"老人两个儿子,"长子死于虎,长子妇馌于田(给种田的人送饭),亦死于虎",老伴有一天进山打柴不归,邻居在山脚发现她的衣服,"血犹涔涔也",也被老虎吃掉。当天晚上,老翁小儿子梦见母亲传话,告诉他:"某山某树下,有窖金,掘而取之,一生吃着不尽矣!"醒后小儿告诉父亲,老翁说是妖怪托梦。谁知第二天小儿又梦到母亲说:"母命也,而以为妖耶?且吾亦何必诳汝!"让他傍晚前到藏金点,"吾阴魂当佐汝也"!小儿依照母亲吩咐,准备纸钱上山,"将祭山神及其母,而后取之"。

哪知故事峰回路转。快到藏金点的时候,路边忽然走出一老者,说天色渐晚,"山行多虎狼,子何冒昧也"。小伙子怪他多事,继续前行。老者拉住他,"必不可往,往则祸作"!小伙子说:奉母命前往,哪会有祸?老者说:你母亲不是葬身虎口吗?小伙子惊讶,老者不是本村人,怎知母死?老者说:我不仅知道,还知你想去取窖金,只怕有去无回。小伙子大惊:怎么连这都知道?老者指着旁边一棵古树说:你上去等一会儿,就全知道了。

小伙子攀到树上,"俯视老者,已失所在,四顾瞭望,都无踪迹。日既暝,忽闻虎啸声,木叶簌簌下"。小伙子"大惧,藏叶浓深处,窃窥之,见其母引虎至彼树下,彷徨四望,如有所觅,引虎与语,语未竟,虎咆哮怒吼,母抚虎项,若慰藉之者。虎少驯,母复徘徊瞻眺,啾啾作鬼声,虎又咆哮,如是竟夕"。一直等到村中鸡鸣,其母才带虎离去。小伙子下树战栗不能动弹,"疑老者为山神而感之也,焚所携楮帛以谢之",逃回家跟父亲说,俩人"相戒不复入山"。当夜老虎进村直扑其家,父子大惧,计无所逃,院里有两口水缸,藏在里面。"俄而虎竟毁门入,鬼声啾啾,若为之导",没有找到人而去。天亮后村民慰问,父子俩从缸里爬出,说明事因。村民设下陷阱,老虎又袭村时,铳弩齐发而毙。老翁在佛山所售之虎骨,由来即此。

故乡虎事被作家布置得斑斓魔幻,如一把戒尺晾晒敲打一张虎皮。

吴趼人时代,当列强瓜分中国时,可知作家借虎发言:"吾独怪夫今之伥而人者,引虎入境,脔割其膏腴,吮食其血肉,恬不为怪,且欣欣然自以为得计者。"吴趼人的老虎别有用意。

此刻,著名的清远鸡端上来,我对佛山朋友说:"你们若也出窖金,下次我办画虎展。"

G 当代打虎者

写虎、画虎和打虎都算娴熟为上的技术活。"打虎者"属于冷兵器时代的产物,现代若对老虎开枪打炮、背上放炸药包都不算打虎英雄。"打老虎"成政治符号。

河南方言还有一词,叫"邪乎"。不是写虎。

我上小学时，有篇课外读物，讲一位抓虎擒豹的"当代武松"。打虎者叫何广位，当代奇人，善于活捉猛兽。安徽人流浪到河南孟州，施耐庵也曾把武松发配孟州。奇人必有奇招，其食量奇大，9岁那年家乡遭蝗灾断粮，父亲向大户借3斤麦种，父母忙着耕作，让他负责看好麦种，免得老鼠偷吃，结果等劳作回来，3斤麦种一粒不剩，全被他一人吃光。

父亲不信一个9岁娃能吃3斤麦种，逼问麦种哪去了，何广位哭着说被他吃了，父亲不信，去邻居家借10个菜团，让何广位吃，结果一口接一口，他把10个菜团全吃光。母亲大哭担忧，大肚儿怎养得起？后来为吃饭他只好外出流浪，选择打兽换食的生计，最后落脚河南。他饭量大，创下一次喝酒17斤的纪录，当年河南济源县因他捉豹有功，政府决定好好管他一顿饱饭，又称菜肴不好报销，馒头尽管享用。他连咸菜都没有，竟连吞62个馒头。

酒桌上我听书法家周俊杰先生讲过何广位一事，何后来成政协委员，集体就餐时却端坐不动筷，说自己饭量大，怕吃完被人笑话。会上负责膳食的人员为表达对"当代武松"的敬意，特加了一桌十人的饭菜让他独享，他一人吃完，且吃鱼吃鸡不吐骨头。

何广位说捉虎猎豹秘招是出拳快、准、狠。首拳一定要击中虎豹鼻子，致其晕厥，然后补拳让其一时难苏醒，用绳索绑其四肢装进特制大袋，以最快速度背虎豹下山。当年各大动物园里，几乎都有何氏捕猎的豹子。

何广位活了95岁，2004年在河南去世。一生活捉老虎7只、金钱豹230只，打狼800只。后来倡导保护动物，他的事迹从课外读物里去掉了。不能再打虎拿豹了，晚年的何广位在河南孟州开始造药酒，有朋友给我捎来两瓶"何广位家酒"，让品尝，我在草药味里，第一盅就喝出来了一匹老虎。

H 虎的末日

话语和文字即使吹嘘得一地斑斓，末日老虎，也终将不再。

世上最后一张虎皮要剥掉，老虎谢幕退场，包括液体老虎、气体老虎、固体老虎。一天，"打虎者"独向虎皮，对属虎的情人说，看，这是一辆蜜制的坦克。

附：老虎十二图说

一月，关于虎威

今日老虎说：虎年来临，要虎虎生威。

古典老虎说：何谓虎威？张岱《夜航船》辑：虎有骨如乙字，长寸许，在肋两旁皮内，尾端亦有之，名"虎威"，配之临官，则能威众。

属虎者说：就是一根虎骨。同仁堂肯定喜欢，如今一吨药丸里也找不到一根虎须，膏药油里能映出一只虎影。

二月，肚里有货

今日老虎说：站在台上看起来庞大，不知肚里装的都是糠麸。

古典老虎说：只有段成式见到"虎魄"——虎夜视，一目放光，一目视物。猎人候而射之，弩箭才及，光随坠地成白石，入地尺余，记其处掘得之，能止小儿啼惊。

属虎者说："虎魄"属稳定剂，忌讳冰箱，只能在李时珍药厨储存。今人误为"琥珀",挂在脖上,愈加焦躁。

三月,虚惊一场

今日老虎说:鞭炮忽然一响,吓了老子一跳。脸都变色啦,差点成为绿老虎。

捕虎者说:捉虎工具有虎枪、虎叉、陷阱。尽量避免对虎皮伤害。还有一种"槛"。一天雨后,猎人看到"槛"里坐一人,大吃一惊,那人说:我是县令,昨晚下雨误入槛里,赶快放我出来。猎人问:有证件吗?有。放出后,县令马上变作一匹老虎,咆哮而去。

属虎者说:历史上有过多次"变虎"事件,你说的这是哪一次?

四月,一家人

今日老虎说:如今武松被国际虎协高价聘请,正在门口给我们看院子。

古典老虎说:另一种虎叫"伥",被老虎吃掉后而产生出的一种新型老虎。镜中之相。属镜中之镜,属老虎中的老虎。《太平广记》说伥的职业是负责老虎行动前的开道探路,"为虎前呵道耳"。《广异记》说伥形象"无衣轻行,通身碧色",有时在老虎吃人时一边帮忙剥衣服,免得簪子玉镯信用卡之类卡住虎喉。《夜航船》为一地狼藉作以证明:"凡死于虎者,衣服巾履皆卸于地,非虎之威能使自卸,实鬼为之也。"

属虎者说:伥皆穿衣,或名牌,或朴素,亦非前朝,不好辨认。

五月,纸老虎标准

今日老虎说:伟人有语录——一切反动派都是纸老虎。

古典老虎说:纸老虎、布老虎、皮老虎、石老虎、泥老虎、大老虎、小老虎都是老虎。包括一切反动派。

属虎者说：当下标准早已更改，是不是纸老虎，要看固定产业、固定存款、房产证这些硬件，单凭嘴说不算。

六月，红老虎

今日老虎说：黄虎、黑虎、白虎，都不如红虎。出身好。

外国老虎说：博尔赫斯从来不相信世上有老虎，他说"老虎这个形象，许多世纪以来，一直存在于人们的想象之中"。所以他能看到在离恒河很远的一个村子里，有蓝老虎。他还梦到蓝老虎行走，在沙地上投下长长的影子。

属虎者说：虎再大，也属于猫科动物。

七月，老虎的自信

今日老虎说：野生的老虎，武松可以打光打净。人生的老虎，武松永远打不净。

古典老虎说：虎过去共有9个亚种，华南虎、西伯利亚虎、孟加拉虎、印支虎、马来虎、苏门答腊虎、巴厘虎、爪哇虎、里海虎。到如今，爪哇虎、里海虎、巴厘虎已灭绝。

属虎者说：永远灭绝不了，12个中国人里就有一个属老虎。

八月，流行拼爹

今日老虎说：我爸是动物园看守大门者。我爸是动物园常务售票员。我爸是动物园常务副科长。

古典老虎说："虎生三子，必有一彪。"《癸辛杂识》载："彪最犷恶，能食虎子也"，"彪"排行在虎豹之间，所谓"龙虎彪豹"。彪为何物？清朝六品武官服有一"彪"动物图案可参考，"彪"肯定比虎厉害，因为字面上还多三撇，像三个爪子。

属虎者说：我们村里有两个叫"卫彪"，邻村有四个"卫彪"。三里五村，当年都要保护一只远方的老虎。

九月，别想吃虎鞭

今日老虎说：别想吃虎鞭，轻者挨抽，重者判刑。

古典老虎说：李时珍载虎肉微热，无毒，味道酸，可益力气，止多唾，治恶心。吃不了虎肉，可用黄精代替，黄精有"老虎姜"之称，又叫"神仙余粮。"

属虎者说：广东餐馆里一道象征菜，叫"龙虎斗"。凑合着先吃。

十月，拉大旗的方式

今日老虎说：拉大旗的方式很多，不一定都使用虎皮。

古典老虎说：据旧县志载，开元中有崔生应举过寺，适天暮，因投宿焉。见一虎入寺脱皮，变一美妇人，就崔，愿侍枕席，崔眠之。见其皮在井边，遂投井中。妇人觅皮不得，随崔至京，先后授县长、县委书记，凡六年，生两子。后还官，过前寺，崔意相随日久，无他虞，告故。妇欣然，令取皮，皮故无恙。因披之，仍成一虎，大吼，回顾二子而去。后人题其井为虎皮井。

属虎者说：信不信由你，俺小时候用那井里的水吃过捞面条。至今还卖一种"虎面"，十块钱一碗。

十一月，叫板

今日老虎说：武二郎，有种你出来，敢再打我一次？

古典老虎说：据《述异记》载，汉代一市委书记，叫封邵，官称封使君。一天，封书记忽然变成一只老虎，在城市里乱跑，饿了便吃城里的黎民百姓，百姓见到，认得是他，连忙高呼"封使君，封使君"。于是，那只老虎掉头出城，不再回首。诗人作诗："无作封使君，生不治民死食民。"

属虎者说："封使君"学术上已成老虎别名，查一下，谁写的反诗！

十二月，虎头猫尾

今日老虎说：老虎跟猫学艺，学会了，要吃猫，猫立马上树，老虎在下面没一点办法。这老虎太没耐心了。

古典老虎说：陆游《剑南诗稿》有"俗言猫为虎舅，教虎百为，惟不教上树"。

属虎者说：现在退化为猫虎一体。小时候我姥姥也说过，猫是老虎的舅舅。我舅舅毫不保留，教我上树，还偷摘邻居家的果子吃。

2021.11 客郑

选自《花城》2022 年第 2 期

朱以散

薄如
蝉翼

朱以撒

现为福建师范大学美术学院教授、博士生导师，福建省书法家协会副主席，福建省文史研究馆馆员，中国文艺评论家协会顾问，中国作家协会会员，曾任中国书法家协会学术委员会副主任。出版书法著作和散文集多部。

一年来，阿黄送了我不少东洋纸，丰富了我藏纸的种类。她自己不谙八法，却对纸有一种过人的嗜好，即便价格不菲也解囊收入。有时人的爱好就是如此，收藏了欣赏或赠送朋友，自己是不使用的，由于不谙八法，一下笔就可惜了。那只能是把玩一张纸的色泽、纹路，还有从中沁出来的幽幽香味——纸香在众香中是十分独特的，和书香相比，它没有油墨于其中，就更淡逸和细微。有时一个长卷打开了，发出与众不同的声响，绸缎般地舒展开来，像时日那么悠长。一个人喜好藏纸，藏而不用，让人想到不少藏家的身后——后来者对藏品毫无兴致，连打开来欣赏也不愿意。人的趣好相差太远了，一代代人的繁衍可以接续，延伸到久远，使子孙万代串联起来。彼此虽不曾谋面，但持同样一个姓，说话都会多上几分亲切。兴趣则异于繁衍，如口之于味，不能强求。上一辈的兴趣之物堆了一屋子，到了下一辈则想着如何清空，给自己感兴趣的另一些品类腾出地方。好在阿黄在这方面及时地出现了接班人，她的女儿考上了大学的书法专业，这些纸才有了使用者。

　　物尽其用——我常怀这样的想法，能在有生之年将自己使用的一些消耗品用罄，或者所剩不多，最好，也遂了作为物的愿望。如果是尤物就更不一般了，通常有灵性于其中，应对同样有灵性的这个人或者那个人，就像神骏，不是任何一个骑手就可以翻身上去，它一定在等待那个人的出现。如果有幸，那个人出现了，这匹骏马的价值才上升到顶峰，否则，一辈子晾在马槽上。好纸可以当摆设，像神那般地供着，说是唐伯虎那个时代的，或者康熙年间监制，让来者看一眼。如此，还是浅薄。晋时阮孚说，"一生当着几两屐"，可见人生苦短，不可矜于物，如果不能放胆用屐，而让自己赤着脚走路，那屐的作用真是抓瞎了。人常有悯物之心，舍不得用，小心翼翼地用，悯物过头就不能充分地显示出自己对物的尊重。

赠人以纸，说起来是很风雅的。当年王逸少一次就给了谢安石几万张纸，传为美谈，这比送脂粉、五石散有着更多的文气，让人联想到澄澈、玄远，也联想到一个人的笔墨情怀如此倜傥。一张纸比人情单薄得多，但几万张纸，这个人情就不是俗常之谓了，是精神方面的必须。送纸是危险的，敢于送纸也说明了对对方的一种识见的无误，双方由于这一张张单薄的纸而相互欣赏。赠送者认为送对了，被赠送者也认为太合心意了。那么，接下来的畅谈，完全可以从纸开始说起。风雅不及实在，俗常日子是实在过去的，真能如王逸少、谢安石这般锦衣玉食，送纸才能成为后世谈资，真是俗常人家，他们的需要则如亦舒在《喜宝》中说过的："如果有人用钞票扔你，跪下来，一张张拾起，不要紧，与你温饱有关的时候，一点点自尊不算什么。"亦舒此说还是很诚恳的，在生活的现状里，对这么一张张纸所持有的态度，不必以嘲笑的态度待之。

对于文士而言，能用上与自己情性相契的纸自然快慰之至。笔墨生涯，越往后对于纸的选择就越讲究，讲究的尽头就是挑剔，面对一张纸的态度说一些别人认为是玄虚的感觉。即便要订制，也难以表达清楚，便难以与人说，觉得说了也不知所云——真能说清楚就不是感觉了。难言之隐——往往是隐于感觉之内，不能量化，说出来不能达意，也就欲说还休。四宝堂里总是陈列无可计数的宣纸，供喜爱者挑选。有人进来，挑贵的买，作为礼品，物贵则宜。有的则认品牌，以为品牌为立身之本，必然不会离本太远。我则靠手抚，在纸面做一个轻轻推送的动作——即便同一批次的宣纸，手抚起来也未必同一种回应。毕竟，作坊里那么多人，重复那么些动作，不是每个人的心绪都能深婉不迫。有时我也把纸摊开，像《风声》中的听风者听听抖动中的声响。清脆的、挺刮的声响肯定不宜于我。一个人在道行渐深的往后，心思越发细密如牛毛，有了挑剔的资本，什么都要求合乎自己的情性，就像善于品尝的口舌，绝没有饥不择食的迁就。这个要求不能说高贵，只是自适而已。文士雅集的机会总是有，总是要墨戏一番。轮到了，站起来，把主人准备的宣纸摸遍了，觉得都不适手，更不适心，便不写，转回来坐着，继续喝茶。主人见状，便过来劝他随意一点，逢场作戏嘛——如果早二十年他一定不扫主人的兴致，但此时，他摆了摆手，决不将就一张纸。一张纸不将就，俗常日子里的不少方面也都不将就。将就了别人会高兴一些，但自己会不高兴，他不愿意自己不高兴——记得苏东坡也是如此说，自个儿也是很需要开心的啊。后来在场面上就很少看到他了。他的书写总在自己的书房里，面对自己稔熟的亲爱的宣纸们，觉得此时甚好。

　　南方的潮润使不少宣纸都起了霉点，失去往日脸面上的洁净。笔在纸上行如在黄昏里。有的人便拿到装裱店去美容，使其恢复到如新状态。有时为了怀旧，打开自己三十年前写的作品，都是满目昏黄。潮气无声潜入，不分昼夜，没有什么可以抵挡，放在箱子里的，搁在橱子里的，外边还做了包裹，无一幸免。时日在上边留下的痕迹，或深或浅，或多或少。南方生活的细腻清新，即便有机会去北方长居，而不愿动身。却不知在听着苦雨芭蕉的滴沥，看着桨声灯影中的涟漪，卷轴正悄然侵入了润泽。水如此之多，灵气是从来不缺乏的，以至南方多名士，玉树临风，新桐初引，端的倜傥自任，有一些小小的傲气，施于纸上，都是未干墨迹的诗草。寻常人对日渐长出霉斑的一张纸真是束手无策，只能交由资深的装裱师傅，请他抹掉这些时间之痕。这比装裱一幅新作费时费力多了。装裱师傅喜欢和旧日纸张打交道，虽然要拿出全身本事应对，毕竟所收费用不菲，同时成就感也大大增加。取件的时日到了，这是装裱师傅最得意的时刻——卷轴徐徐打开,如同徐徐打开一个新的世界。主人脸上抑制不住的欣喜,好像不认识这件自家的宝贝了。装裱师傅知道成功了,人们识见了他精湛的功夫,还有细密的心机。过了几年,又过了几年,这些作品又敌不过梅雨潮气,霉点又一次上脸,他又开始了一轮又一轮的劳作。忽一日照镜子,看到白头发多起来了,皱纹叠着皱纹,还有一些如同宣纸上的黄斑了。想着自己有能力几次把纸上的时光痕迹抹去,使旧作宛如新制,而对于自己日渐苍老的容颜,却无能为力。他只能无奈地笑笑,冲着镜子,做个鬼脸。

俞先生去世前给了我一叠花笺。他收藏它们已经有一些时间了。在他众多的学生里,把花笺送给我最为合适——礼物送人也是需要考虑与之相适应的对象,使礼物倍显珍贵。花笺是宣纸中的娇女,和六尺、八尺宣相比,它是那么小巧雅致。淡淡的底色,使它生出几分阴柔,捧在手上没有感觉似的,生怕突然有一阵风来吹落。藏的时间久了,火气尽消,如同俞先生和我说话时温婉平和的神情。一个人老了,还是会想到如何处理自己的藏品,尤其是纸、纸本,那么脆弱,怕水怕火,就是一个雨点儿也可以洞穿。那么,一定要托付给适宜的人,那个人眉目清秀,举止舒缓,斯文中透着清高。那么,他一定会妥善应和这样的纸品的。我想俞先生把花笺赠予我,肯定也把其他类型的藏品赠予师兄弟们了。品性不同,受物不同,人与人的交往深度,可由此见出。几年过去,我把俞先生送的花笺都写光了。之所以写了几年,是因为我用小楷,抄些古诗词,也自己撰文,很细腻地写,在好心情的时候。如果在大宣纸上写,我会任性一些,写坏了就揉了,并不可惜。可是于花笺,我有一种怜惜,觉得不斯文以待,就愧对时时萌生的怀旧幽思。有人说这些花笺有不少年头了,你不留着,反而把它们都写光了,真不知作如何想。我是不想把它们再送下一个人了，许多纸在我这里就不再传送，戛然而止，消失在我的笔下。如果都不使用，作为礼品承传，又如何知道其中滋味。我于细小之物特别倾心，它们是不震撼的、不大气的，如花笺，如此之小，三行两行，长句短句，以无多为旨，便清旷疏朗，有如私语窃窃。想想古文士如此喜好花笺，在上边写个不停，许多隐微的心曲都在上面。倘不居庙堂之高，不处江湖之远，一个与世无争的文士，在小小的花笺上写写自己小小的悲伤，小小的爱慕，使如此单薄的花笺沉着起来。

少年时常听说善笔墨者长寿，还可以列出一大串人名来。就像文徵明，他同时代的文人都不在了，甚至连他的学生也有人不在了，他还精神地活着，又写又画，真是艺坛上的老祖父了。据说去世前他还在为人写字、和纸亲近，这是一个最热爱纸、在纸上不懈驰骋笔墨的文士，作为盟主当然无可非议。这也就使人多有联想，觉得纸上太极足以使人长寿，足以抵挡个人生命的消耗。事实是，一些人远未及老就谢世了，究其原因，实则无多少时日于书斋静坐修身，好好写字，多半在场面上，接迹有如市人。守不住对一张纸的敬畏，笔起处尽是躁动之气。一个人没有安和心境去敬惜一张纸，也就称不上在纸上有何托寄。一张纸的寿命比一个人要长久多了，把它铺张开来时，看到了它的清畅大方，卷起来时又如此敛约和婉转，皆韧在其中。如果一个人善待一张纸，看到一张纸的前世今生，眼神也会更谨重一些。那种胡乱下笔，对一张纸带有亵玩倾向的做法，我向来鄙夷——一张纸落在这样的人手里，只能说运气糟透了。现在到处都可以看到《兰亭序》，一张纸承受了如此的美妙，是王羲之写的，还是谁作伪的？好事者还在争辩无休，但从纸上的笔迹看，都会让人想到书写者的教养——一个人的字和一张纸如此协调地结合在一起，此纸长寿，此人当年也应当长寿。

一张纸无足，却可以走遍天下。有的从北方来到南方，有的从南方去了北方。或者从国内去了国外，再从国外回流国内，出现在各种拍卖场合上。拍卖前总是要举办一个展览，让人心中有点儿分寸。许多人在一张张纸跟前走过，大放厥词，说纸上的墨迹是真的，或者是伪的，谈论纸的年头是不是到了，或者根本与那个年头不符，由此判断可靠的程度。有时，打假的人来了，整个场面有些失控，那幅被指责的纸安然不动。人的眼光相差太多了，看不透一张纸的承受之重，只能指指点点，大声小声。一张纸再贵也不会天价，可是某个大师在上面写点儿画点儿，一张纸的身价就如日之升，接下来就有人使心计、运手法作伪了。如果一张纸有灵，它会知道在上边写写画画的人是不是伪造者。但作为纸，它从来是缄默无声的。《吕氏春秋》说出了人生在世的一个大苦恼："使人之大迷惑者，必物之相似也。"纸上墨迹就是如此，真耶伪耶，众说纷纭。科学的昌明，一架仪器可以测量厚重地底的蕴藏，却没有一架仪器可识辨纸上真伪，只能靠人的眼力。眼万千殊异，除了看到一张纸，还要看到纸背后的世道、人情。淮南王刘安说："天下是非无所定。"对一张纸，也可做如是说。许多带有墨迹的纸在拍卖场上被人吆喝着——主人不需要它了，它被新主人接受了，交易的背后是银两。新主人也不想久藏，待到行情看涨时，又毫不犹豫地把它推出去，换更多的银两回来。让人兴奋的是一张纸在家里酣睡，上边的尺寸不长一分不短一厘，文字不多一个不少一个，门外的世界却在变化着。行藏由时，主人的薄情寡义，使它不停地辗转着，不知下一次沦落谁家——除非，它们有《平复帖》的命，张伯驹把它捐给了国家，如今它躺在那个极为严密的空间里，不见天日，它的漂泊生涯才算终结。

一些纸留存到现在，为我们有幸见到。更多的纸灰飞烟灭，无从找寻。人、物有命，何况一张薄纸。要穿过久远的烟水来到我们的面前，如同骆驼穿过针眼，只能说幸甚幸甚。那时节的人每日都执毛笔书写，可以想见写尽多少纸。纸不怕多，传下来就是宝贝。苏老泉曾说自己把往日写的几百篇文章都放火烧掉了——他觉得和圣人、贤人的文章相比，自己的纸上文字只配付之于火，便采取了极端的做法。其实，烧它作甚，烧了之后就能写到圣人、贤人的份儿上？人生每个阶段都有自己的表达，不必傍圣人、贤人，只要真实地待了一张纸即可。一些文士，名字留下来了，却无一丁半点儿纸片，这就使后人在言说时枯索得很，无从援据。像李太白写了那么多，只有《上阳台帖》留下来了，虽仅二十五个字，却让人欢呼雀跃，以为不特李太白一人之私幸，也是后人之大幸。当然，纸上的书写也有它的危险性，白纸黑字，让人难以申辩。苏东坡总是爱在纸上写，把情绪都写进去了，把危险都招来了。写了又给人看，推到更广大的空间，结果自己遭殃，又连累朋友、兄弟。平息后他还是爱写——一个文士是不能舍弃纸的，宦海浮沉，世道艰辛，也只有在纸上写，会带来一点点宽慰。李渔和苏东坡相同之处也在于写，他说从小到大，从大到老都是不快乐的，还好老天眷顾，他喜欢上填词、制曲，便一一写去，以为富贵荣华也不过如此。我能理解枕腕而书这个动作，这个动作足以使人眉目舒展，不知今夕何夕。写有两个目标：一个是给很多的人看，如柳词，虽草野间巷亦能歌咏；一个则是相反，给极少数的人看，甚至就给一个人看，诡秘得很。看过的人记熟，顺手就着煤油灯让它化为一片乌云；或者咽入口中，让它烂在自己的肚肠里。许多的谍战片都有如此雷同的设计，不厌其烦地显示一张纸与死生的关联。想想也是，不知有多少人命丧于纸上。

每日，我都花了时间来消费这些好纸。书写使人开心起来，是良好的物质材料优化了人的心境。想想从五六岁始习书,到现在有多少纸在指腕间流过。此时窗外青山妩媚,白云游逸,笔下更是明快。若到夕阳昏黄,风起于芦苇之梢,满山迷蒙,纸上就有了更多的信手和慵懒气味。如果一位书法家在他的终了,能够把贮存的好宣纸都挥洒得差不多,那真是一件幸事。人将了,物亦将了。

一张张薄如蝉翼的纸在时日的过往中渐渐堆叠起来,走向厚重,我想,这就是此生了。

选自《满族文学》2022 年第 2 期

哑巴
蝈蝈儿

淡巴菰
───────────────
女。曾为媒体人、前驻美外交官，现中国艺术研究院专业作家。出版《写给玄奘的情书》、"洛杉矶三部曲"等十余部图书。在《中国作家》《人民文学》《北京文学》等发表小说、散文若干。为《上海文学》撰写专栏。

1

"蝈——蝈——蝈……"没有指挥,这合唱声浪却如此有弹性,动听一如丝线轻拂金箔,从我身后传来,渐行渐近,由轻柔变得强健。

我愣怔了两秒,扭身回头看去,只见眼前金灿灿的一团,云朵一般,随着一辆自行车的前行飘然而至——那由上百只蝈蝈儿组成的流动乐队,正和谐欢快地唱着大自然的弦歌,它们带来的,似乎又不是歌声,而是一块散发着庄稼清香的碧绿田野。

看我驻足观望,那骑车的黑瘦汉子停下车,带几分期待地笑着望向我。那是辆普通的自行车,后车架上支起了两根一米左右高的竹竿,那些笼子就是层层叠叠挂在这竹竿上的。也许是感觉到了突然的速度变化,一只只在那金色笼子里歌唱的"小歌手"都忽然噤声。但旋即,有几只鲁莽或迟钝的,又放开嗓子大声鸣唱那稔熟的旋律。

"二十块一只,三十块一对儿。"卖蝈蝈儿的这位不等我问就主动报价。

那是个五月的午后,我从北京回河北的小县城给父亲扫墓。父亲走了六年了,我当年不仅没能为他送葬,就连清明和祭日都鲜少有机会去拜祭他。反倒是在那小城生活的弟弟一家三口,从不落了给父亲送鲜花烧纸钱。

那天是父亲祭日,我们刚从墓地回到城里,弟弟两口子去停车,我和母亲慢慢往小区门口走。

"蝈蝈儿!"我有些兴奋地对母亲说,眼睛却继续望着那秫秸秆儿外皮编织成的金灿灿的蝈蝈儿笼。它们那么可爱,像一个个圆鼓鼓的婴儿的小拳头,又像八面开窗的小小城堡,每个后面都住着一个着绿衣白纱腆着大肚子的袖珍国王。

"活不了多久的，还是别买了吧。"父亲走后，母亲特别舍得花钱往家买花，栀子、茉莉、山茶，尽管许多中途夭折，至少每次都是奔着好花常开的结局去的。可这蝈蝈儿，在她看来即使不出意外，寿命也不过几个月，干脆别劳神为好。

"在大城市买不到的。养两只听听叫声多好。"从卖者的口音判断，他是县城西部紫荆关一带的山里人。那里的人说话舌头发直，不会发儿化音，管二叫"饿"。是我的家乡话已经不纯熟地道了吗？我有些纳闷他是如何看出我不是本乡本土的人。

尽管漂洋过海走过世界许多地方，但我打心底对中国的县城有一种故友般的亲近。它们就像一根根密密麻麻的血管，东西南北，阡陌纵横，网罗起中国的繁华都市与偏僻的毛细血管一般的乡村。我喜欢逛县城，即便交通混乱、尘土飞扬，即便那价格亲民的网红餐馆也不免饭菜粗糙、卫生可疑，我仍吃得香甜，睡得踏实。县城，有大城市往往缺乏的一样东西——地气，或者说，土地的气息。离农村近，县里的菜蔬瓜果是新采摘的；离农村近，鸡鸭鱼肉是刚宰杀的；离农村近，人们脸上的表情仍然是农业社会的——古朴实诚，即使狡黠都带着憨厚。

望着那人和那一笼笼的蝈蝈儿，我脑海里忽然闪现的是刚刚在墓地里探视过的父亲。父亲从部队到地方，一辈子跟写作打交道，虽然他从没出版过一部书。我记得当时在读大学，暑假回家，在宣传部门工作的父亲兴奋地告诉我，他写了一篇《蝈蝈儿唱响致富歌》的新闻，居然被某大报采用了，他很自豪地把那篇豆腐块文章剪贴在了他的笔记本里。

"您帮我挑两只吧。"说着我递给卖蝈蝈儿者三十块钱。我希冀这小小的蝈蝈儿鸣唱能把已经淡出我生命的乡野拉近些再近些，就像春天漫山遍野的不知名小花，夏天月光下一块有着圆滚滚果实的瓜地，秋天挂着灯笼一般橙黄柿子的山林，冬天一望无垠的雪野，它们是自然的使者，是我永远走不出的乡愁。

"挑俩欢实的！"我母亲不放心地叮嘱。

"没问题！"是因为做成一笔小小的生意吗？那汉子开心地笑了，以至于鱼尾纹深深地堆在了眼角。我相信他还没我岁数大，但常年的田间劳作让他比实际年龄苍老许多。

"这不是二壮吗？金家庄的？"母亲先是迟疑后是坚定地望着那汉子说。

"哎呀，看我这眼神，三姑奶奶，我还真没认出你来。我是二壮！有二年没去看你老人家了。"二壮说着，笑纹堆满了黑瘦的脸。

"你不是一直跑运输吗，怎么卖起了蝈蝈儿？"母亲与其说是好奇，不如说是忧心，即使对这七拐八绕的远房亲戚。

二壮把车梯支好，双手从那车把上解放出来，立在那儿苦笑着倒出了一肚子委屈。他跑了十来年长途，主要是运送石材去南方，起早贪黑，着实赚了点儿钱，不仅把房子翻盖一新，还把两个孩子送进了大学。没承想三年前兴起了企业集资热潮，有外地资本介入本乡那个有着千年香火的庙会，政府领导都出席了热闹的揭幕仪式。百分之二十甚至三十的利息返还，让许多乡民把一辈子的积蓄都投了进去。二壮先试探着投了十万，还真如期得到了利息，尝到了甜头的他，不仅投入了跑车以来的所有积蓄，还以车为抵押去银行贷了款。"我有俩大学生要供，父母还都一身病……还是怪我，忒冒失咧。项目黄了，人家投资方卷铺盖走人了，可把我们这些小老百姓坑苦了。村里有好几个老人投进去了儿女孝敬的养老钱，出事儿后受不了打击，死了两个，听说有一个是喝农药自杀的。"

母亲和我都听得唏嘘连连。

我忽然有点儿心酸，想着是否再给他十块钱，可是又感觉真那样做似乎很矫情，有居高临下施舍的嫌疑。我揣在口袋里的手，终究还是没有伸出来。

二壮取出一把生着锈的剪刀，颇费了点劲儿才从那一团高挂的笼子中剪下两个，像剪断了两个音符，那歌声似乎陡然间弱了一些。

倒是母亲，侧过脸悄声跟我说："既是乡亲，就别在乎那十块钱了吧，你再给他十块。"

"这哪儿行？不要不要。按说这蝈蝈儿就应该送给你们，哪儿还能多收？"那十块钱在二壮和母亲之间来回拉扯着。最后，他坚决地塞回了母亲的衣服口袋。

我又问了几句蝈蝈儿的饮食习性后，拎着那两个金色的小拳头和母亲往家走。"他小时候我就见过，不过三两岁，长得欢眉大眼挺好看的。现在成了小老头了。唉，人哪！"母亲边说边叹息。

到家第一件事就是进厨房切了些胡萝卜条，从那只有筷子头大小的洞口塞进笼子。蝈蝈儿们先是惊慌地躲避着，两只前腿胡乱地挥着。很快，也许是嗅到了食物的气味，它们开始不客气地大啃这送上门来的美食，两颗白色门牙快速运动着，鼓鼓的眼睛好像对一切都视而不见，反倒是头顶长长的触须机敏地探测着周围的环境。

我把它们挂在客厅向阳的窗子把手上。阳光斜照进来，洒在笼子和两个小家伙身上，它们一动不动，像两只翠玉雕出的案头清供。

吃晚饭时，母亲又说起二壮的遭遇。弟妹有些难为情地说："我没敢告诉你们，我爸爸就是这样的受害者之一。我和我哥给他的钱他都攒着,原先还打五毛一块的麻将,自从有了这高利息集资以来,他愣是戒了麻将和烟酒,可是那五万块钱彻底打了水漂儿,他一趟趟去找当时让他投资的人,我哥也替他出过面,都没要回来一分钱。人都跑了,去哪儿要?"我们听得又是一脸诧异,母亲大叹世道不公欺负老实人。

虽然谁也没说什么,我知道屋里四个人都在留心静待那蝈蝈儿的叫声,可直到第二天早上,屋里安静得像没有它们一样。

"不会是有毛病的吧?二壮不是干这行的,他也不懂,你当时还不如自己挑两只大的呢。我看有一只特别弱,也就比蛐蛐儿大一点儿。"母亲虽看似有经验地抱怨我,那语气却是谨慎小心的。有人说,人老了,不管年轻时多么强势,会变得怕自己的孩子。尤其是父亲去世后,母亲似乎有意地把自己以前的锋芒都收敛了起来,不再像过去那样爱打主意,她越发专心称职地做个"糊涂"老太太。

弟弟一向心细,说这蝈蝈儿也许在适应新环境。一向有洁癖的弟妹则问我是否把萝卜洗干净了。

天气阴着,还下起了雨。不便出门,除了帮母亲做饭,我开始仔细观察平生第一次近距离接触的这小生灵。别看不叫,它们饭量不小,刚放进去的吃食,不管是水果还是蔬菜,不挑不拣,没一会儿就被两颗大门牙啃食进胖胖的肚子。笼子下面的窗台上,则是食物残渣和粪便的混合雨点儿。

吃饱了,它们就趴在笼子里,禅定般地发呆。

我亦开始寻思,这两个蝈蝈儿明显是有问题啊!

两天后,在我准备离开家回北京的晚上,半夜里,我忽然听到了那金属音质的歌声:"蝈——蝈——蝈……"

声调不高,时间也不长,不足一分钟的样子,然后就又是长时间的寂静。

早上吃饭，全家人似乎都有点儿兴奋，至少，蝈蝈儿会叫！

回北京的车程也不过一个半小时，这两位坐在副驾座位上的歌手，商量好了一般，谁都没吭一声。

2

"蝈蝈儿！"儿子正在家上网课，一年前他被美国一所大学录取了读研，因为疫情，签证多次被拒，只能昼夜颠倒在家接受远程教育，被我弟弟戏称上的是"最昂贵的函授大学"。

俯身凑近了，从镜片后打量那蝈蝈儿笼子片刻，他只说了句："看着挺傻！"就又埋头继续钻研他的Python（一种计算机编程语言）去了。

晚上，侄子下班回家，来不及换鞋，也兴奋地去客厅向南的窗边看蝈蝈儿。20岁的他在省城读了个大专，不想回到小县城托关系找铁饭碗或者考公务员，而是到了北京，在一家全国连锁服装品牌的门店当导购。自小因为不爱读书，他父母一直担心他的前途。好在沾了中国高校都在扩招的光，他去读了个市场营销专科，快毕业时，正巧有几家企业去学校招销售人员，阳光帅气的他喜欢服装行业，顺利通过面试就来北京当起了导购。

我打心底喜欢侄子，虽然他自小不喜读书，却善解人意、情商极高。记得当年他不过七八岁，暑假来北京住一夏天。每逢我那开始叛逆的儿子与我顶撞对峙，在中间斡旋平息战事的都是这小家伙。他的手法其实也很简单，不过是跑过来悄悄跟皱着眉头的姑姑说："我哥知道错了，只是不好意思承认。姑姑原谅他吧。"又到一边儿跟生闷气的哥哥说："我姑姑原谅你了,说只要你下次别再摔门顶嘴。哥你去跟她道个歉吧,我就常跟我妈道歉。"

"姑姑,这蝈蝈儿让我想起我爷爷。我记得上幼儿园时,他去农村下乡,给我带回来一只,那笼子和这个一模一样。"侄子自小跟爷爷亲,读小学时,每逢因为做不出简单的数学题被他气恼的父母责骂甚至掌掴,都是爷爷在一旁护着他。

"你们哥俩每人认养一只吧。"那晚吃过晚饭,俩孩子在厨房洗碗,我进去给蝈蝈儿切黄瓜条。那本来不小的厨房好像一下子很逼仄,看着身边两个身高都一米八的大小伙儿,我不由惊叹着时光的流逝——似乎只是一眨眼,那两个虎头虎脑有着一脸婴儿肥的小胖子,都已经长成了朝气蓬勃的青年。我爱他们,不仅因为他们是我的亲人,还因为这看似长在蜜罐里的孩子,心碎地和我一起经历了失亲之痛,甚至替我面对了死神的狰狞。听我母亲说,我父亲走的那天,哭得眼睛红肿的两个孩子在火葬场一块一块捡拾起(外)祖父火化后的遗骨。送葬那天,也是他们俩,一人打幡一人捧着骨灰盒,把他们挚爱的有血有肉的亲人送到另一个世界。似乎从那时起,这两个只有十几岁的孩子忽然长大成人。

不同于自小就浓眉大眼的儿子,我侄子小时很不起眼儿,像一块没长开的小枣核儿,冬天总穿一件碎皮子拼接成的夹克,我总笑他像一块滚动着的酱牛肉。如今,他越发像年轻时好看俊雅的爷爷。他自小虽不善学业,却极富审美眼光,再不起眼的衣物,经他的手搭配,都显得格外有味道,是那种不事张扬的别致和悦目,难怪读中学时他就常被小姑娘递纸条写情书。

"让我哥先挑,剩下的归我。"侄子仍一如从前的懂事。儿子认领了挂红绳的,取名闹闹。侄子接受了另一只,取名周董,源自他最崇敬的歌手周杰伦，连他的微信头像一直都是周杰伦的各种照片。听我问起，他认真地说："我佩服他，不光因为他有演技和音乐才华，还因为他特别敬业，几乎没有绯闻，是个对员工、对家人有责任心的男人。"

侄子虽然是典型的北漂打工者，每天八小时迎来送往买或不买的客人，有时站得脚疼，非但不抱怨，还总是一脸快乐。他崇敬会写书的姑姑，甚至连洗脚水都不嫌弃，"姑姑你泡过脚的中药水别倒掉，我再加壶开水也泡泡"。他希望血压高的父亲戒掉烟酒，也跟我说："姑姑你说说我爸，他听你的。"

在北京我不时与熟识的文友相约聚会吃饭，偶尔会让儿子和侄子参加。在名作家面前，侄子亦不卑不亢，彬彬有礼，我看得出他很放松坦然地享受那样的时光，我难以想象，这就是那个当初来北京搞不清坐地铁的方向，还需要他哥去长途汽车站接的少年。

他不时跟我聊聊在店里的见闻与感受："有些人穿得像有钱人，素质却很差，试一堆衣服和鞋子，扔在那儿扭头就离开。而有些人会放回盒子里或衣架上，还谢谢我们的服务。买不买其实并不是我们最在乎的，而是这些人的态度。每个人的劳动都应该受到尊重。"他也跟我聊人生："目前我挺满足的，有工资收入，有宿舍可住，同事相处得很好，还能见识形形色色的人。我感觉这一年来我学到的东西不比在学校少。"他甚至还在网上结识了一个乌克兰女孩，俩人不时借助词典打字分享各自的生活。"我并不想找外国女朋友，只不过希望了解一下这个世界上的人都怎么生活着。"他给我看过那女孩在冰天雪地里欢快地笑着的照片，很可爱的姑娘。

我告诉他美国有些人在零售店里做一辈子导购，因为具备了足够的专业知识，也非常受人尊重。

"我不想太多设计未来,想得太多太远反而容易焦虑。我现在能养活自己,把能做的做好,每一天都挺快乐。"他有时回来住,还会买上件打折的衣物,或袜子,或睡衣给我和他哥哥。

"每当我心情不好或焦虑不安时都会想想他。他的简单快乐挺让我减压的。"儿子实话实说,对这位小他四岁却碰巧出生在一天的弟弟,他一向亲如手足,自小到大,无论买个什么玩具,他都会买两件,无论弟弟在不在场。儿子这两年压力很大,连弟弟都看出来了,说他"沧桑"了不少。先是在国外读了本科回国,设想工作两年再读 MBA,他投简历进了一个世界五百强的私企,早出晚归,几乎没有周末,每天早高峰的挤地铁更像梦魇一般恐怖,"得有工作人员在站台上推,才能勉强挤进地铁车厢,前胸后背都是人墙,倒省得担心站立不稳。有时实在挤不进去,我只能眼睁睁看着地铁离开,再等三趟才能挤进去"。压倒他的不是这些谋生的艰辛,而是公司的层层束缚和工作低效,尤其是唯领导为正确准绳的作风。好不容易一年合同到期,他辞职了,全力以赴考研。

通知书倒是来了,疫情也来了。学费交了,不仅签证面谈三番五次地被取消,甚至后来美国彻底关闭了中国学生入境的大门。"真让人纠结,不上吧,好不容易考上了。上吧,只能在网上听课。一年半的学业,一天都没到过校园。学费还那么贵,我真感觉内疚,这么大岁数了还给家里添负担。"他本就不时冒出粉刺的脸上更是火疮不断。

看着他忧郁的表情,我只能装作若无其事地安慰:"我们不能掌控世界,却能调节自己面对世界的心态。你看弟弟,心理素质多好。跟你这在北京有房住有车开的人比,他只是漂在这儿打工住宿舍,按销售业绩提成,一般人早就自卑或焦虑得不行了吧,可他那么快乐坦然地活着,这在我看来就是福气。"我与其说是安慰儿子,不如说是在排解自己的压力——都说文学市场不景气，出书越来越难不说，一篇篇写出来的文字，找个报刊发表都似比登天还难，据说许多报刊都将平台当成了权力的象征，没有关系，很难发表。当然，如果作者是我的同事莫言，自然另当别论。

"是啊。他有许多我应该学习的地方。虽然有时我让他擦地板还得哄着他，承诺请他吃点儿好的。他站一天店，其实也挺累的。"儿子看这世界的眼光越来越客观了。有时我说到不喜欢某个人的做派，他会抬头望着我说："妈还是别那么想吧，只能徒生烦恼，你推荐给我看的《沉思录》里说过，不要轻易判断一个人。"

我非常欣慰，虽然两个孩子都是独生子，却像两棵就着伴儿成长的树苗，彼此见证着人生路途上的阴晴雨雪。

许是习惯了都市日渐温暖的气候，蝈蝈儿的歌声明显更勤了、更亮了。有时甚至显得过于聒噪，让正在上课的儿子不胜其烦。经常是他正在上网课，那蝈蝈儿越发起劲儿地叫，让远在太平洋另一端的教授都听到了。"会叫的蚂蚱？那就是蟋蟀喽！"美国似乎没有蝈蝈儿，洋教授自以为是的解释让儿子哭笑不得。

我万没想到的是，那本来期待中的大自然的乡音竟成了扰民的噪音。两只蝈蝈儿先是被放在了客厅，过于高昂嘹亮的歌唱扰乱课堂纪律，后又被儿子放进了客卧，那是每周回来住一两次的侄子的卧室。某天早晨侄子推门出来吃早餐，眼睛红肿着，"姑姑我几乎一宿没睡。它们叫了一晚上"。

唯一的阳台与我的卧室相连，睡眠一向困难的我，自然不敢与它们共处一室。于是，厨房，便成了这俩小虫子的栖身之所。

它们似乎不挑不拣，无论在哪儿，只要有口吃的，便要对得起主人的款待一般，从不偷懒地卖力鸣唱，其不休无止让我有时恍惚以为那是夏日的蝉鸣。

想起楼下遛鸟的大爷有时给鸟笼罩上一块布，我跟朋友在电话里聊重要的事情时，便也顺手给两只笼子上搭一块毛巾。开始似乎还有效，被黑暗罩住，它们停止了歌唱。可很快，似乎这伎俩被它们识破，只安静一会儿，便又自顾自地演唱，丝毫不在乎听众的感受。

"要不咱们把它们放生了吧！楼下院子里的树林儿和灌木丛，至少不至于饿死。"晚上十点，儿子边给自己冲咖啡提神边提议道。

看它们俩在那么狭小的空间伸不开腿脚，我也不是没冒出过这个念头。可一想到树林里各种鸟雀，最直接的担心就是它们会不会成为猎物。如果真的被鸟儿啄食当作果腹美味，那可真算死于非命了，我这主人责无旁贷。

憋屈就憋屈点儿吧，至少没有性命之虞。自古以来人类的生存法则不也是安全第一吗？

"姑姑我有个重大发现——闹闹也许是个哑巴！那天我立在那儿仔细观察它们俩，看到只有周董的翅膀一颤一颤，叫声是它发出来的。闹闹只是安静地趴在那儿，翅膀抿着一动不动。"某天我下班回家，侄子上前兴奋地跟我汇报着。

为了证实闹闹没有被冤枉，儿子建议把它们分开放。周董仍在厨房，闹闹被放进儿子卧室。果然，歌声除了从厨房传出来，其他房间都安静如常。

儿子忽然动了恻隐之心，"生为一只蝈蝈儿，也不过活几个月，却从不能开口叫……"他没再多说，只是每天喂食的时候，有意无意地挑水分最多的新鲜果蔬给闹闹，还问我是否水分摄入不够也会影响蝈蝈儿的鸣叫。

3

两个月后,我要离开中国前往大洋彼岸采访。儿子要到上海去借读一学期课程。侄子平时住在店里提供的宿舍,只是偶尔上早班才到姑姑家里住一宿。家里马上就要成空巢了,两只小虫儿眼看着就没有了生存之所。

我问两个年轻人是否可以各自带一只去住宿舍。"那多孤单。别让它们分开吧!"两人异口同声地说。他们甚至开始商量跟谁去住能让蝈蝈儿得到最好的照顾。

"放我们家养着,保管比跟他们谁的生活质量都高!"Y姐是我多年好友,为人爽快仗义,典型的北京女子。她的先生是位斯文干净的读书人,有着江南书生气质的他不仅能讲一口地道的英语、写一手不俗的书法,还是有着数万粉丝的网红烘焙大师。

跟我这粗线条的主人相比,把两只蝈蝈儿送去这样的人家寄养,我相信木讷如虫子,也会感受到那无微不至的优待。

是为了让我和两个孩子放心吗,Y姐还建了个群,取名"蝈蝈儿之家"。不时发照片给大家看。那原本被果蔬汁液弄得污渍斑斑的笼子,在她的精心擦拭下,像去除了锈迹的首饰,已经又恢复了金色的光泽。为了加强营养,除了新鲜多汁的水果,她还不时给它们喂蛋黄。

偶尔我们通话,听到那"蝈——蝈——蝈……"的背景音乐,我竟然有几分想念这两只远在故国的小虫儿。

"确实有一只从来不叫,我先生说可能是先天的发育问题。不过,它们俩至少就个伴儿。只是那笼子太小,显得太憋屈,我让我先生给它们做个盒子。"Y姐的观察更加确定了一点——闹闹其实一点儿也不闹,它是一只哑巴蝈蝈儿。

秋天到了，Y姐把蝈蝈儿从阳台移到了客厅，放在总开着的台灯旁边，为的是让它们得到更多温暖。

我和俩孩子彻底放心了，各自忙于谋生似乎鲜有时间去为蝈蝈儿担忧。

儿子除了点灯熬油昼夜颠倒着上网课，还苦学备考CFA（一种金融行业的资质认证），考期临近，突然接到通知说因为疫情考试取消！

侄子当导购的店关门了——因为疫情没有生意，公司倒闭了。他打算去学汽车维修，喜欢车的他很佩服二手车专家，"人家用手一摸，就知道那车漆是不是补喷过的"。

天越来越凉了，母亲说她已经穿上棉服了，还说某天她又碰到了二壮，蹬着三轮卖核桃呢。

就在那天，Y姐在群里发一条长信息：今天早上给蝈蝈儿打扫卫生的时候，发现最近叫声细细的蝈蝈儿不幸去世了。我心里很难受，在我这里养了两个半月了，每天都能听到它动听的"蝉鸣"。它们让我感受着大自然的气息，此刻，也让我感受到了动物界小小生命落幕的悲哀。我说怎么今天突然那么不舒服呢，本该上班的我留在家里不想出门了，还是为它添了一块胡萝卜。

儿子说他中间回北京还专门去阿姨家看了看蝈蝈儿，"去的时候看到它俩我还打趣说还活着呢？真没了，心里还是挺难过的"。

我急切地电话打过去，Y姐说其实早在半个月前就发现这只蝈蝈儿的叫声微弱了许多，到最后偶尔才叫一声，不是在唱歌，而像在哀叹大限之至。"几天前，它几乎不进食了，得把蛋黄和瓜肉放在它嘴边，它才吃几口。"

"周董死了？让阿姨把它埋在花盆里或树底下好不好？"侄子没发表评论，只私信给我。可我想象得出他的沮丧，他只是不希望别人分担他的难过。他正在北京东郊一个汽配城当学徒。儿子去看过他，拍了一张他的工作照，以前那总是穿戴有品位的青年，如今每天都是一身油渍麻花的工装，好在他脸上那青春的阳光气息不减。他的微信头像仍是周杰伦。

我安慰大家说一切生命都会有尽头，不必太伤心。它们与我们共处一室的日子里，我们善待它们就足够了。另外，好在闹闹还活着，也许它的缺陷成全了它的长寿——对于人类来说，话多伤气。那几乎从不停歇的鸣叫，对于小小的蝈蝈儿来说，是否也会消耗体力，影响寿命？

Y姐的先生特意做了一个半只抽屉大小的木盒子，上面罩了一层纱网，独居的闹闹终于有了一个可以舒展身体的新居。视频里它比以前瘦小了，那翠绿的身体背部已经变成黑褐色，像二壮皱裂的手背。它也许新奇于突然变得阔大的世界，四条细长的腿缓缓地在盒壁上攀爬，蹭着木头竟然发出很响的嚓嚓声。

过了一段时间，我在群里问："蝈蝈儿还好吗？"

Y姐答："还在呢。如果有什么状况，我会通报的。最近我们在中午的时候把它放阳台上晒太阳。可能它也是老了，吃得少了。"

她女儿，一位文静少言的女孩子，几乎从不在群里发声，也说话了："蝈蝈儿没那么有活力了。虽然它还活着，但现在吃饭都得递到嘴边，看着真让人难受！"

十一月的最后一天，Y姐去山东出差。她先生在群里发了一条信息："闹闹基本躺下了。"随后是一段视频：歪躺在一层柔软纸巾上的蝈蝈儿，两条前臂仍抱着一块胡萝卜，与其说是在啃食，不如说是在舔那上面的水分。

"把它扶起来呀,它眼神不好了,得把吃的放在跟前。喂点儿香蕉和蛋黄那些软的食物。"Y姐人在旅途,却仍遥控指挥。

看着那延口残喘的小小生命,我没再留言。

其实,不完美的我们都是不同形状的哑巴蝈蝈儿——接受着上天赐予的不完美,盲龟浮木一般,漂在命运之河中,默默地在有限的空间活过有限的时间,有多少是自己能够做主的呢?

把这俩蝈蝈儿的故事讲给我的美国房东Jay听,告诉他周杰伦的英文名字也叫Jay。这个单纯善良的理工男,睁大灰蓝色的眼睛若有所思地说:"我是不会给我的孩子养这个当宠物的,才活几个月就死掉,不是太残忍了吗?尤其对于小孩子来说。"

我说经历和见证死亡也未必一定是坏事。知道死之必然,反而会更珍惜生之可贵。他想想点了点头,嘴里却说了声"No"。

选自《美文》2022年第2期

肖复兴

时间
说话

肖复兴

北京人，毕业于中央戏剧学院。曾到北大荒插队6年，当过大中小学教师10年。曾任《小说选刊》副总编、《人民文学》杂志社副主编。已出版各类书籍两百余部。近著《肖复兴散文》《燕都百记》等。

多年前，读福柯的《词与物》，读到这样一段话："知识在于语言与语言的关系；在于恢复词与物的巨大的、统一的平面；在于让一切东西说话。"

我把这段话抄录了下来。之所以抄录它，是因为那时我感到时间过得实在太快，匆匆人生，转眼就到了春晚秋深时节，非常明显地觉得时间也是一种物质，是看得见、摸得着的。否则，人就不会有回忆。回忆，是人和动物的重要区别之一。

不管我是否真正读懂了福柯的这段话，或者只是浅薄地为我所用，我觉得，福柯说知识和其所造就的语言，在于让一切东西说话。这一切东西，是应该包括时间在内的。

想起54年前的夏天，我离开北京到北大荒。我所乘的火车是10点38分发车。北京火车站离我家不远，但我8点不到就离开家门，那样迫切，吃凉不管酸，奔赴远方。刚出家门，紧靠我家的邻居张大爷走出来，递给我一小包东西，是一包用蓝布包着的黄土。张大爷对我说："去那么远的地方，刚到那里会水土不服，喝水的时候，你捏点儿黄土泡进水里。"尽管当时我觉得张大爷有些迷信，但还是很感动，所谓"百万买宅，千万买邻"，一点儿不假。

那一天分别时，我收到好多礼物。一个同学还特意买来一个大西瓜，让我路上吃。不过，它们都没有这一包黄土让我记忆深刻。在火车上，我没敢拿出来让大家看，怕被嘲笑。到了北大荒的第一天，喝水的时候，我还真的偷偷地捏了一点儿黄土放进水杯里。黄土碎末飘飘悠悠的，云彩一样晃荡在水中，很快就沉淀下去了。我没喝出什么味儿来。

54年过去了。我想离开北京的那一天，到达北大荒的那一天，如果没有这一小包黄土，记忆还会这样深刻吗？

时间，是看得见的，是能够说话的，是张大爷在说话，是那一小包黄土——物在说话。

1982年夏天，我大学毕业。毕业典礼结束的第二天，我迫不及待地重回阔别8年的北大荒。北大荒有两座岛非常有名，一座是雁窝岛，一座是大兴岛。大兴岛被七星河和挠力河包围，是一片亘古荒原。我在大兴岛二队生活、劳作6年。

因为我是第一个重返大兴岛的知青，二队的老乡特意杀了两头猪热情款待我，在两户农家，炕上炕下，屋里屋外，摆满好几桌。酒酣耳热之间，他们纷纷关心地问我这个知青、那个知青回北京的情况。我忽然想，知青朋友们也都关心老乡的情况呀，便问谁家里有录音机，想让老乡们对着录音机每人说一段话，录下音来，带回北京，放给知青朋友们听。

录音机拿来了，是一台笨重的台式录音机。那时候，录音机还是新鲜玩意儿，老乡们对着它，都很好奇，挤在一起，探头探脑，各说了一段话。说什么的都有，关切的，热情的，询问的，玩笑的，啰唆的，甚至亲切骂人的……大家笑成一团。录了一遍，有人非要再来第二遍。一直录到繁星满天，田野里飘来麦熟时节的麦香，远处吹来七星河和挠力河湿润的清风。

我把这满满一盒60分钟的录音磁带带回北京，立刻招呼知青朋友来我家听。大家下班后骑着自行车赶到我家，蒜瓣一样，脑袋挤在一起，凑在录音机前倾听。听完之后，也是繁星满天，望着他们的身影消失在夜色里，我无比感动。

整40年过去了，朋友们聚会的时候，偶尔还会说起那盒磁带，说起那个夏夜。很多老乡去世了，但他们的声音还在那盒磁带里。

如果没有那盒磁带，40年前北大荒的那个夏夜，还有北京的那个夏夜，还会一遍遍如此清晰地浮现在眼前吗？不仅浮现在眼前，而且还会说话，一句句，那么亲切，那么让人感动吗？毕竟有了磁带这个物的存在，时间才会那样被看见。

磁带里的录音，保真了40年，在说话，是40年前那个夏夜的话音。

1992年夏天，在巴黎现代艺术博物馆我看到一幅名为《持扇的女人》的油画，觉得很新鲜。画中的女人黄色的衣衫，与猩红色的背景，对比得格外醒目。女人有着超乎寻常的细长脖颈，侧歪着头，有眼无珠，整个表情，分外凄清迷茫，是和见惯的浪漫派绝不相同的画风。

那时，见识浅陋的我不知道意大利画家莫迪利亚尼，这是我第一次看到他的作品。我低下头看画旁边的画签，想看看作者的名字，没有拼出那一串字母的姓名，便想抄下来，回家后查名人大辞典。可是，翻遍了书包，没有找到一支笔。

这时候，一对白发苍苍的夫妇走了过去，大概也想观赏这幅油画。看到我忙乱又有些扫兴的样子，老太太从她时髦精致的挎包里，掏出一支笔，递给我。我抄录好那一串字母，道谢之后，把笔递还给老太太，老太太微微一笑，冲我挥挥手，说了句我听不懂的法语，但我明白，她是好意把笔送给我。

一支很普通的圆珠笔。但是，有了这支圆珠笔，1992年那个夏天的午后，便一下子如花盛开。尽管我听不懂法语，但萍水相逢的老太太亲切的话语，只要一想起，那个夏天的午后，便会音乐般响在我的耳畔。

2004年的7月，我再次回到北大荒。在同江县城附近的松花江畔，一个赫哲族的小镇吃晚饭。这家餐馆很特别，卖的菜品全部是鱼，墙上挂着的是鱼皮制作的艺术品，连餐桌上的台布和餐巾纸印的也都是鱼的图案，蓝色木刻，古色古香，仿佛从远古游来。

我想要几张餐巾纸，带回北京，留个纪念，便走到柜台前，忽然看见柜台的木架两旁挂着一对木鱼，很小，不到巴掌大，鱼肚子下面垂着红丝绳，雕刻得非常有趣。鱼鳍、鱼尾有些夸张，显得很张扬，神气活现。鱼鳞是利用木头本身的木纹自然呈现的，没有任何雕刻，只是涂上了一层棕色的桐油。鱼嘴和鱼眼睛雕刻得最引人瞩目，鱼嘴使劲儿张开，好像要说话。鱼眼睛格外凸出，我以为是后粘上去的，用手摸了摸，居然就是在木头上雕刻出来的。

我很喜欢这一对小木鱼，问服务员卖不卖。服务员摇摇头，幽默地说："不卖，我们这里只卖活鱼。"我磨着她，希望能卖给我。她笑着对我说，这是我们老板自己刻的鱼，不能卖的……看我们两人比画着在争执，老板以为出了什么事情，走了过来，清楚了是怎么回事情，竟然很痛快地把小木鱼卖给了我。

如今，那几张餐巾纸，还压在我家餐桌的玻璃板下面；那一对小木鱼，挂在卫生间洗脸镜的两侧。小木鱼一直突兀着大眼睛，张着大嘴巴。时间，一下子看得见，听得见。说话的是那服务员和老板，还有那对小木鱼。

大约20年前，为写《蓝调城南》一书，我多次回我住过20多年的老院。老院叫粤东会馆，紧靠前门楼子东侧的西打磨厂老街。如今，这里已经整修一新，成为外地人的旅游打卡地。

粤东会馆是前清时留下的一座三进三出的老院，历尽百年沧桑。以前，二道门后，有大影壁和建馆时立的高石碑，院子里有三株老枣树。故地重游，这些都没有了，空荡荡的，好像以前有过的一切都不曾存在一样。2005年或者2006年，老院面临拆迁，我再次回去看看。忽然，在东跨院老街坊的厨房墙角下面，发现一块汉白玉。一问，才知道原来是被砸碎的石碑一角，盖小厨房时，用来当了房基石。心里暗想，只要是时间流淌过去，雪泥鸿爪总会留下，不可能一点儿痕迹都不留的。

最有意思的是，进老院大门，是一道七八米长的宽敞过廊。过廊一侧有两间房，是以前的门房。过廊另一侧，是一面白墙。"文化大革命"中，人们把水泥抹在墙的左下方一角，又用黑漆涂了一遍又一遍，自制成一块小黑板，用粉笔在上面写上毛主席语录。那一天，看见过廊的杂物已经搬空，墙体露出，那块小黑板还在墙上，上面的字居然也在，字迹还很清晰。那是几十年前我写上去的字迹。

时间，依托着老石碑的一角、小黑板上的字迹，立刻清晰可见。字能解语，石亦可言。

2015年春末，姐姐80大寿，我去呼和浩特看姐姐。在姐姐家客厅的墙上，忽然看见一幅四扇屏，以前到姐姐家多次，没有见过。是丝绣的四季风物：春绣的是凤凰戏牡丹，夏绣的是映日荷花，秋绣的是菊花烹酒，冬绣的是传统的喜鹊登梅。

姐姐指着四扇屏，告诉我："这还是娘做姑娘的时候绣的呢。"

娘是我的生母，姐姐一直这样称呼她。我5岁那年，娘去世，我对她一点儿印象都没有。那一天，突然见到这四扇屏，心里有些激动，不禁贴近墙面，想仔细看。如果娘活着，这一年整100岁。丝线比颜料还能保鲜，绣出的花鸟鲜艳如昨。我好像看见了娘年轻时的模样。

不知怎么，忽然有种感觉，不知是这面墙热，还是四扇屏有了热度，一下子有了一种温暖的感觉，好像就贴在娘的身边，娘悄悄地对我说着什么。

那一刻，逝去的时间，我以为永远看不见的时间，因为有了四扇屏这个具体物的存在，变得如水回溯眼前，并且能够亲切地对我说话。或许，那只是我自己心里渴望已久的话，是时间的回音。

没错，时间本身就是一种物质，或者说，时间是依托物存在的，是可以看得见、摸得着的。所以，时间从来不是虚无缥缈的，时间也从来不是一去不返的。只要有特定的物密切关联地存在，时间便在，便能够重现，就像歌里唱的那样，"yesterday once more"（昨日重现）。

福柯在论述词与物的关系时，所说知识和其所造就的语言，在于让包括时间在内的一切东西说话，说明时间存在的灵性与神性。时间与物的关系如此密切，更在于我们人类自身的感情，是和时间共生共存共融的。福柯说的是知识和知识所造就的语言，除此之外，必须还要有我们的感情在内，方才能够让时间说话。时间说话，是我们的感情在说话。时间说话，提示并提醒我们，不要轻易遗忘曾经过去的时间，过去的时间里，不管有我们的美好也好，痛苦也好，或者惭愧与悔恨也好，都不要遗忘。

时间，是能够看见的，是能够说话的。

选自《解放日报》2022 年 3 月 3 日

沈念

化作
水相逢

沈念

1979年生,湖南岳阳人,中国人民大学文学硕士,现任湖南省作家协会副主席。著有散文集《大湖消息》等。曾获第八届鲁迅文学奖,以及十月文学奖、华语青年作家奖、高晓声文学奖、三毛散文奖、丰子恺散文奖等。

通往岛上的路只有一条，乘船水路。

岛在洞庭湖的什么位置，少年没有一点儿概念，距离的遥远让他内心摇荡着焦躁，像夜幕下眼睛看不见耳朵却听得到的水声。从湘西大山出发，先是挤了十个小时的汽车，车上的乘客大包小包，都是村里出来砍芦苇的人。路上多数时间大家是沉默的，有过一段激烈的讨论是关于芦苇今年的价格判断。卖上好价，收入也会好一些，这是大家的渴盼。喧吵过后，汽车里一阵静寂，很多人闭目养神，一个粗胖女人喃喃自语，儿子等着她今年赚的这点钱去登未来媳妇家的门。另一个尖刻的声音"刺"过来——给你媳妇买全套银饰，你还得来砍十年，那时候媳妇是别人家娃的娘啦。胖女人瞪了"声音"一眼，扭头望向车窗外，那些景致与她无关。

不知过了多久，汽车"吱呀"一声停下，有人喊："到了！各自换船，走吧！"

那些还在睡梦中颠簸的人纷纷醒来，啧啧地议论着外面的天色："啥时间啦，比山里还黑得早！"然后伸懒腰，打哈欠，站身起立，搬弄东西。车厢顶灯坏了，"嗞嗞"闪了几下就彻底"歇菜"了。大家只好借着远处晃来的水光，和某个人打开手电筒的光，清理行李，先后下车。叽叽喳喳的说话声此起彼伏，车厢像一个大洞，慢慢被掏空。大家作鸟兽散，三三两两，几声招呼，瓮声瓮气或粗野豪放，很快都消失在空旷的夜色里。

黑蓝色覆盖的夜空下，少年感觉风像野孩子似的东奔西跑，冷不丁露出尖尖的牙齿，重重地咬他脸蛋儿一口，或大摇大摆地撞个满怀。他顾不得"咬撞"之痛，急急忙忙伸出双手却没能扶住这冒失的家伙。风又调皮地呼啸而去，留下火车鸣笛疾驶过后的"呜呜"响声，在耳畔飘来荡去。

父亲说，岛很大，四面环水，通往岛上的路是乘船。

船，那是一条多大的船，能迎风破浪吗？浪花飞溅到船头，打在甲板上，碎成一颗颗发亮的珠子，滚来滚去。少年如此一想就来劲儿了。他在山里生，山里长，对父亲描述的这片大水有着天生的好奇。他那点儿偷偷学会的狗刨式游泳技巧，能在这不着边际的湖水中横冲直撞吗？闭上眼睛，往水里一跳，仿佛他就成了游泳健将，细长的手臂在水面上划出一条条漂亮的弧线。

　　15岁的少年第一次出门远行，他捎起装着锅碗瓢盆的行李，磕磕碰碰，循着父亲的声音，继续往前走。脚下的泥土是软的，空气是湿的，冷风飕飕地灌进脖子里，少年能触摸到那股与山里不同的气息，到处都飘着水的气息，在夜晚冻成一层薄纱，哧啦哧啦撕裂。父亲来过好些次了，每年到芦苇收割的秋冬时节，父亲要跟村里人一道，在湖洲驻扎三个月。芦苇割完了就回家过年。母亲也来过，不过这次父亲决定让母亲留在家照顾两块地的粮食、一头牛和三只猪的吃食。还有正在读高中的姐姐，父亲割芦苇赚的钱，就是要供姐姐把书读完。对读书的事，少年从不上心，也无所谓，父亲几顿棍棒教育也不见起色。山里人读个书不容易，父亲摸准了他的心思，默认了儿子的失败。少年读到初中毕业就歇火了，准备跟几个亲戚家的长兄外出打工挣钱见识世界，父亲不允，"跟我去砍一茬芦苇再说吧"。要出远门，到一个陌生的地方，待几个月，少年很兴奋，即使他知道出来是要卖力气的，身体结实的他不怕，他清楚自己现在多的就是力气。

　　出门前，姐姐回来了一趟，听说弟弟要去洞庭湖砍芦苇了，翻来覆去看他的手掌，眼角倏然间就红了。少年明白姐姐的心思，父亲砍芦苇把手砍成了一块生铁，粗糙、锋利，打在他身上疼得很，而他双手上还没被磨砺过的细嫩皮肤，会发生怎样的变化呢？睡觉前，姐姐躺在床上念了一句他仿佛熟悉的话："蒹葭苍苍，白露为霜。"姐姐说，这是《诗经》里的，三千多年前流传下来的，里面的蒹葭就是芦苇。另一张床上的少年心头一惊，父亲多次描述过的，那些茎秆高直挺拔、叶穗长袖飘舞般的芦苇，原来是从那么遥远的时间深处走出来的。少年心中，芦苇从头到脚生长出侠客隐士的飘逸和硬朗。

湖面一片深邃，没有尽头，船摇摇晃晃，仿佛是行进在一条狭长黑暗的甬道，只有尾舱机器的轰隆声响，打破空气中的凝固滞顿。船尾驾驶舱挂着一盏汽油灯，光亮如豆，随时要被风吹熄灭的样子。周围的水声摇曳多姿，引人遐想。在他和水之间，一块巨大的幕布遮挡得严严实实。少年不听父亲的劝阻，站在舱口向夜幕里探望，其实他什么也看不清。

父亲说，要是白天运气好，可以看见江豚，黑溜发光的脊背拱出水面，追逐船只。船有时会经过一片光亮，巨型船舶像一座城堡。铁脚架矗立在船上，探照灯光如瀑布般垂落。

"那是挖沙船在作业，湖底的沙子能卖钱，运到城市里盖高楼大厦、铺桥梁马路。"父亲说。

"湖底会挖空吗？"少年想起山里的采石场，一个炮眼炸响，火迸石溅，地动山摇，满车满车灰白色的石料运走了，一年半载下来，大半座山挖没了。

"这湖底，恐怕早已经千疮百孔了。"父亲回答。

闪烁的光跟刺骨的风一起荡动，湖仿佛才真正在少年的眼前打开，脚下的波浪变换表情，起伏荡漾。少年心头一颤，"千疮百孔"的湖床会是一副什么模样？像吊挂在老松树上的大蜂窝。有轻微密集恐惧症的少年做此对比，立即起了一身鸡皮疙瘩。他又像潜游者看到宽阔水面下的情形，一个个巨洞的上方，急遽的力量卷起旋涡，无数涌动的气泡，碰撞，炸裂，再碰撞，再炸裂。

岛是荒岛。来往的人影比不过天空飞过的雁鸭多，但岛上的芦苇不能不砍。芦苇这种多年生禾本植物，生长在靠近水的潮湿地方，过去在湖区主要是当柴烧，或是编芦席，临时搭个草棚茅屋，涨水时护堤挡浪。等到人们发现它是造纸的原料后，它就一步登天，身价倍增，乌鸡变凤凰。种芦苇，收芦苇，砍芦苇，运芦苇，卖芦苇。芦苇也就不只是芦苇，可以变钱，变许多别的东西。

从车上到船上，在少年的眼前，芦苇的影子仿佛无处不在，睁开眼，闭上眼，密密麻麻、重重叠叠地压过来。他在离家不远的山谷里，看到过水流之处的石头缝隙间，也零星地长着一些瘦高瘦高的芦苇，三五枝簇拥在一起，与苍莽大山间的深绿、浅绿、墨绿、碧绿、遥相呼应。可洞庭湖的芦苇一眼望不到尽头，白茫茫的，在风中起起伏伏，那是多么壮观的场面。父亲平时有心无心的讲述，让少年更加向往。

动身前夜，父亲在家里边整理行李边跟少年说话。他说："到了初冬时节，芦苇花絮随风飘扬，种子落地来年春发，算是靠天种、靠天收。"

"天种天收？"

"嗯，都不用人打理的，自生自灭，就像山上的草。"父亲说，"后来有了造纸机器，芦苇的纤维含量高，就成了造纸的原料。于是有人承包苇场，雇了壮年劳力，像农民种田一样，开沟滤水、翻土施肥、化学除草治虫、人工护青保苗，湖洲滩地上的芦苇也越来越多。"

那些日子，芦苇就跟着少年走走停停。他向小伙伴绘声绘色地说起芦苇荡，是比大山有着更多乐趣和奥秘的地方。

时间在寒风之夜过得很慢，寒意越来越浓，少年不由自主地裹紧身体。船尾马达声时而轰隆，时而歇停，催人昏睡。他伸出五指，想去捉住那股与山里不同的气息，飘飘荡荡的水的气息。这气息在夜晚被冻成一层薄纱，手指轻碰，哧啦哧啦撕裂，像落满一地的玻璃碎片。父亲的喊声,敲醒恍恍惚惚的少年。他抬头张望,到达的是个什么模样的地方。汽油灯照亮一片模糊的陆地,少年跳下船,踩在一片松软的苇梗上,苇梗下是更松软的淤泥。伴随着脚步的挪动,发出吱嘎吱嘎的声音。

把"家"安在这个陌生的岛上,父亲要盖一间什么样的房子呢?少年困意全无,兴奋起来。他抬抬头,天地空旷邈远,没有灯,却有光汇聚过来,是水波的光,倒映在天幕,又晃照到湖洲之上。风也变得柔软起来,少年的视线慢慢适应,能依稀辨认近处和稍远地方的事物。这个岛是他将居住的"新家",真是奇妙。

父亲从行李袋中找出刃口发亮的弯刀,走到附近的芦苇丛中,转眼工夫割倒一片。在父亲的指导下,少年帮着用细麻绳把芦苇结实地打成一捆一捆。父亲说,这是"新家"的大梁,这是"新家"的柱子。打好"地基",他又像变戏法似的从行李袋中翻出折叠整齐的旧尼龙帆布,摊开在地上,风贴着地面吹鼓起帆布,父亲顺势一抖,转眼之间帆布就"盖"成了一间芦苇棚屋。支棚、架床、开窗、开门,这种快捷简易的造房术,让少年对父亲钦佩不已。他听从父亲的吩咐,搬上几捆芦苇压住"墙角",这样帆布不会随风刮掀。

父亲几乎一夜没睡,他在卧室里"搭"了两张芦苇床,又新盖了一个屋棚当"厨房",然后把带来的家当一件件摆好,还用芦苇编了两把方凳、一张餐桌。这一切都是在少年睡着以后完成的。少年在梦中回到了老家,梦见自己站在一个小山尖上,看着父亲躬身在弯曲的梯田里劳作,身影越来越小,最后变成一个黑点儿消失在视野尽头。梦中的少年并不欢喜,风把忧伤吹进他的身体,不知不觉眼泪静静地流淌出来,顺着眼角、耳郭,积成耳沟凹处的一汪清池,水波微漾,泛起粼粼光浪。

王剑冰

云南笔记

王剑冰

中国散文学会副会长，享受国务院政府特殊津贴，在《人民文学》《当代》《收获》《十月》《中国作家》等发表数百万字作品，出版著作《绝版的周庄》等47部。有多篇散文被刻碑于背景地，如《绝版的周庄》被刻碑于江苏周庄。

尚　火

纯粹的哀牢山深处，车子几多盘旋。

路上不停地有人紧急下车，可怜的胃囊都要交给野草山溪。我从来没有遇到过如此多的经受不住大山的人。或还是因为哀牢山。

多少次来哀牢山，却是每一次都让人有一种恍惚，总觉得不是。

那些花腰傣，那些哈尼歌舞，那些世界上最绝妙的梯田，那些至今仍然居住在山顶、睡在干草中、一辈子不愿下山的苦聪人，还有二十年前我曾经参与过的一夜狂欢的彝族火把节，都是在这片大山中吗？

那么，我要醒一醒了，重新理清我的思绪，我先要辨别我的位置，我所要去的方向。

终于渐渐弄明白，我上边所说的，都是在这方圆百里的大山中。而我前前后后用了二十年的时间，不断地来，不断地走，一个地方一个地方地探寻，却还是没有真正摸清楚哀牢山的模样。

哀牢山，太深厚，太崇高，太神秘，太艰难。包括生活在其中的人们，有着多种崇尚的人们。

其中就有尚火的彝人，说到火就可以想见这个民族的古老，他们对火的崇拜、喜好，是直接与生活有关的。所以我们艰难地进入哀牢山腹地楚雄州双柏县，来寻找显示着原始元素的符号。

在这片土地上走，光深吸气就够了，不久就会感觉呼出来的气息已经带有了那种爽爽的湿润。

一大片的茶园，浓浓的，泛着绿色的光。大山深处的茶是被云雾雨露滋润的茶，端起茶园主人的美意，还没入口，就有一种清新入心了。而后在茶园中转，抚摸着或者说是呵护着从林间打来的阳光，那阳光疏疏离离地散在翠叶上。有人采了一芽,直接就放在了嘴里,而后一声赞叹出嗓。

茶园是序曲,延展部在后边。那么就再次上车,再次盘旋在大山中。

上到一个高处,车子不再前行,终于到达了法脿镇小麦地冲村,下车一步步爬上一个高处,上面竟然是平坦的,新采的松针铺了一地,散发出清新的味道。这是山寨举行祭祀节会的场地,我们在这里要看傩舞表演。

傩,这个汉字中最神秘的字,表示着神秘而古老的原始祭礼。走这么远,这么艰难,就是冲着这傩舞而来。世界上任何一个民族,都经历过原始社会阶段,有过信仰原始宗教的历史,并产生了本民族的宗教职业者——巫师,巫师为驱鬼敬神、逐疫去邪所进行的宗教祭祀活动,便称为傩或傩祭、傩仪。傩师所跳的舞便是傩舞。

尚火的古村点起了熊熊篝火。有了火就有了一种热烈,一种神秘,一种期待。这是一个"倮倮"支系的彝人,我们要看的,是他们的"老虎笙",一种围着篝火的关于虎的傩舞。

据记载,早在六千五百年前,也就是传说中的伏羲时代,居住于青藏高原和西北一带的氐羌人创造了一种文明,它的象征就是虎,之后,伏羲的后代逐步向西南迁徙,隐入云贵高原和四川南部,演化成今天的彝族等民族。云南少数民族的图腾崇拜中,崇拜虎的最多,白族、哈尼族、彝族、拉祜族以及滇西北永宁摩梭人等,都以虎作为自己的图腾崇拜。其中彝族的虎文化历史悠久,彝族崇虎敬虎,以虎为其祖先,认为天地万物都是老虎创造,觉得自己是老虎的后代,自称"倮倮",也就是"虎族"。虽然同样以十二生肖纪年纪日,但是为首的不是鼠而是虎。彝族尚黑虎,举行祭祖大典时,大门上悬挂一个葫芦瓢,凸面涂红色,上绘黑虎头，以示家人是虎的子孙。

双柏的小麦地冲村这个彝族支系称老虎为"倮马"，传说早年当地的彝族头人都要披虎皮，死后以虎皮裹尸进行火葬，表示生为虎子，死后化虎。每年农历正月初八至十五，是这个彝族"倮倮"支系一年一度的"虎节"，虎节要跳"老虎笙"。

鼓声再次响起的时候，一群汉子跳了出来，他们的脸上、手上、脚上分别用黑、红、紫、白等颜料画着虎纹，身上披着用灰黑色的毡子捆扎成的有虎耳、虎尾的虎皮。火势越发猛烈起来，发出噼噼啪啪的声响，红色的火舌蹿向了天空。这群"老虎"开始围着火堆起舞。

老虎笙的舞者从全村成年男性中选出，由十八人组成。这十八个人扮演的角色各有不同，一个人扮演"老虎头"，八个人扮演"老虎"，两个人扮演"猫"（一只公猫和一只母猫），两个人扮演"山神"，还有四个鼓手一个敲锣人。老虎笙是彝族虎图腾的"活史料"，它既是祭祀性舞蹈，自娱性也很强。由于彝人常年生活在大山中，刀耕火种，也就保留了古老的传统和生活方式。所以傩舞既古朴又原始。

头人在解说着他们的傩舞，在他们的意识里，世间的万物都是虎死后化成，虎头化天头，虎尾化地尾，虎皮化地皮，虎血化奔腾的江河，左眼化太阳，右眼化月亮，硬毛化森林，软毛化青草，肌肉化肥沃的土地，骨头化连绵起伏的山梁。"虎节"的傩舞就是接虎祖的魂回来和彝人一起过年。

老虎笙由接虎神、跳虎舞、虎驱鬼扫邪和送虎四部分组成。其中有表现老虎生活习性的虎舞——"老虎开门""老虎出山""老虎招伴""老虎捉食""老虎搭桥""老虎接亲""老虎交尾（性交）"；还有老虎模仿人生产生活的舞蹈，含有"虎即是人"的文化意蕴，"老虎驯牛耕地""老虎耙田""老虎播种""老虎栽秧""老虎收割"。那些夸张的动作,显示着原始的野性,使人从中深刻感受到舞蹈的快乐。有些动作由慢到快,力度由弱到强,直至高潮。

他们不时还会发出阵阵吼叫。现场显得纷攘而凌乱,而这纷攘中有一种气势,凌乱中有一种俊美。铓锣和羊皮扁鼓紧凑地敲,使得那种野性更加张狂。

火与虎,成为走进哀牢山的人心中深切的记忆。

火,仍然是火。

犁铧在火中渐渐烧红,有人用火钳取出,高高举起,猛然掼在地上,地上的绿草即刻冒出了青烟,接触松树的青针,立时燃烧起来。离得近的人感到了那种灼热。而巫者却光着两脚,用脚去亲密。人的脚踩上那滚烫的铁物,竟然没有听到皮肉的烧焦声。

怎么,还要用舌头去舔?眼见得巫者伸出了舌头!闭上眼睛吧。

过后问仔细,舌尖和脚上都没有涂抹任何物质,他们十分认真地保证,说完全是巫术。我还是搞不明白。

合个影吧,真正的大山深处的彝人。

看到一个气度不凡的人,着黑衣,戴宽大的帽子,帽子上遍插鹰羽,两只山鹰的硬爪顺着耳朵垂下来,爪上尖甲凛凛如生。这是山村的头领。头上所戴,是老辈头人传下来的,已经传了好几代人。可以想见,多少年前的那只雄鹰有多大。

我们围住头人,好好聊一聊,关于火,关于虎,关于鹰,还有彝人的生活以及哀牢山的广大。

山寨在满是松针的竹篷里摆起长街宴,都是山里的特产。

敬酒的歌儿唱起来,一波波地起高潮,热情张扬,气氛浓烈,不想喝也不行。

周围满是金黄的苞谷，一串串高高地挂着，挂成了景象。不远处还有灰灰的草垛，粉白相间的房屋在山坡上，彩纹雕饰，鲜花满墙，显现着彝人的新生活。

大大小小的水塘在周围亮闪，整个天空都映了进去。

这是哀牢山深处的世外桃源。

不能在这里久留，久留会舍不得离去。

色 彩

我是在一个早晨来到马洒村的，我不知道为什么它会叫这样一个名字，这个名字充满了诗性色彩，让人发些无名由的联想。

早晨的阳光正洒在马洒的上方。转过那个山弯的时候，是一片起伏的梯田，黄色和绿色相间的色块闪亮了我的眼睛。我要求下车拍照，陪我来的熊廷韦说，你到马洒再看吧，有你照的。廷韦的话，加重了我的兴奋。

从山坡转过来的时候，马洒像一幅画展现在我的面前。

这是一幅油画，鳞次栉比的房子，房上的瓦是灰白相间的，中间蓝，四边白，远远看去，一个一个这样的房瓦构成了大面积的色块，这就是马洒的色块。

不，马洒的色块还有小村边上的稻田，一大片一大片地闪耀在晨阳里。还有田边的小河，弯弯的流水绕过村子，绕过稻田，一直流向远方。水上一架水车，悠悠地转动着时光。一两个农人，几头黧黑的水牛。这些都构成了马洒的色彩。

我为这色彩惊喜得就差欢呼了。我顺着一条阳光照耀的村边小道跑去，我的镜头里出现了白围脖样的炊烟，烟被微风撩拨着，时而浓，时而淡；时而歪向这边，时而歪向那边。村子是沿坡而建的，这炊烟或从高处覆下来，或从低处缭上去。

这么拍着的时候，就见白色的烟障里出现一个肩背竹篓的妇人，篓子里是满满的衣裳，她完全被透视在了光线里。

我正惊奇着，那女子就在崎岖的石阶上消失了，消失在黄色的稻田里。只留了一个大大的竹篓一晃一晃。

稻田的那边，是暗蓝色调的、弯弯的小溪。

正看着，又出现了一条小狗，小狗的后边跟着一个小人，蹦蹦跳跳地向上攀去。我也跟着向上攀去。

石阶高高低低凸凹不平，但都磨得光滑，不知经过了多少时光。还有石阶两旁的老屋，都是石砌的，比起石阶更显出年月，有些老屋已经颓毁了，有些在那里露出破败的光，但还住着人家。

人家必是经过几代的坚守。而这坚守中看出了自足自乐。我这时就闻出了饭菜的香甜。由于天远地偏，这里从没有遭受过外力的破坏。这就使得马洒带有了原始的味道。

哪里有了音声，是那种古旧的曲调。廷韦笑着不答，只是随着我走。这个马关的宣传部长，总是一次次带着人来马洒，这里似乎是马关的一张名片。不过，我着实从这张名片上读出了不同凡响。廷韦外表是一个秀柔的壮家女子，内里却是慧智多能。她总是想把马关的特色宣扬出去。

走着的时候，看到几个妇女从一个桶里舀黑黑的浆一般的东西。上前问了，说是靛，染布用的颜料。一个女子指着她房后生长着的一种绿色植物告诉我，就是用这些叶子蒸煮捣碎后做成的。我注意到女子身上黑白相间的彩色服装。马洒人还保持着古旧的织染方式。

人流汇聚处，是一处空场，像是多年间小村里聚会的地方。不大的台子上，已经聚起了一拨男女老幼，台下也是一拨男女老幼，台上的是村里的，台下的是外来的。

随着一位长者的一声唤，乐声猛起，浑然四合，将不大的一个小院灌得满满的，又从上方飞出去，扑啦啦一只鸟弹向了高处。

乐器是那种大胡丝竹，还有阮、琴和敲打器。曲子却是没有听过的老调。沉沉郁郁，沧沧桑桑，让人立时沉静下来，一直沉静到岁月的深处去，沉到内心的深处去。现场的静，越发衬出了乐曲的清，甚至一声弦子的拨动，一声马尾的断裂。那老者的胡须似也抖动出了音声。老者还在说着什么，我还是听不懂，我又似乎明白了这曲调的意思，这是马洒的意思，是马洒世代传播的意思。

那一声声敲打，一声声曲调，一声声唱和，感动了台下那么多外乡人。外乡人听出来了，这里边有生命，是丰收的快乐、妻儿绕床的快乐，是年关时的快乐，还是说不清道不明的那种自在呢？反正他们就这样唱着，吹着，打着，弹着，拉着。他们摇动着身子，摆弄着头颅，微闭着眼睛，享受着从瓦上滚落的阳光，和从田野里吹来的风。那个老汉述说着什么，我没有听懂，随着他的话音，一声月琴的柔从弹拨的女孩的指尖流出，我感觉那是从女孩的心内流出来的。那里边有爱的冀盼吗？

一群小人儿挤在人群中，这是马洒的孩子，他们眨着好奇的大眼睛，盯着外边来的人。我发现这些孩子一个个长得是那么水灵，眼睛都是那么有神，这是马洒的又一代。我要给他们照相的时候，他们欢笑一声跑走了。随着他们出了院子，他们并没有跑远，在小路边张望着等我，我再拍的时候，他们就不再躲藏，一个个把小脑袋挤进镜头。他们的身后，就是那片层层叠叠的彩色田园。

又听一声唤,小人儿又跑走了。他们跑去的地方是两个树干搭成的压压板。廷韦拉我过去,她说她小时候就这样玩过。压压板转起来的时候,我几乎叫起来,而壮家女子却在那头狠狠地笑。

马洒,在这里我感到了安详,感到了清净,感到了快活。由此我也知道了马洒人为什么生活得那么自在了。

选自《湖南文学》2022年第3期,有删节

荆歌

四季
相伴

荆歌

江苏苏州人。20世纪60年代出生的代表性小说作家之一。作品集《八月之旅》入选"中国小说50强丛书"。另有作品被翻译至国外，多部作品被改编成电影。获中国出版政府奖图书奖提名奖和紫金山文学奖。曾在杭州等地举办个人书画展。

那时候，我住在吴江，那是一个太湖边优雅的小镇。虽然不能直接看到湖面，但每当有风从湖的方向吹过来，我就似乎能听到浪波的声音，似乎能闻到那有着水草和鱼虾气味的湖水亲切的水味。特别幸运的还有，我家的楼前楼后，没有高楼的遮挡。北窗之外，是一个度假中心，它有着广阔而优雅的草坪，有着四季争艳的鲜花，以及散落于花木草坪间的巴洛克风格的白色建筑。窗外有天空，有四季，有花香鸟鸣，有彩霞虹霓，有变幻的风景，有自然的恩赐。

有一年下起了大雪，那雪真大啊，从北窗口望出去，所有的地方都是白的。这在江南，可以说是太难得一见了吧！把头探出窗外看，平日因为停放密密车辆而显得如羊肠道的小区道路，一下子宽广起来了。没有一辆车。所有的车都被厚厚的雪覆盖了。雪抹去了一切。雪要修改道路，雪要修改世界。屋檐挂下来一米多长的冰凌，一根一根排列着，或长或短，仿佛什么怪兽龇着狰狞的牙齿。这种景象，似乎小时候在乡下都没有看到过。孩提时代的冬天，确实要比现在冷。只要是冬天，就一定会看到冰。冰蒙在小河上面，让水变成了哑光，就像是经过了磨砂工艺似的。冰凌也有，挂在低矮的屋檐，但确定没有这么长的。冰无孔不入，只要是有水的地方。那时候，家家户户门口，大清早都放着一两只马桶。冰悄悄地潜入马桶。调皮的男孩把圆形的冰从马桶里捞出来，抠了一个洞，用绳子挂起。这就算是提了一面透明的锣了。随便取一根树枝，就可以一路敲，一路喊"鬼子进村了——"。如今在江南要看到冰，看到雪，并不是一件容易的事。冰箱里的冰块不算。

但是那一年，雪真的太大了。大到让我担心，会把房子压坏。我住在楼房的五层和六层。六层就是顶层了。我知道楼下的所有邻居，他们都不用担心。一楼的人，知道二楼也住着人。二楼的能听到三楼的脚步声。三楼的夫妇,最喜欢将音响开得像摇滚音乐会,因此而讨二楼和四楼两户人家的嫌。四楼的经常半夜了,也穿着睡衣,拖着拖鞋,跑到三楼去敲门。"轻点!轻点!就不能轻点啊?半夜三更的!"住在五楼的我,听到这呵斥声,有点儿同仇敌忾。我希望他来点儿语言暴力。他应该这么吼:"关掉你们的狗屁音响!不开这么响你们会死啊?册那!"最后一个单词是骂人话。不骂不足以平民愤。

我住在顶层,我上头没人。因此我想象,雪正像长了翅膀的昆虫,一片片黑压压地飞来。是黑压压吗?那又应该怎么说?说白花花吗?它们疯狂地飞来,停歇在我的屋顶上。它们一层层叠盖上去,越来越厚,越来越重。我听得到我的房子在吱吱嘎嘎地响。我估计,要不了多久,屋顶就要坍塌了。"怎么办?怎么办?"我既是在问妻子,更是在问我自己。我要不要找一把铁锹,爬到楼顶上铲雪?可是,我能爬得上去吗?那是一幅多么英勇无畏的图景啊:严冬的半夜,一个人,爬到高高的六楼屋顶,在那里抗雪救灾。我能赶得上雪的脚步吗?我能战胜雪吗?雪会把我埋掉吗?或者干脆,我自己站立不稳,倒下来,从六楼的屋顶滚落。坠落。

只听得一声巨响。我们屋顶上发生了雪崩。硕大无朋的雪块,在我眼前呼啸而过。当时,我的感觉是,整个房子塌下来了。天塌下来了。但是,啥事都没有。屋顶上的雪,只是把楼下的几辆电动车埋了,别的什么都没有发生。

那个冬天,雪站到了舞台中央,仪态万方,成为主角,成为生活中躲不开的一件事。成了所有人见面必定要说的话题。大雪的光临,给似乎久违了雪的江南的人们,带来了一点儿震撼。而我们的房子,是好样的,它经受住了大雪的考验。雪埋掉了楼下的车,雪封锁了道路,但它没有将我的信心动摇。反而,给我客厅巨大的玻璃窗,带来了一片圣洁的光耀,带来了晶亮的白,带来了清洁高贵的风景和幻象。

每当夏季来临,所有的树,那些高大的水杉,那些柳树、香樟、广玉兰,还有一丛丛的竹子,都把枝叶伸展开来。绿色,就像滴在宣纸上的水墨,迅速地、毫无节制地洇化开来。窗外那座度假中心,原来是可以尽收眼底的。一幢幢建筑,错落有致,它们按照设计师的意图,饶有趣味地散布于这片美丽之地,仿佛一切都是自然生长出来的。房子,树,还有小河、草坪、假山以及铺着碎石子的弯弯曲曲的路,这些,都是像海洋的岛屿从海面上升起,就像星星在天空中野花般散落,就像草原上云一样飘浮的牛羊,就像这些景象一样,是自然生长自然形成的。夏天一来,那些巴洛克的建筑,忽然就变了性格,不再像春天那样裸露奔放,而变得含蓄、内敛,甚至羞涩起来。它们在大片大片的绿色中掩映,好像是这个世界,突然间变得神秘,变得一下子生出了许多的秘密。我的落地开阔的大窗户,满是绿色。绿色长驱直入,如潮水般涌了进来。屋子里面,那灯罩上,那家具的侧面,静卧着的茶壶,似乎都轻笼着一层淡淡的绿光。我想象着自己安坐着的身影,也被勾上了绿色的轮廓。这样的绿,这样开阔而生机勃勃的风景,似乎就是我们当初选择了这个居室的全部理由。没有任何遮挡,看不到别人家的阳台,更没有他人厨房里冒出的油烟来污染空气。绿色泛滥,如行云,如洪流。而在绿色中掩映的度假村的巴洛克建筑,是那么的典雅、松弛而神秘。空气是香的,洋溢着似有若无的草木芬芳。它经常夹杂在我屋子里点燃的沉香粉的香气中,隐约而低调。但我知道它确实是存在的,即使是在沉香清凉夺命的香气中,也时时能感觉到它的存在。这种草木的芳香,当屋子里的沉香熄灭,将窗子大开时,它便轰然奏响。它澎湃,它蒸腾洋溢。它将我的身体熨帖地拥抱，并将我托起，让我失去重量。

在这样浓烈的夏天读书或者写作，我会感觉到，我就是夏天的一部分。我就是那株最高大的香樟树的一根枝丫，我连着那片风景——我在云的映衬下招展，我用细碎的绿叶摇动蓝天，摇动风，摇动鸟鸣。与鸟翅的振动合拍，与蝴蝶粉翅的扇动合拍，与蜜蜂的舞蹈合拍。和着雨点歌唱，让阳光在叶面上跳跃，让星光在树叶的缝隙间滴落，让月儿像一枚发光的蛋一样落进鸟巢，让月光为叶面镀银，让太阳镀金。

让我接着说说春天。

短暂的春天，我感觉我的窗子外，上演了一出出短暂的爱情剧。但是，它是激情燃烧的，是淋漓尽致的。围绕着那片草坪——在草坪上，每到周末，或者一些节日，都会举行草坪婚礼。在这样的地方海誓山盟，确实够浪漫的。即使音乐太过吵吵，即使婚礼主持油腔滑调低俗，但浪漫的情调，是任何人都能感觉到的——自然界的爱情浪漫曲，以成片的迎春花和白玉兰奏响。由于当时各种大树的叶子还没有长出来，就是柳树，也还只是刚刚吐出一些嫩黄的绿色，看上去仿佛是一笼青黄的烟。所以围绕着大草坪，迎春花仿佛是在进行狂欢。它们要在短暂的时间内，将自己尽情开放。把自己燃烧，不惜烧成灰烬。白玉兰，还有成片成片的紫玉兰，这些学名为"辛夷"的花儿，它们在一片叶子也没有的树上，绽放开来。它们开放开放，急切地开放，把花苞吐出来，将花瓣张开，毫不顾忌是否会将自己的精血消耗殆尽。这就是春天吧？春天就是这个样子吧？春天是四季中的芳华，因为短暂，所以放肆。它是对严冬的叛逆，是性的觉醒，是一场忘我的热恋，是大自然最具梦幻色彩的创造和挥霍。它是不需要观众的，它也不在乎世俗的评价。它是自由的、任性的，完全由身体里激流一样的血液造就。它是野性的爱，是不需要听众的歌唱,是把世界当成一个广阔舞台的表演。

是的,我站在窗口,眺望着它们,我就是这么想的。这场忘我的恋爱,这场肆无忌惮的交合,它是季节尖锐的顶端,是转瞬即逝的大潮,是舍生忘死的开放和给予,是嘹亮的高潮。

秋天的深沉,是没有喧哗的。除了几声偶然响起的犬吠,所有的声响,都仿佛是被过滤和屏蔽了。这份安静令人清醒,让阅读变得清晰明亮,让思考和回忆也变得辽远悠长了。一些在其他季节里读过的书,在秋天是能读出另外的意味来的。即使是一本在夏天读得恹恹欲睡的书,那似乎乏味的文字,到了秋天明净的窗口,竟然会读出许多的微妙和精彩来。秋天是充满才华的季节,有神性的季节。它本身就是一本耐人寻味的书吧,是以深沉含蓄的笔调写就。在这个季节里阅读,会想起最遥远的往事,那些逝去的人与事,会像清凉的风一样从窗外吹进来。亲切的越发亲切,痛与伤害,会得到平复与宽容。

窗子外的微风,你能明显感觉到它的干燥和清新。天空比其他季节澄明,颜色也相对更蓝。蓝是秋天的底色,是天空的颜色,是宇宙无穷的颜色。它衬托了澄明,衬托了深情的诗歌,把云衬托得更白。

还要感谢云!在地球的表面,在我们的天空上,竟然会出现一种名为云的东西,这是一个什么样的奇迹啊!据说,每一朵云都有几百吨的重量,可它们的每一朵,看上去都是那么的轻盈。它们是天空的叹息,是飘飞的裙子,是秋季最活跃的风景。在秋季,在我的整面的大窗子外,还有什么景象能比天空的流云更好看,更壮观?好看,耐看,百看不厌。

云推着云,在窗子外轰轰烈烈地过去。天空的舞台无边无际,它们恣肆洒脱,无拘无束。它们或浓或淡,或纤巧或庞大,从容地悬浮在半空,悄悄地移动,从这一头到那一头。它们其实每时每刻都在变化着,暗暗地变化，让人难以察觉。我如果是个孩子，就会把它们看成奔马，看成羊群，看成鼠、牛、虎、兔、龙、蛇、马、羊、猴、鸡、狗、猪。或者看成山，看成岛，看成房子或巨浪，看成英雄和美女。呵呵，不要不要，还是不要吧！我从来都不喜欢将自然的山水木石往具象处想象。它们的美，不应该是具象之美，而是如赏石、如书法，是造型线条之美，是虚实轻重之美，是顾盼娉婷，是动静有度，是欲言又止，是依稀仿佛。云就是云，它就是这个样子。它不是别的任何东西，它无须像任何东西。它就是它自己。它是多变的，不确定的。它们的变化既在情理之中，又常常出人意料。它们的丰富，让秋季更丰富。它们的妖娆，让秋季也更妖娆。它们是读不够、读不厌，也读不完的。它们有无穷无尽的能量，有无限的创造力。它们既沉静又调皮，既伟岸又妩媚。它们是孩子，是绅士，是淑女，是浪人，是百变女郎，是归隐田园的名士。

整排落地的大窗子，被天空和白云挤满。它们是知道有一个人窝在沙发里，饶有兴致、不厌其烦地看它们吗？云为悦己者容，它们越发地百媚千娇了！它们推推搡搡争先恐后，忽又漫不经心雍容矜持。它们一刻不停地向一个方向而去，却始终走不出我的视野。它们仿佛飘然而去，其实顾盼眷恋。

在没有云的日子里，我经常会想到云。其实，我知道许多时候，云不仅没有在天空消失，反而厚厚地覆盖在我的窗外。全都是云，反而看不到云了。天上阴沉沉地罩着的，那也叫云吗？我所界定的云，是应该以蓝天为底色的，是洁白的，是有着各种各样轮廓的，是轻轻地浮在空中的，是飘移着的。因此，当季节为我慷慨地奉献此类白云的时候，我是多么地珍惜。把窗帘全部拉开，什么事也不干，就是看云。看云就是所有的事。仿佛一年的秋收，满怀着喜悦，要把变幻无穷的天空上的云，贪婪地收获，收进视野，收进记忆，收进生命。从天空的这一头到那一头，纯明的世界里，这轻盈柔软洁白的物体，被风推着，在我面前仪态万方，风姿绰约。它把天空擦干净了，把窗玻璃擦干净了，把心擦干净了。

一年四季，在窗外与我相伴的，还有各种各样的鸟。栖在穿天水杉最高处的，常常是喜鹊。还有一边飞一边喳喳叫着的黄雀。野鸽子咕咕的叫声，经常从远处传来。而眼前那些灰溜的饱满的鸟儿，不知是不是正是它们的身影。而成群结队的鸽子，总是在广阔的天空上盘旋。它们呼啦啦地掠过，有一只会偶尔停歇到我的窗台上。它优雅地将脑袋歪来歪去，眼睛明亮。然而我每次将一撮米饭放到窗台上，希望能有鸽子前来享用，却从来都没有一只鸽子领受过我的好意。它们飞来飞去，窗台上的米饭，一粒都不会少，最终又变得像米粒那么细小和坚硬。所有的鸟都不来享用我提供的食物，它们只是在窗外广阔的空中飞来飞去，像风一样舞蹈，画出一道道纯粹的浪漫。

选自《草原》2022年第3期

徐迅

陪
母亲

徐迅

现住北京。著有中短篇小说集《某月某日寻访不遇》,散文集《徐迅散文年编(4卷)》《半堵墙》《响水在溪——名家散文选》《春天乘着马车来了》,长篇传记文学《张恨水传》等近20部,多次获奖和转载。

二妈说："你要有时间就多回来陪陪你母亲！"几次回去见到我二妈，二妈总这样嘱咐着我。"你母亲可怜！"二妈说。

二妈其实也就是我的二婶。我家是人口众多的一个大家庭，一个和睦的大家族。父亲姊妹五人，两个弟弟，还有我大姑、小姑。父亲是老大。从小我就喊他的两个弟弟叫二伯、小伯。有了婶娘，也就二妈、小妈地喊。这样喊着喊着，就喊出了习惯。

二妈生有三儿一女。她也有两个儿子在外地工作。她这样说我，其实就有她自己内心的想法，或者说是感同身受吧。儿女每天晃在自己跟前，不当一回事儿。而在外地工作的儿子回来，又成天在外应酬，忙着和同学、战友、兄弟、朋友们在一起。前呼后拥的，忙得脚板不沾灰。说是回家，却常常在外喝得醉醺醺的，仅仅晚上回家睡个觉，甚至通宵不回来。把家当成了宾馆。

二妈对我就这样抱怨过。

我也在外地工作，回家与兄弟也如出一辙。但不知道是听了二妈的话，还是自己年纪慢慢大了的缘故，我后来回去，那"野"的心就渐渐收敛了些。有意无意地，留着陪母亲的时间就多了。

说来，母亲是怪可怜的。

母亲嫁给父亲时，父亲已经有过一次婚姻。母亲是独生女，在旁人眼里，母亲或许有些委屈。嫁给父亲后，母亲立即成了这个大家庭的长嫂。一家上有老下有小的，她都得管。然后自己又生儿育女，生育我们姊妹五六个。大集体生产时，父亲在外做铁匠手艺，她在家做工。大炼钢铁、修水库、修河道的，她什么都干过。责任田到户，育种、拔秧、插田、割稻，件件农活，更是样样离不开她。

等到把儿女们拉扯大，一个个像鸟一样飞出鸟巢，她也老了。

记得那年弟弟结婚，母亲像是完成了一件大事，算是轻松了一下。也就是那年，我把她接到北京过了一个新年。在北京，她惦记着弟弟一家，生活也不习惯，但在我们身边，她不知不觉还是长胖了，也清朗了些。然而，回家后没过几年，弟弟突然发生不幸变故。

弟弟先是离了婚，后来又出了一次很严重的车祸。骨盆粉碎性骨折，肠道、尿道断裂。我拼死拼活在老家的医院里守了弟弟几个月，母亲担惊受怕，以泪洗面了几个月。总算救回了弟弟一条命。可母亲却因弟弟的离婚和照料一个智障孩子，哪里都去不了了。尿一把屎一把的，弟弟的智障孩子吃喝拉撒睡的事都靠她。

母亲被弟弟的孩子拴住手脚，我也一时无能为力。一家陷入了一种无奈的境地——偏偏祸不单行，次年，我就生了一场大病，在北京的一家医院住了一个多月。

两个儿子相继出事，母亲心里该是怎样的难过？为了不让母亲担心，我和妻子都瞒着她。但等我出院，一个外甥与我通电话时说漏了嘴，我才知道母亲走在自家门口竟然重重地摔了一跤，摔伤了胯骨。但她却嘱咐兄弟瞒着我，把她送进医院做了手术。听到这事，我心里放心不下，拖着未痊愈的身子就赶回了家，跑到医院里看她。

我说：“妈，您怎么就不小心呢？"——大病初愈，我身子还很消瘦，不敢坐在她的身边，我就故意地坐在离她远一点儿的床上。但她还是发现了我的瘦。说："啊！你怎么瘦成了这样！"然后又说："我不晓得我是怎么了？那些天，我总是糊里糊涂的，走着走着，就摔倒了……害得让你花钱，又拖累了你！"

我心里"咕咚"了一下，心里盘算母亲摔伤的时间，正是我在医院煎熬度日的时候。难道真的是母子连心，有心灵感应？我一时语塞。说自己患了一次重感冒，工作又忙，所以就瘦了。想嘻嘻哈哈搪塞过去。

…………

陪母亲的时候，当然也会聊天。我母亲的外婆家在一座大山里。有一回，我听说母亲小时候去她外婆家，她的外公外婆、舅舅们隆重地送了一头大黄牛，算是给她的上门礼。对于庄稼人来说，牛可是命根子。可见她外公外婆是怎样地喜欢她。我问她有没有这回事。她说是有。但就这一句，便没有了下文。

母亲的嘴风很紧。

但我和母亲一起聊天聊得开心时，还是能从她嘴里知道一些事，有时还能解开藏在心里的一些谜。比如我的外公，我一直听家乡的人说，外公与他的母亲喜欢打麻将、推牌九……喜欢赌博，赌着赌着把家给败掉了。于是卖作了国民党的壮丁，当了兵。母亲听到这事，一时急了，说："哪是这回事啊！是你大外公当年在外面悄悄参加了新四军，不知怎么被政府闻到了风声，国民党就非要抓你外公壮丁不可，你外公就这样被抓去了……"

然后，就又没有了下文。

母亲80岁了，身体一天比一天显老。两只眼睛患了白内障。严重的一只以前做了个手术，还有一只也有些蒙眬。我想让她再做一次手术。她开始不答应，说："我这么大年纪，还做什么。"但那次我回老家找了医生，要她做。

她最后还是同意了。

趁在县城医院做手术的时候，我陪她在县城逛了一回。

与她走在县城里街道上，走着走着，她的话就明显地多了起来。她说她1957年到过县城。还进了城里一座教堂。是什么教堂，我一直没有弄清楚。但现在离我县城的所居不远,有一个"二乔公园",三国时期著名的美女大乔、小乔流落在此,还留下了一个"胭脂井"的传说。家乡人后来据此建了一个公园,把三国时孙策纳大乔,周瑜纳小乔的故事重新演绎了一遍。我只是听说,也没有去细看。于是一时兴起,我领着她去了二乔公园。

在公园里,一个展厅接一个展厅转。我顺便把三国二乔的故事讲述给她听。母亲看得很认真,也听得很仔细。她说,这事我在戏里听说过,没想到,戏文里的事就出在家门口啊,你不带我看,我哪里晓得!

母亲那回做白内障手术,在医院里,我有意多陪了她两天,想和她聊聊家里的事,但她还是什么也不多说。只说给她做手术的医生,在她之前做了一个,她算是第二台手术。医生手术时,拿钳子、缝针,窸窸窣窣的。她说,她听得清清楚楚。

转眼,到了那年的年关。

"有钱没钱,回家过年。"陪父母过年是家乡的习俗。父亲不在了,除了那年接母亲在北京过了个新年,每年我都是回老家陪她过年的。但那年我陪她吃过年饭,却因为闹新冠疫情,我们被阻挡在家乡县城和乡村老家两地,近在咫尺,却见不了面。后又因为要照应单位工作,我匆匆回了北京的家。

一年又一年。

又是一年到来,原以为我能回老家好好陪母亲过年,但新冠疫情星星点点的,在冬天里不知怎么又冒了出来。尽管政府控制得很好,但出于对疫情防控的考虑,政府还是鼓励我们就地过年。我也不好回去。

好在可以与弟弟手机视频。在手机视频时,有天晚上,我把这意思说与母亲。我发现母亲一愣,竟一时显得失落落的。但转而,她又告诉我:"我晓得哦!你们不能回来就不回来呗!……"

"我晓得哦!"母亲说。

说得我心里酸酸,涩涩的。

选自《北方文学》2022 年 4 期

祝勇

彩陶
表里

祝勇
———————————————

作家、纪录片导演，艺术学博士。祖籍山东菏泽，1968年出生于沈阳，现任故宫博物院研究馆员、故宫文化传播研究所所长。著有数十部著作。"祝勇故宫系列"由人民文学出版社出版。获金鹰奖、星光奖等多种影视奖项。

掬水月在手

当我决定顺着故宫收藏的古代文物的指引，去回溯我们民族的艺术历程的时候，我会感到一种巨大的陌生。

这陌生是由时间带来的。比如那件彩陶几何纹钵，诞生于公元前四千八百年至前三千九百年，与我们的时间距离约六七千年。假如说一个人可以活到70岁，那么他需要活一百次，才能从时光的此岸，走到时光的彼岸。七千年的时光，我们的目光穿透不了，我们的记忆抵达不了，我们的文字记录不了。我们把自己的生命放到这样一个巨大的尺度上，就像一滴水，投入了江河，融入了大海。

我们就从一滴水开始吧。

生命是从水开始的。即使七八千年以前"早期中国"的人们，也意识到了这一点。经过了原始农业养育的他们，对水的作用心知肚明。一如后来的《管子》所说："水者，何也？万物之本原也，诸生之宗室也。"亦如《老子》所说："上善若水，水善利万物而不争。"没有水，大地上将百物不生，世界将陷入沉寂荒芜。农业给他们带来了稳定的食物和相对固定的定居生活，才有了日常生活，也有了日常所需的瓶瓶罐罐，诸如盛水器、炊器、食器等。黄河之水天上来，在黄河两岸（尤其是中游地区），浇灌出大片的农业区，进而发展出形态各异的文化区。

掬水月在手，那浑圆的陶器，就像是掬水的手掌。人们不仅用烧制的陶器盛水，而且在陶器的表面画水——在那件彩陶几何纹盆的口沿上，绘制着涓涓细流。这些水波纹，以四个圆点定位，彼此对称，极具概括性，像儿童的简笔画，生动，简练，天真。后来到了仰韶文化马家窑文化，水纹图案就一点点变得复杂起来，比如故宫博物院收藏的马家窑文化马家窑类型的彩陶水波纹钵,简洁的三条线,旋转出流动的水波,而在马家窑文化马家窑类型的另一件彩陶水波纹钵上,线条就变得粗犷起来,有了粗细线条的对比,有了不同图案的组合。在马家窑文化马家窑类型的彩陶水波纹壶、彩陶旋涡纹瓶、彩陶旋涡纹壶上,水纹又有了更丰富的变化,有了体积感,有了奔腾的气势,有了质朴的韵律感,仿佛黄河之水,不舍昼夜,奔涌向前。

在故宫博物院藏马家窑文化半山类型的彩陶上,这种组合的图案变得更加放纵和大胆。像彩陶旋涡菱形几何纹双系罐、彩陶葫芦网格纹双系壶、彩陶旋涡菱形几何纹双系壶、彩陶瓮,大落差的水流中间夹杂着菱形几何纹;

彩陶连弧纹双系罐,两条粗线横贯罐腹,将陶罐一分为二,下部是平行的水波纹,上部是V字形的水波纹,像水面上的涟漪,一轮一轮地荡开;

彩陶网格水波纹双耳壶、彩陶水波网格纹单柄壶、彩陶壶,将水波纹与网格纹结合在一起,形成了综合性的视觉效果,但同样是彩陶壶,这件双耳壶与单柄壶又不相雷同,变化无尽。

前面提到的马家窑类型彩陶水波纹钵、彩陶水波纹壶、彩陶旋涡菱形几何纹双系罐,以及半山类型的彩陶折线三角纹双系罐等,都是这种情况。但有些彩陶,尤其是开放型的钵、盆等,它的内部也是有纹饰的,甚至内部的纹饰与外身上的纹饰刻意形成一种视觉上的反差。比如马家窑类型的一件彩陶弧线纹勺,素洁的外身上,只有几条简练的水纹,内部却有大面积的涂黑,形成视觉上的巨大张力,也把陶器的"敞开美学"发挥到了极致。

那件马家窑类型的彩陶水波纹钵,在口沿和外身上以黑彩描绘了纹饰，它内部的纹饰，却是以底心为中心的旋涡纹。陈列在博物院里的这件彩陶波浪纹钵虽然是空的，但我们应该想象它盛满水的样子。当这只钵盛满了水，水在陶钵中晃动，它内壁上的波浪纹就跟着运动起来，起伏荡漾，绚丽迷幻。那些固定的纹饰，也因此有了"动画"的效果。假若我们将钵体轻轻旋转，它内部的花纹也会转动起来，手绘的水波就成了真正意义上的旋涡，像万花筒一样旋转无尽。

植物的繁殖过程

"掬水月在手"，下一句就是"弄花香满衣"。只是溢满了八千年前花香的衣衫，我们看不见了。我们能够看见的，唯有彩陶上的花朵，在跨越了八千年至四千年的时光之后，依然芳香如初，只是这"衣"，不是人之衣，而是陶之衣，在这些红泥陶土烧制的彩陶上，妖娆繁密，婀娜多姿，生机盎然。

常见的花朵和植物纹样有花瓣纹、花叶纹、豆荚纹、叶形纹、叶茎纹、勾叶纹等。花纹，其实就是花之纹，后来才泛指所有的纹饰与图案。在故宫博物院，我们可以看见许多有"花纹"绽放的彩陶，其中有：仰韶文化庙底沟类型彩陶旋花纹钵、彩陶旋花纹曲腹钵、青莲岗文化彩陶花瓣纹钵……

有学者认为，这些花朵、植物纹饰，是对雌性植物生殖器的描摹。花朵图案有些像生殖器的变形，而且，植物的"生殖器"就藏在花蕊中。但有学者认为，其他植物纹饰也与生殖有关，尤其是"叶形纹"，就是对生殖器的直观再现。比如仰韶文化马家窑类型的"变体叶形纹"、庙底沟类型的"叶形圆点纹"、大墩子彩陶的"花卉纹"、河姆渡彩陶的"叶形刻画纹"等,都是雌性植物生殖器(或女性生殖器)的表象形式,而"叶形网纹",也是从上述植物纹饰中延伸出来,构成多个女性生殖器的对称组合图案,甚至于椭圆形圈网格纹,也是对雌性植物生殖器(或女性生殖器)的抽象与变形。

在上述文字里,雌性植物生殖器与女性生殖器被相提并论,原因是在上古先民眼里,还没有把人类同动物、植物区分开,雌性植物生殖器、动物生殖器和女性生殖器都是一回事,因此,我们把那些花卉纹、叶纹、网纹看作植物生殖器、动物生殖器和女性生殖器都是正确的。"当我们说起彩陶纹饰表现了植物生殖器官时,实际上也是在说它表现了人、动物或大地母亲的生殖器官。"

将这些花卉纹、叶纹、网纹等植物纹饰看作生殖器的赋形,可以从其他原始艺术中找到佐证。比如阴山岩画中,就以椭圆形纹样表现女性生殖器。关于以树叶代表女阴,也有许多民俗为例,比如东北的满族,亦有以柳叶作为女阴的象征,将柳枝作为母神的标记的传统,陕甘地区的民间剪纸,也以花朵来象征女阴。

《诗经》里暗含着一个草木葱茏的植物世界,其中许多植物,都被用来指代女性,并且充满了性爱的暗示。这些植物有:桑(《鄘风·桑中》)、梅(《召南·摽有梅》)、花椒(《唐风·椒聊》)、芣苢(fú yǐ,一说为车前草)(《周南·芣苢》)、芍药(《郑风·溱洧》)……

德国艺术史家、社会学家,现代艺术社会学奠基人之一格罗塞(Ernst Grosse)认为:"从动物装潢变迁到植物装潢,实在是文化史上一种重要进步的象征——就是从狩猎变迁到农耕的象征。"

以植物纹饰承担生殖的主题,除了外形的相似度以外,还有一个原因,那就是植物世界的花花草草,看上去是弱不禁风的,却有着更加强悍的生殖繁衍能力。动物通过生儿育女来延续物种，植物则通过开花结果来繁衍后代。植物的繁殖主要分成有性繁殖、无性繁殖等方式。有性繁殖通过传授花粉来进行，当微风吹过，人们看得见花瓣在风中飞舞，却看不见雄蕊的成熟花粉被风吹送了很远，或者粘在蜜蜂、蝴蝶、飞鸟的身体上，落在雌蕊的柱头或胚珠上，当其中一个精子和胚珠合在一起时，就形成了种子，结出新的果实，这种传粉方式，叫异花传粉。油菜、向日葵、苹果树等是异花传粉的植物。还有一种传粉方式叫自花传粉，就是植物将成熟的花粉粒传到同一朵花的柱头上，并能正常地受精、结实。水稻、小麦、棉花，都是自花传粉。无性繁殖则不涉及生殖细胞，不需要经过受精过程，直接由母体的一部分形成新个体。

与动物的繁殖过程相比，植物的繁殖过程更加隐秘，更加神奇，将大自然的伟力表露无遗。已经进入原始农业时代的初民们，尽管还没有掌握足够的植物学知识，但已然对植物世界有了初步的认识，植物、花瓣纹饰出现在彩陶上，不仅仅是出于美观的需要，更是寄寓了他们对于自身繁衍的渴望。

同样，我们可以理解，除了植物纹、花瓣纹，为什么鸟纹也变得发达起来。鸟纹较早出现在仰韶文化半坡类型彩陶上，现藏于西安半坡博物馆的绘鸟纹彩陶钵，描绘鸟侧身伫立的形象，圆头长喙，身如弯月，翅尾上举，静中有动，一副将落欲飞的模样。尤其是一些蜂鸟（Hummingbird），头部有长喙，在摄取花蜜时把花粉传开，也就是说，在植物（包括庄稼）繁育的过程中，鸟扮演着神奇的角色，仿佛在施展着某种巫术，在死亡与新生之间，建立起神秘的联系。众鸟的飞行轨迹里，竟然暗藏着植物生存的秘密。

有学者认为，彩陶上的飞鸟图案代表的是男根的形象，郭沫若先生相信它"是生殖器的象征,鸟直到现在都是(男性)生殖器的别名,卵是睾丸的别名"。但这推论过程过于简单,赵国华先生则做了更详细的论证:"由于多次性结合女性也未必怀孕,由于从性结合到女性感知妊娠中间相隔很长时间,所以,远古人类起初不了解男性的生育作用,只知道女性具有繁殖功能。初民观察到鸟类的生育过程之后,发现鸟类不是直接生鸟,而是生卵,由卵再孵化出鸟,并且有一个时间过程。这使他们逐渐认识到,新生命是由卵发育而成的。于是,他们联想到男性生殖器也有两个'卵',又联想到蛋白与精液的相似、女性与男性的结合以及分化的结果,从而认识了男根所特有的生殖机能,亦即悟到了'种'的作用。这是人类对自身生育功能和繁殖过程认识的又一次深化,是认识带有飞跃性质的一次深化。男性有两个'卵',相比之下,鸟不仅生卵,而且数目更多。因之,远古先民遂将鸟作为男根的象征,实行崇拜,以祈求生殖繁盛。"

这是对于鸟与男根关系的一次系统的论述,在我看来,从郭沫若先生到赵国华先生,虽然言之凿凿,他们的判断却都更像是猜测。然而,鸟与植物授粉之间的关系,虽不是显而易见,至少是隐而可见的。至于为什么同样承担着花粉传授职责的蜜蜂、蝴蝶并没有成为彩陶上的图案,我想这或许是因为初民们对于植物授粉的认识有限,不可能一步到位,还有一个原因,就是鸟类通过孵蛋进行繁殖,除了它传递花粉的功能,它自身的繁育链条也是清晰可见的,因此,鸟在初民们眼中自然成为一种神物。

鸟纹在陶器上出现,还有一个原因,就是飞鸟(尤其是候鸟)的行踪,与季节的轮替有着鲜明的对应关系。上古先民们通过反复观察,发现了这一规律。古代文献中的记录,也证明了这一点。总结《礼记·月令》的记载，可知：

> 孟春之月：鸿雁来。
>
> 仲春之月：玄鸟至。
>
> 季春之月：田鼠化为鴽（rú，鹌鹑类小鸟）。
>
> 仲夏之月：鵙（jú，又名伯劳）始鸣。
>
> 季夏之月：鹰乃学习。
>
> 孟秋之月：鹰乃祭鸟。
>
> 仲秋之月：鸿雁来。玄鸟归。
>
> 季秋之月：鸿雁来宾。
>
> 孟冬之月：雉入大水为蜃。
>
> 仲冬之月：鹖旦不鸣。
>
> 季冬之月：雁北乡。鹊始巢。

鸟类的周期性活动，向人间准确地通报了时节的变换，使鸟类不仅成为可靠的季节预报员，甚至成为"先知"，来自山川、草木、虫鱼的各种消息，鸟没有不知道的。因此，除了日月之升降，飞鸟之去来也成为上古先民们计算时令，以安排农事和人间各种事项的依据。鸟的去来行踪，对人类生产生活有了重大指导意义。在上古先民们眼中，鸟虽然有着多重的功能，但都与繁衍、成长有关，人类生息、万物生长，都与天空中的飞鸟建立起关系，人类也把对谷物丰产、人丁兴旺的渴求，转嫁到鸟的身上。

许多民族的起源神话，都落实在鸟的形象上。比如，殷人的始祖契，他的母亲简狄，是帝喾的次妃。一天，简狄三姐妹同到河里洗澡，见玄鸟（燕子）降下一卵，简狄吞下去以后，怀孕生了契。契长大成人，帮助夏禹治水有功，被封于商，所以《诗经》里说："天命玄鸟，降而生商。"

秦人的始祖也大致相同，据司马迁《史记》记载，女修正在纺织时，玄鸟掉下一卵，女修吞下之后，生子大业，而大业，就是秦人的始祖。

在女真族的神话中，天上的三位仙女之一佛库伦，和她的两位姐姐——恩古伦和正古伦，在布库里山下的布勒瑚里池洗澡，神鸟把它衔着的朱果放到佛库伦的衣服上。佛库伦把那颗朱果含在嘴里，并且咽了下去。不久，她怀了孕，无法飞上天了。姐姐们说："你是天授妊娠，等你生产以后，身子轻了再飞回来也不晚。"她们飞走了，而佛库伦，在相别不久之后，生下一名男婴。那名男婴就是女真人的始祖——布库里雍顺。作为大自然的传人，他与神话里的各种始祖一样，有着超自然的力量。所以，在鄂多里城，终日厮杀的三姓部族，见到他，都不约而同地停止厮杀，顶礼膜拜。他娶了一个名叫百里的女子为妻，并在这里建立了自己的国家——满洲。

后来，布库里雍顺的子孙虐待国人，引起国人反叛，杀死国主家族，唯有幼儿范察逃脱。范察的后人孟特穆，用计策将先世仇人的后裔四十余人引诱到鄂多里城西方一千五百余里的赫图阿拉，斩杀一半，报了大仇，遂在这里定居。这位孟特穆，就是清朝的"肇祖原皇帝"。而赫图阿拉，就是后来努尔哈赤建立大金国（后金）的都城。清太宗皇太极即位后主持编纂女真族早期文献时，对这一起源神话予以浓墨重彩的表达，这表明了这一起源神话的重要性。

无论是殷人、秦人还是女真人，他们的起源神话居然存在着如此惊人的一致性。在资讯和交通都极不发达的远古社会，他们彼此抄袭的可能性几近为零,那么,这种神奇的巧合,将提醒我们关注远古先民们的思维共性,在这种思维中,鸟,成为一个可以彼此互通的公共性符号。

天空中的飞鸟,用翅膀划出了它与人类的界限。作为大地与天空的连接物,在人类的早期思维中,鸟成了超越现实的灵物,一种带有神异色彩的生命。对鸟的崇拜,在古代"九夷"中普遍存在。"九夷"的提法,见《后汉书·东夷传》,在此书中,东夷被分为九种:"夷有九种,曰畎夷,于夷,方夷,黄夷,白夷,赤夷,玄夷,风夷,阳夷。"这种分法,在后世日渐流行。有学者认为,风,就是凤,风夷是以凤凰为图腾的部族,指天皋氏;赤夷是以丹凤为图腾的部族,指帝舜的部族;白夷是以鹄为图腾的部族,指帝喾的部族;黄夷是以黄莺为图腾的部族,指伯益的部族;玄夷是以玄鸟(即燕子)为图腾的部族,指商人……透过九夷的名字,我们几乎目睹了一幅完备的鸟类图谱。天空中姿态各异的飞鸟,成为我们区分不同部族的记号。而《左传·昭公十七年》却提到十种鸟,表明以鸟为图腾的部族,可能不止九种。商朝中后期,夷人第三次向南方迁徙,他们的图腾,也飞过渤海,在山东半岛栖落。我们至今都能够从战国时代的文物中,与山东沿海地区神仙方术中的"仙人"相遇,这些"仙人",一律是身上有毛、翅膀、鸟喙的人形,显然,这是夷人图腾在经历了漫长的奔波劳顿之后的变异——即使那支在辽东半岛与山东半岛之间的漫长通道上流动的人群消失之后,两者在文化上的血缘联系,也是显而易见的。这种文化变形,在战国时代发展为齐国宗教文化的要素之一,并对燕齐区域的文化风格产生了重要的影响。

而沈阳新乐遗址出土的"木雕鸟",可能是我们目前所能见到的最早的鸟形文物。这是一只长38.5厘米,宽48厘米,厚6厘米的大鸟,出土时已断成三截,专家考证它是新乐民族的图腾。几乎与此同时的河姆渡文化、仰韶半坡、良渚文化的陶器图案中，也出现大量的鸟的形象。但是，只有新乐遗址中的鸟，是以三维的形式出现的，这无疑是一只特异的鸟。现在，这只神秘的鸟被放大在沈阳的市政府广场上，成为这座城市人所共知的徽记。

如此，彩陶上出现鸟图案，也就不觉奇怪了。甚至到了青铜时代，许多青铜器上，如父丁方彝、父辛鼎、作父辛尊等，都铸有"四鸟"图案。鸟的图案由新石器时代的彩陶转向商周之际的青铜器，一直没有消泯，体现出华夏民族文化传统的源远流长、一脉相承。

节选自《湖南文学》2022 年第 4 期

陈蔚文

回瞻
与远行

陈蔚文
―――――――――――

1974年生，女，小说及散文见于《人民文学》《十月》《中国作家》等刊，入选多种年度选本与排行榜。曾获人民文学散文新人奖、林语堂散文奖、百花文学奖、丰子恺散文奖等奖项。出版专集《若有光》等十余本。

那隐在闾闾深巷的"说"中,有生死与逝者隔着时光的对话。
——题记

1

"你好,我是谢钰辉。"微信跳出一个新朋友的通过请求。

一位自称是"谢阿姨"的女人通过我舅舅找到我,说是我母亲家族中的亲戚,管我母亲叫表姐,年龄与我母亲相仿,业已七十多岁。

她说她的爷爷谢贤庆是江西抚州的一位烈士,为八一起义做出过贡献,被捕后牺牲得非常惨烈。她在微信中说自己身体不好,想起这事就夜不能寐。她希望我能为贤庆公写些什么,以资纪念。

上网查了资料,只有简短一段——谢贤庆,毕业于南京金陵大学,1919年,受五四运动的影响,追求革命,为校内学生会骨干。1921年转入九江南伟烈大学读书,参加了方志敏领导的"读书会"。1927年10月,被捕入狱。狱中,敌人以烧铁烙肉的残酷刑法,逼其"悔过自新",他毫不屈服。1927年11月1日,在县城英勇就义。

资料旁附了一张他的黑白小照,二八分头,浓眉直鼻,一如那个年代心存信念的志士,目光笃定。

仅此一段,我能为这位先辈写些什么呢?我想找个理由和谢阿姨说写不了。她的微信又发来了,说自己多病,希望我能把贤庆公更详尽的事记录下,那是从小她父亲多次说起的。这些口述给她留下太深的印象,以至成为她的一个心结——她希望后代能记住家族中曾有这样一位革命者。

我把准备发出去的"谢阿姨，抱歉，写不了"删除了。

再等等吧，这么快拒绝会让老人失望。

2

两天后的下午，在本地的青苑书店，我为好友章红的母亲杨本芬女士主持了一场读书分享会。书名《秋园》。

"秋园"是书中女主人公的名字。在现实生活中，她真名梁秋芳，是杨本芬的母亲。2003年，梁秋芳去世，杨本芬和家人在母亲遗物中发现了一张纸条，是梁秋芳对自己一生的总结："1932年，从洛阳到南京。1937年，从汉口到湘阴。1960年，从湖南到湖北。1980年，从湖北回湖南。一生尝尽酸甜苦辣，终落得如此下场。"

四个年份串起的是一个女人的一生。是年，杨本芬六十来岁，这张纸条让她内心久久不能平静，不久，她决定把母亲的故事写下来，能不能发表，甚至出书，她全没有想过。

读者分享会上，我第一次见到杨本芬老人。八十多岁的她短发，很精神，思维清晰，一口浓重的湖南口音。她出生于湖南湘阴，17岁考入湘阴工业学校，后进入江西"共大分校"，但未及毕业便被下放到江西铜鼓的农村，养育儿女，为生计奔忙，直至退休。

分享会上，她说到自己的求学经历，充满对读书的强烈渴望，那短暂的读书经历让她觉得"真是太幸福了"，然而她始终未拿到一个正式的毕业证。之后，她获得一个机会，进了县城一家国有企业当临时工。"长期临时工"的身份使杨本芬格外兢兢业业工作，小心谨慎做人，"她终生都有了一种弱势心态，从未感到安全"。

3

《秋园》分享会后，我结束晚餐，回到家已近九点，微信上谢阿姨发来好多条信息。她介绍了自己大致的人生经历：1966年，她在南昌铁路局列车段当临时列车员，后分到橡胶制品厂当工人。1973年，她调到南昌手表厂当工人，老伴是西南交大毕业生，分到南昌铁路"五七干校"劳动，后到铁路装卸厂当工程师。现在他们跟着独女在深圳生活。

她说的最多的，还是贤庆公——

"我的太公叫谢吉生，是当时的国民议员、禁烟委员会委员。他修桥修路，启智民生，办学校等。他生有三个儿子，老大谢铨庆，是我爸的生父，读的是工业大学，毕业后就在抚州纱厂当夜校教员。20世纪20年代的中国民不聊生，谢铨庆带领抚州纱厂工人罢工失败，被纱厂开除。他回乡搞农民运动，是当时宜黄县共产主义小组组长，后被反对他闹革命的有钱势的叔伯以家法打伤致死。

"我爸谢煋那时才3岁，随母亲一道被娘家接回宜黄县城去住。太公谢吉生召集族人开会，宣布把我爸过继给婚后无子的三叔谢贤庆做儿子。贤庆公很喜欢我爸这个继子，教他读书识字。

"大哥谢铨庆对三弟谢贤庆走上革命道路的影响很大。谢贤庆在南京金陵大学认识了周恩来，参加了五四运动，被开除后又考取九江'南伟烈大学'（美国基督教会在中国创办的第一批教会学校，后更名为'九江同文中学'）。"

在南伟烈大学,谢贤庆认识了方志敏,参加了读书会,开展群众运动。谢阿姨说,贤庆公当时威信极高,他积极给大家做工作,让百姓打开大门欢迎八一起义部队。她父亲当时15岁,跟随继父也帮农民自卫军做过一些工作,贤庆公的品格对她父亲产生了深远影响。贤庆公死时,谢阿姨的父亲16岁。

"我父亲一生两袖清风,光明磊落,他在卫生局防疫站工作,那时工资微薄,他要养家,还常资助'共大'的困难学生。人家学生来家里感谢,我们才知道。我们买给他的衣物补品,他都送给了家乡人。退休后他还在南昌做义工,免费培训医生。我哥给人看好病收了一盒鸡蛋,被他骂得要死。"

4

谢阿姨说起与外婆的交往,我突然想起——外婆在世时多次讲起家族里的事,其中就包括有位革命者惨烈牺牲的事,他是否就是谢贤庆?

从谢阿姨那,我得到了肯定的答案。外婆常讲起的那位革命者正是谢贤庆。

那时,我没有耐心听外婆讲述这些往事,只觉暌隔,我那会儿关心的是爱情、文艺之类。而外婆,在她日渐衰老的躯干里,记忆反倒呈现出不熄的回顾热情。

"起头发始"(在她家乡话中相当于"最初之时"),她总是这样开始一段讲述,而她的讲述,很少被我耐心听完。

她还在世时,我不是没有起过念:记录她老人家的口述,借此留住她讲过的家族史(譬如外公的父亲曾在南昌城经商,开过一家当时颇有名气的"豫章旅社"），还有那充斥着兵燹、灾变、逃难、原乡、白手起家的记忆，以及她和外公抚育八个子女的极度艰辛……

却一直没实践，每个时期我都能找到充足借口，最充分的借口大概是觉得"尚有时日"。外婆那时听力日衰，也成为我与之交流困难的理由。

某年春末，86岁的外婆被查出肝癌，半年左右辞世。

随她逝去的还有那些家族往事，那些我的长辈们多舛的命运——也是诸多同代人的命运。她逝后，我意识到，她的一次次讲述类似某种树木在遭受自然外力损伤后，从伤口处分泌出树液，形成对树的保护。这些讲述就是树液，它稀释着老人心中的苦痛，润滑着岁月留下的伤痕。

剑桥大学的人类学家弗斯在1913年写道："一位老人的过世同时也带走了一些永远无法代替的知识。"这"知识"，是老人们在时代中的遭逢，是他们对家国社会的记忆。

那些被录下、被看见的个人史，如同海的极小采样。更多被死亡带走的个人史，来不及记录与被看见的人影憧憧，永远潜入时间的深海。

5

杨本芬阿姨的写作是从63岁开始的。2020年，《秋园》正式出版，杨本芬年已耄耋。书获得了意想不到的成功，这是杨本芬老人未曾料到的。

章红在分享会上说——我想，如果母亲人生大部分时光是"活着"，晚年的写作则意味着自救。这是回归人的主体意识之旅，对生命有所觉知而不再是浑浑噩噩。当你诚实地记录和认识自我的生命，那往往意味着更多:你还记录了时代,你留下了一个个体在时代中生活的样本。

2020年秋天,我供职的刊物请来中国人类学会会长方李莉教授做讲座。彼时,疫情刚平缓几个月,人们从忐忑与动荡中略放松紧绷的神经,来到户外,回到阳光和植物中间。

照耀与开放——人们重新领受到这两个原本寻常的词对日常生活的意义。

方教授在有关人类学的著作中写道:"一种健康的族群文化从来不是一份被消极接受的来自过去的遗产",其显示的是"共同体成员的创造性参与",历史是可以让当代人参与其中,并得到再生或再产生新的创造力之物。

网上,有个"万村写作计划"征集"疫情下1000个中国村庄的故事",这个"写作计划"此前围绕家族史写作的征集,包括乡村家史——"我们是否真正地深入了生活,是否有足够的勇气去面对与追问复杂又善变的人类母题?是否具有足够的责任感和使命感去将自己的记录作为钩沉历史、直面当下、面向未来、可传后辈的东西?"

征集语中这一连串"是否"的追问之后,大概便是家族史写作的意义所在。

方教授赠了我一本签名书《最后的乡绅家族》,是她以非虚构方式写的家族史。她说起写此书的缘起:身为一名人类学家,她长期给各式各样的人做访谈、整理口述史,却忽然有一天发现,母亲已不在了,父亲也越来越老。父母很普通,两位旧时代走过来的知识分子,一辈子信奉"学而优则仕"的道统。他们所经历的正是中国近现代发展中的一个重要阶段。她开始给父亲做访谈,整理口述史。

我想到自己,错过了外婆的口述,在父亲身上还能挽回这种失记之憾吗？他说的林林总总——江南故园、离乡从戎，辗转几省，终在赣地定居……我终未动笔记录什么。

也许，家族史写作对我有着"只缘身在此山中"的惆惑：我该如何从那些枝枝蔓蔓中，挑拣出值得记录的部分？又或许潜意识里，我觉得无论是外婆还是父亲，他们口述的种种不够"传奇"，不似台湾作家张大春的《聆听父亲》一书，写了"几代中国人的乡愁命运"。就连他创作这本书的缘起也颇有故事性——他第一次来大陆，出首都机场，路边树木都枯着。四十多天后回机场，路旁树木已发新芽，他的眼泪一下子下来，理解了《诗经》"昔我往矣，杨柳依依。今我来思，雨雪霏霏"中的季节转换。在台湾，四季如春，看不到此种景况。

他第一次回故乡济南，迈入从未到过的祖宅"懋德堂"，听长辈回忆往事，"五大爷和六大爷陪我住在宾馆，每晚给我讲老家的事，我还用小本子记"。那些人物包括以"牛肉馅必得配大葱"为家规的曾祖母，一辈子风雅却落魄的大大爷，壮游半个中国、言行吊诡的"怪脚"五大爷……张大春当时随口跟六大爷说，他应该把这些事写下来。几年后，老人过世前给张大春寄了一叠稿纸，题目是"家史漫谈"。

书还未成，已有这么多故事与场景，海峡两岸，家族六代，一条大河波浪宽。而我外婆与父亲口述的，只是许多普通家庭可能遭逢的命运，如山谷野溪——它们有被录下的意义吗？这样的发问还发生在我面对父亲的同乡、87岁的孙崇政老先生时，他是浙江兰溪人，因工作故迁居南昌，有次在南昌某报偶然看到一篇我的访谈，"籍贯浙江兰溪"一句令他欣喜不已，当即向报社打听，联系上我。

孙老先生听力有碍，却不影响他的交流热望。老伴去世前患阿尔茨海默病十年，陷于昏惘，他们原本感情极好。这十年，没了说话的伴儿，他的主要精力用在了家事上,种菜蔬花木,养鸽子鸡鸭,读史亦是他所寄,书房里有几架用鸽笼和旧货架自己改造的书橱——在买书上,老先生却毫不吝啬,多年前《中国通史》甫一在上海出版,他即花1800元购回。

孙老先生说起从金华到南昌的种种经历,我建议老人家既有笔墨功夫,不妨为生平作传,他摇摇头,"没这精力了,写不动了"。他希望由他口述,找人代笔,将生平诸种梳理记录。我知道老人未说出的念头是,希望我这个小同乡替他执笔,为他录下生平,那会是一部庞杂的个人史,也折射时代。然而,我没有接话。

我承认,这缘自没有"必须写下"的冲动,代际间的沟通障碍,以及对历史的疏离。

6

《秋园》还未出版,在某网站连载的时候,有一位网友留言说他曾想记录父亲口述的往事,无奈父亲叙述的内容琐碎,于是没记。《秋园》出版后,章红找到了这位网友,这位网友祝贺《秋园》的出版,同时伤感地说:"我父亲现在连我的名字都叫不出来了。"老人患了阿尔茨海默病。

章红由此感喟——记录与书写是人类抵抗遗忘与丧失的方式,"故事不经讲述就是不存在的"。那些全然无名的芸芸众生,他们在洪流中挣扎,无声无息地生与死,如果没人用笔去留住这些命运中沉浮的身影,他们就彻底湮没了。

历史,不只存在于档案、文献以及各种统计数据中,它由千千万万个人所构成。对历史的尊重,必然包含着对个体的尊重,写出他们的遭际也是尊重历史的一种方式。正如杨本芬老人用她朴素的笔，留住的那些有血有肉的身影：一生都在拼尽力气活下来的女性秋园与之骅，那些小人物杨仁受、小泉、四老倌、兵桃、徐娭毑……

她的写作让我想到台湾的齐邦媛女士，逾80岁高龄、历时4年写成的家族史《巨流河》。从位于辽宁的巨流河到台湾的哑口海，"那立志将中国建设成现代化国家的父亲，在牧草中哭泣的母亲，公而忘私的先生；唱着《松花江上》的东北流亡学子，初识文学滋味的南开少女，含泪朗诵雪莱和济慈诗的朱光潜；那盛开铁石芍药的故乡，那波涛滚滚的巨流河，那暮色山风里、隘口边回头探望的少年张大非"——关于张大非，书中有令人疼痛的一段，"我永远记得那个寒冷的晚上，我看到他用一个18岁男子的一切自尊忍住号啕，在我家温暖的火炉前，叙述家破人亡的故事"。

我记住了这个年轻人，这个不幸而坚毅、26岁殉国的青年。如果不是齐邦媛女士写下了他，他的名字早已消散于历史的风中。而现在，他在《巨流河》中复活了，许多像我一样的读者知道了他，怀念着他，借此，也留住了他年轻的身影。

7

我重新审视自己对外婆以及父亲的"口述"的态度，也想到在儿子乎乎5岁时，我为他写的一本书《叠印》，记录了他成长中的林林总总——为何我对"成长"倾注了那么多记录的耐心？是作为一个母亲的私心吗？或是我觉得"成长"才值得记录，它伴随新的生命气象，其间万物似乎都浸透了可喜的颜色。成长，呈现出对阴影的对抗与对死亡的战胜。回顾,则是故纸堆里觅苍黄,那些颠沛、艰困,除去抒发当事者的心绪之外,有更外延的意义吗?

杨本芬老人用《秋园》的书写回答了这个问题。

意义在写下或讲述之时就同步完成着。从生命本体来说,一棵大树和一株芥草是平等的,正如卡尔维诺《看不见的城市》中的一段:

马可·波罗向忽必烈大汗描述一座拱桥,他一块一块石头地仔细诉说。

"为什么你跟我说这些石头呢?对我来说只有桥拱最重要。"大汗说。

马可·波罗回答:"没有石头,就没有桥拱了。"

这个回答使每块石头都获得被注视的理由——尽管,常常只有桥拱能够被看见,无数石头匿在"桥"的形象中。

8

父亲在餐桌上总爱回顾桑梓往事,我听得心不在焉。某天,某个时刻,我意识到这回顾其实是父亲晚年生活里重要的盐,是他对一生的辨认,是曾发生过但已与他相分离的一切。

他说起他的祖父在世时,在兰溪城"南门"开着一家颇气派的水产行,每天会给他这个长孙买早点的钱,让他买大饼油条。每日傍晚,父亲站在门口迎祖父归来,只要听见巷子拐弯处传来长烟筒铜头触地的声音,他就大声喊"爷爷,爷爷!",祖父笑眯眯地从巷子那头出现,给他带"回汤大饼"或"回汤油条"（复炸过的大饼和油条），那滋味，又脆又香！

他说祖父过世后，家境每况愈下，早点钱没了，母亲在冬日用大坛子腌白菜秆、萝卜作为佐餐，他帮着母亲把菜挑到冰冷刺骨的兰江去洗。17岁，体重才80多斤的父亲离家从戎，乘上火车去往福建漳州，成为空八军一员，从此于故乡为客。

对父亲，这一次次的回顾成为联结他与童年、亲人与故乡的重要纽带。

这些讲述，远不及游戏对我的儿子乎乎的吸引力大。他目不转睛，拇指飞快，手机屏里有着闪烁的天体，呼啸的神迹，或许还有历史——游戏制作者以英雄角色去颠覆与重构的历史。

历史之于乎乎，只是中学课本里的一堆数字，又或是长辈们口述中的"忆苦思甜"。相比历史，让他更着迷的是传奇，那些闪闪发光的由科幻、智能以及物质加持的神迹。他直奔这些而去，一如他宣布人生最重要的就是享受生活。他自由而忠于自我，不喜欢沉重的、带有沧桑色彩的事物——譬如历史。

据说致力于美国家庭研究的几位博士根据一系列测试，得出一个结论：孩子对于家族史知道得越多，把握自己人生的意识就越强，"家族叙事"能为他们带来更有力的身份认同。

这就是古语说的"知来处，方知可去处"吧？来与去、历史与现实其实从不曾分开：一切历史都是曾经的现实，一切现实都将成为历史，如同光与影的关系。

而现实成为历史又是如此迅速。

家附近的省府大院随着一家大地产商的入驻开发，已面貌大异。曾经,主路旁的那条小路,我和幼时的乎乎时常走过的路,路旁的大树与灌木、啁啾的鸟儿、在院门外摘菜闲话的老人(他们大概像我外婆一样,常聊起"起头发始"的往事)、纵伸向前的青砖楼,墙角的青苔——随着新楼盘的崛起,它们都成为回忆了。只有拆除的楼房角落,苔痕依然,泛着荫翳色泽。落叶堆积成腐殖,化作植物幽深的根部。

前些天傍晚,走在省府大院,骑车而过的小贩叫卖着"家传酒糟鱼哦",头发花白的小贩自行车后座缚一木箱,看去确有"家传"样子。我叫住他,购了一罐。"家传",这个词透出一种久违而可靠的味道。

父亲送来的"铜钱包"也算"家传"吧,是用从老家金华带回的豆皮做的,各种馅料被包在小小的豆腐皮中,裹成方正一枚,入油炸至金黄,颇费工夫。它会从我这传下去吗?我完全没把握。外婆在世时,每年春节必做一道"鸡汤薯粉丸子"。她逝后,大家庭里再没人做过了。依稀记得外婆将开水冲进红薯粉中,用筷子搅拌均匀,捏成小灯盏状,下进滚热鸡汤中,煮至青灰透明浮起。那个滋味,是外婆家乡的味道,也是她留给后代的回忆——就此失传的回忆。

天际那抹夕照正如王维《山居即事》中的"苍茫对落晖"。近年,不知是否因为年纪大了,脑海间常会掠过些古诗句,"江湖夜雨十年灯""一蓑烟雨任平生"又或是"惆怅东栏一株雪,人生看得几清明"之类。这些诗句中,皆藏着一个个的人,不论时代,意绪相通。在命运的潮信面前,人是渺小无奈的,也是放旷洒脱的。这些诗句以前读,只觉文采好极,现在它们的浮现是因文采后的诗心——那种历练后的慨叹,是从士子到赤子的超越。岁月淘洗掉多少显赫与光艳,而这些诗句以及它们背后的历史与诗人身影,在漫漫时光中留了下来。

路前方,售价不菲的新楼群已快封顶,楼盘围墙外颇有气势地写着

"××传奇，再启新章"，这些气派楼宇正是后工业化与现代化的写照。

淡淡月影升上半空。"古今同此月，照破世间人"，这清辉照拂过多少代人，照拂过多少铭记与忘却？空气中飘过晚饭气味，油烟味翻着筋斗从窗户逸出，那是家常菜的味道。每个窗口背后，都有这个家的故事，以及家族的历史。它们有的被记录下，更多的则融进了土地、血脉与这寻常空气中……

9

"有一年我要离开南昌了，到省革命烈士纪念堂去看一看谢贤庆公的像，有个工作人员带我去，指着一排像说，最前面一个就是谢贤庆烈士。我看着他的像，心里就想，希望后代一定要记住他，他的血才算没有白流！"

如果没有谢阿姨的讲述，我不会知道外婆常提起的那位志士正是他。

个人记忆如同无数条错综的支流，这些支流有时并不会汇入文献史的汪洋，它们在野山河中涌流，闪动一点微光，或连微光都不曾有过，尔后消失……谢阿姨担心的也正是这种"消失"。她的急切不是因为生命临近终点，对死亡的惧怕，而是惧怕记忆随着她的离去而散佚，那些她父亲常提起的血色记忆与精神。

如此执念于"记住"对谢阿姨有什么意义？或者说，"记住"的意义究竟是什么？

"当一个社会中记得某件事情的人超过了一个数量，就可以称之为共同记忆。"写下、传播，正是把个人记忆转化为共同记忆的重要路径。

当诸多个体的记录聚合在一起，共同完成着一幅历史的真实拼图时，它们注释着孕育与分化，瓦解与发展。它显影着一切流变，如擎起一支支烛，照亮掩体的黑暗，从复数中指认那些曾鲜活而今消逝的个体，使他们不再是莽莽榛榛密林中的幽灵或幻影……

父亲打来电话，说十天后回故乡，参加兰溪籍战友60周年聚会，父亲让我给他订票。

"可能，这是战友最后一次周年聚了。"

是啊，他们都是奔80岁的老人了。我还想到孙崇政爷爷，好一阵子没和老人联系了。父亲说，他前两天才打过电话给孙爷爷，老人甚至还记得我儿子的名字。说来，孙爷爷今年已96岁了！我和父亲说，找个时间，我们去看看孙爷爷。挂电话前，我随口和父亲说，让他有空写写故乡的人与事。

一周后，父亲来我这，他从随身背的那只旧包里掏出一沓纸，约莫有三十几张。

"还没写完，这些写好的先给你。"父亲匆匆走了。我正要外出，到达目的地，等电梯时，我打开那沓纸——

"我的祖籍是浙江义乌倍磊村。据父母说，是由于老家发大水，我的爷爷带领一家人，外出逃难觅生，来到兰溪……"，父亲的钢笔字硬朗，有金戈之气。我的鼻子倏忽有些发酸。当口述转成书面语时，它有一种对家庭而言的重大与庄严。

往后翻，父亲为每个部分都取了标题，"我的父母""兰溪食物""故乡新年二三事"……红条纹的纸张有点儿发黄，纸上记录着父亲的故乡、童年、亲人，记录着他一生足迹的开端。

"故乡今夜思千里，霜鬓明朝又一年"，这沓纸上的文字，对77岁的父亲是又一次重返故园。

　　我把那沓纸叠好，放进包里。我会逐字逐句打出。这个文档，我会留给儿子，希望有一天这个少年能了解——写下这些的人，不仅仅是位慈祥的、常塞零花钱给他的外祖父，还是个曾热衷逃学、和伙伴们去"大云山"疯玩的少年；是1958年，他的小学班主任被打成右派，发配扫大街和厕所，他每次遇见却仍会站住，尊敬地叫一声"张老师"的学生；是在烈日下背负25公斤装备，长途拉练的军人；是写信给我母亲，信中常夹杂他写的诗歌的丈夫；是每年清明、冬至必回故乡给父母扫墓的儿子；是脾气急躁但能干的父亲。他是所有这些的总和，还是不止一次说起，死后要葬回故乡的游子。

　　我给父亲订了回金华的车票，此次参加战友聚会的有八十多位老人，而当年，1961年春天，从金华兰溪出发的新兵是二百位左右。

　　送父亲回金华的当天，收到《浮木》，这是杨本芬老人继《秋园》之后写的又一本书，仍然是写一群小人物。杨本芬老人在书序中写道："这是一颗露珠的记忆，微小、脆弱。但在破灭之前，那也是闪耀着晶亮光芒的，是一个完整的宇宙。八十，对一个人是个不小的数字，我也窥见我和死若即若离了。好在告别此岸之前，我以《秋园》，以《浮木》，留下了一颗露珠的记忆。"

选自《十月》2022年第4期

张瑞田

苏轼是
如何渡海的

张瑞田

1963年生于吉林。中国作家协会会员、中国书协书法评论与文化传播委员会秘书长。先后在《中国作家》《上海文学》《散文》《美文》《读书》《文汇报》等报刊发表散文、随笔二百余篇。出版散文、随笔集多种。

苏轼的手札百读不厌，《渡海帖》尤甚。"轼将渡海""梦得秘校阁下"，两行沉甸甸的字，就像两个难解的谜语，结扎成两个奇形怪状的谜团，吸引着我，诱惑着我。

"轼将渡海"，是文学的夸张修辞吗？如果不是，他为什么渡海，何时渡海，是真的渡海，还是假的渡海？毕竟是一千多年前的往事了，海，给人的感觉会比今天汹涌，也会比今天惊骇，苏轼，不怕吗？

反复阅读《渡海帖》，知道了苏轼渡海的经过。这通手札是1100年6月13日，苏轼即将离开海南时写给梦得秘校的。梦得秘校，就是赵梦得，是苏轼1097年在海南澄迈见到的朋友，那一年苏轼60岁了，自惠州贬至海南儋州。苏轼屡屡被贬，只是往昔的贬谪之路有土可依，尽管路遥坑深，走在上面，心要踏实许多。往儋州，只能渡海，此前，苏轼没有渡海的经历，还历之年渡海，是一次什么样的挑战，不言自明。

写完《渡海帖》的苏轼，将要第二次渡海。有意思的是，他在海南澄迈登岸，见到了赵梦得，离开海南，在与赵梦得相见的地方留下了深情款款的《渡海帖》。我无数次凝望《渡海帖》，读文看字，心旷神怡，于是浮想联翩，苏轼是如何渡海的。一次是60岁渡海，一次是63岁渡海，两次渡海，给他留下了什么样的人生感受。

苏轼晚境堪忧，他成了朝廷与奸臣撒气的棋子，随便、随时流放到任何地方，似乎其中有许多乐趣。1094年，他被贬至惠州。两年后，他又被贬至儋州。苏轼有了不祥之兆。作为朝廷命官，他别无选择，只能听凭命运的摆布。1097年4月19日，苏轼离开惠州，第一站到广州，又从广州乘船到了梧州，然后再向南行，来到雷州半岛。在雷州，他再次见到被贬至雷州的苏辙，兄弟相见，百感交集，对世事多有忧虑。苏辙陪哥哥来到雷州徐闻递角场，准备渡海。眼下已经被海堤围拢起来、拥挤着红树林的徐闻递角场，在北宋年间是有名的交通要塞。南宋周去非在《岭南代答·边帅门》中讲道："汉武帝斩南越，遣使自徐闻渡海略地，置珠崖、儋耳。今雷州徐闻县递角场，直对琼管，一帆济海，半日可到，即其所由之道也。元帝时以海道闭绝，弃之。梁复置崖州。"南宋人赵汝适在《诸蕃志》也有相同的记载："徐闻有递角场，与琼对峙，相去约三百六十余里，顺风半日可济。"尽管对这样的记载有疑问，毕竟是渡海，一定是惊心动魄的。

"一帆济海，半日可到"，周去非说得轻松；赵汝适更是轻描淡写，"相去约三百六十余里，顺风半日可济"，然而，渡海怎么会一帆风顺呢。面对"半日可到"的航程，苏轼忧心忡忡。从惠州到广州，见到了从刑部尚书任上被弹劾下来、时任广州太守的王敏仲，离开广州之前，他在给王敏仲的手札中悲凉地写道："某垂老投荒，无复生还之望，昨与长子迈诀，已处置后事矣。今到海南，首当作棺，次便作墓，仍留手疏与诸子，死则葬于海外，庶几延陵季子嬴博之义，父既可施之子，子独不可施之父乎？生不挈家，死不扶柩。……"此去海南儋州，苏轼没有打算活着回来。

徐闻县，由广东省湛江市管辖，已经是一座现代化的小城市了。宋代，徐闻盐业发达，经济繁荣，自然需要一个往来便捷的递角场，徐闻递角场就成了中国南部重要的交通要塞，许许多多的盐产品从这里走向全国、走向世界。徐闻与海南岛隔海相望，也是去往海南岛的必经之地。苏轼到达徐闻，苏辙为伴，兄弟之间依然会臧否时局，想当年，两兄弟在开封科考，成绩突出，宋仁宗看到他们所写的策论，颇为自豪地说："朕为子孙得两宰相矣。"颇具讽刺意味的是，兄弟暮年，一个贬谪儋州，一个贬谪雷州。其实，个人的命运也是国家的命运，当年羽扇纶巾的栋梁之材，成为随意驱使的家丁，也预示了朝廷的没落。苏轼与苏辙的满腹箴言，不知对谁言说，他们只能在寂寥的海边洒泪哀叹，等待分别之日的到来。1097年6月11日，苏轼与苏辙在徐闻递角场辞别，他在儿子苏过的搀扶下，登上了一条木船。苏轼名闻天下，有面子，雷州、徐闻等地的地方官多有关照。在徐闻，时光难挨，那段复杂的情感经历，苏轼在他的《和陶〈止酒〉并引》一诗里记载下来了：

> 丁丑岁，予谪海南，子由亦贬雷州。五月十一日，相遇于藤，同行至雷。六月十一日，相别，渡海。余时病痔呻吟，子由亦终夕不寐，因诵渊明诗劝余止酒。乃和原韵，庶几真止矣。
>
> 时来与物逝，路穷非我止。与子各意行，同落百蛮里。萧然两别驾，各携一稚子。子室有孟光，我室非法喜。相逢山谷间，一月同卧起。茫茫海南北，粗亦足生理。劝我师渊明，力薄且为己。微疴坐杯酌，止酒则瘳矣。望道虽未济，隐约见津涘。从今东坡室，不立杜康祀。

读了这首诗，仿佛一千多年前的一幅生活场景浮现在眼前，湿热的海风吹着，四野漆黑一片，苏轼、苏辙夜不能寐，而天亮时分又是兄弟分别的时刻，他们心如刀割，尝尽了人生的凄苦。

苏轼搭乘的客船驶离了徐闻递角场，向对岸驶去。这一段生活，苏轼刻骨铭心，写下了许多情深义重的诗文。一篇篇、一首首读下去，想象苏轼在海上的航程，不断地自问，他搭乘什么样的客船，能够"一帆济海，半日可到"。

应该说，宋朝的海上交通有了一条清晰的线路，贸易需要，造船业和航海业得以发展，造船、航海技术也有了大幅度提升。自宋朝开始，中国海船异军突起，频繁穿梭在中国到印度的航线上。中国的海船宽大、稳定，设备优良，指南针的应用，保证了航船的安全，因此得到外国商人的青睐。北宋元丰元年（1078年），宋神宗派遣两位大学士出使高丽，命令明州招宝山船场建造两艘"神舟"，一艘名为"凌虚致远安济神舟"，另一艘名为"灵飞顺济神舟"，排水量达到500吨。宣和四年（1122年），苏轼辞世后的21年，宋徽宗派遣徐兢出使高丽，宋徽宗命令明州招宝山船场建造"循流安逸通济神舟""鼎新利涉怀远康济神舟"，每艘船舱分为三层，水手180人。徐兢与一班人马乘"神舟"到达高丽，引起高丽朝野震惊。在船上，徐兢有了切身的体验，他把自己看到的情景记录下来："洋中不可住，惟观星斗前迈。若晦暝，则用指浮针以揆南北。"也就是说，船员夜观星象，白天观太阳，阴天依靠指南针指引航行的方向。宋朝造船业和航海技术，由此可见一斑。

苏轼是被朝廷贬谪的"五品琼州别驾"，是个虚职，哪有资格乘"神舟"出行呢。不过，从北宋的造船技术与工艺水平来看，在大宋海上航行的船只还是有一些名堂的。也就是说，苏轼渡海，会有航海设备与航行技术保障。但毕竟是第一次渡海，内心肯定焦虑，望海而叹。这种感觉，既来自大自然不可预知的神秘，更多的是来自政治的淫雨腥风。远在开封的政敌欲置苏轼于死地，他们不顾苏轼年迈体衰，决然把他贬谪海外，苏轼当然懂。

我们不知道苏轼乘什么样的船渡海，与他同行的亲友除了苏过还有谁？他在船上的生活怎么样？读苏轼的《伏波将军庙碑》，看到了一点蛛丝马迹。这篇碑记中的一段陈述了苏轼渡海的所见所感："自徐闻渡海，适朱崖，南望连山，若有若无，杳杳一发耳。舣舟将济，眩栗丧魄。"苏轼渡海，有可能"一帆济海，半日可到"，但是，在大海上漂泊，他眼中的桅杆与风帆，一定是奇形怪状的，因此才有"舣舟将济，眩栗丧魄"之叹。的确，苏轼深陷精神困境，他到儋州后给宋哲宗写的《到昌化军谢表》有所表露："……并鬼门而东骛，浮瘴海以南迁。生无还期，死有余责。臣轼（中谢），伏念臣顷缘际会，偶窃宠荣。曾无毫发之能，而有丘山之罪。宜三黜而未已，跨万里以独来。恩重命轻，咎深责浅。此盖伏遇皇帝陛下，尧文炳焕，汤德宽仁。赫日月之照临，廓天地之覆育。譬之蠕动，稍赐矜怜；俾就穷途，以安余命。而臣孤老无托，瘴疠交攻。子孙恸哭于江边，已为死别；魑魅逢迎于海外，宁许生还。念报德之何时，悼此心之永已。俯伏流涕，不知所云。臣无任。"苏轼的贬谪之路可谓波谲云诡。

苏轼一行在 1097 年 6 月 11 日夜抵达海南岛澄迈县，在通潮驿住一晚，便去琼州府城报到，履行相关手续，又回到澄迈，住在赵梦得宅院。从此，与赵梦得结下深厚的友谊。苏轼在儋州期间，赵梦得曾往开封、成都、许州等地，去看望苏轼的家人，带去苏轼的问候。对于赵梦得的真情，苏轼记在心里了。他书"赵"字榜书赠送，又为澄迈赵家大院的一个亭子题写了"清斯"，另一个亭子题写了"舞琴"。同时，还将自己书录陶渊明、杜甫诗的书法和自己的诗稿相送。苏轼在儋州的生活日趋稳定，心情开朗起来，他与赵梦得手札，邀请他一同饮茶："旧藏龙焙，请来共尝，盖饮非其人茶有语，闭门独啜心有愧。"赵梦得在苏轼心中的分量，于此可以掂量出来。

正如苏轼自己所说"宜三黜而未已，跨万里以独来"，他经历过无数风雨，他在荒凉的海岛克服内心的焦虑，抗争悲惨的命运，努力打开心扉，让光芒照射进来，他对未来还有憧憬。元符三年（1100 年）四月底，宋徽宗下诏书，苏轼以琼州别驾的官职移廉州安置，他长长喘了一口气。这一年宋哲宗驾崩，赵佶继位，是为徽宗。宰相，也就是苏轼政敌章惇大权旁落。接到诏书，苏轼整理行囊，六月十日离开儋州，在澄迈落脚。来时澄迈，去时澄迈，苏轼神伤，看到澄迈的一景一物，尤其是刚到海南所住过的通潮驿，给了他无尽的想象，遂吟诵《澄迈驿通潮阁二首》，其一："倦客愁闻归路远，眼明飞阁俯长桥。贪看白鹭横秋浦，不觉青林没晚潮。"其二："余生欲老海南村，帝遣巫阳招我魂。杳杳天低鹘没处，青山一发是中原。"

即将离开海南岛，与友人一一辞别。他当然想与老友赵梦得见上一面，约定下一次的见面时间，可惜，赵梦得不在澄迈，他提笔给他写了一通手札："轼将渡海，宿澄迈，承令子见访，知从者未归。又云，恐已到桂府。若果尔，庶几得于海康相遇；不尔，则未知后会之期也。区区无他祷，惟晚景宜倍万自爱耳。匆匆留此纸令子处，更不重封，不罪不罪。轼顿首，梦得秘校阁下。六月十三日。"

"轼将渡海"，此札被称为《渡海帖》，语言素朴、沉郁，字迹"囊括万殊，裁成一相"，是中国书法史上一道耀眼的光芒。写完这通手札后的第七天，苏轼再一次渡海，他从澄迈上船，在徐闻递角场登陆，结束了平生最后一次贬谪。徐闻递角场，也是苏轼刻骨铭心的地方，一来一往，他就来了诗性，于是我们读到了他的七律《六月二十日夜渡海》："参横斗转欲三更，苦雨终风也解晴。云散月明谁点缀？天容海色本澄清。空余鲁叟乘桴意，粗识轩辕奏乐声。九死南荒吾不恨，兹游奇绝冠平生。"

两次渡海，增添了新的人生体验。对于文人来讲，这是磨难，也是成长，但更多的还是磨难。苏轼到廉州，依惯例，给宋徽宗写了《移廉州谢上表》，不久，继续北返，1101年5月至常州，在这里仅仅生活了48天就离开了人世。他的在天之灵会听到海鸥的鸣叫，海浪的咆哮。

选自《光明日报》2022年5月6日，《新华文摘》2022年第14期转载

王开岭

静止的
春天

王开岭

作家、媒体人。历任央视《社会记录》《看见》等节目主编。曾获第十六、十九届百花文学奖及在场主义散文奖等。著有《激动的舌头》《跟随勇敢的心》《精神明亮的人》《古典之殇》等散文和思想随笔集。

一

怎样才算拥抱过一个春天呢?

我觉得,有一道仪式不可或缺,它须在某个春日里发生,否则,你的春天即不合格,就像洞房花烛之于一桩婚事。

> 暮春者,春服既成,冠者五六人,童子六七人,浴乎沂,风乎舞雩,咏而归。

孔子师徒留下的这番话,在我看来,堪称春天的一道谕旨,亦是对"春"最美的广告和代言。它督促你,莫负明媚春光,到户外去,敞开身体,沐浴天泽,领取那一年一度的大自然福利。

惜哉,2020,我有负这天意了,我们。

那是一场只能叫作"等待生活"的生活。

在一只鸟眼里,那春天并无殊异,山川依旧,星光依旧,杨柳依旧,仍堪称岁月静好,它唯一的好奇是:怎会这般寂静,这般空旷?人群呢?喧声呢?车水马龙呢?天上的风筝呢?

是的,人类第一次把自己关进了笼子里。除了房舍,人类把地盘最大限度地还给了野生动物。水里的鱼多了,林中的兽多了,天上的翅膀多了,曾见新闻视频:在欧美一些城镇,熊、鹿、獾、野猪们,大摇大摆地信步街头,那模样不像闯入者,倒像归来者,像合法业主在巡视自家的领地,在检阅自己治下的动物园。

看那些颤晃的镜头,感觉有点怪,后来醒悟:那是囚徒的视角啊!

那是失去自由的人，在羡慕铁窗外的世界。

是的，这是一场仅限于人类的不幸。

对于人间，对于自负的地球文明，这是个怎样的春天呢？

一个寂静的春天，一个蒙面的春天，一个惨烈的、牺牲的春天，一个彼此呼唤又充满敌意、同病相怜又相互诅咒的春天。

2019年岁末，在圣诞福音和爆竹声响起时，谁也不承想，人类会开启这样一种极端生活——

世界成了一座巨大的病房，无数的呼号、无数的惊悚、无数的悲鸣，从各个角落，从千万间紧闭的窗户里飘出……瑟瑟发抖的我们，无从辨识，只能把一切消息翻译成坏消息，翻译成梦魇和世界末日。

那是地狱模式的地球，那是灾难电影里的人间。那个熟悉的世界变得扭曲、抽象，像一个酷刑下的巨人，因剧痛而狰狞。

在最初的眼泪和温情之后，在仓促的悲悯与慈悲之后，人们开始相互厌恶和指责，谣言、口水、怨声、戾气……发泄、攻讦、栽赃、羞辱……政客的粗鄙、族群的殴斗、资本的冷漠，还有逻辑的变形、价值的坍塌……

比肉体受难更深的，是理性和信仰，是文明和常识。

那是怎样一幅世界地图啊——

爱与恨一样多，祈祷与诅咒一样多，感恩与怨恨一样多，呻吟与谩骂一样多，理智与癫狂一样多，悲剧与闹剧一样多。

我们前所未有地看清了时代的真相，它的虚弱、迷狂，它的撕裂和藏污纳垢，它的极端和自暴自弃……

我们目睹了人类最深重的愚蠢和昏昧，见识了语言所能织出的最丑的脏话与谎言，我们窥见了人性所有的褶皱和棱面，它的溃烂和闪光……

我们见证了有史以来最伟大的良知和牺牲，那些扑火的白衣飞蛾，那些背负氧气和药瓶的逆行者，那些服务真理并清晰吐出每个字眼的人，那些值守病榻为临终者安魂的祈祷士……他们履行的是神职，是使徒的角色。他们以"保卫生命""保卫生活"之名，宣誓着这个星球上最后的力量、道德和美。

我们挣扎，但不绝望。

想起了斯蒂芬·茨威格，那个高贵、敏细和忧郁的人，那个曾用尽全力和深情来生活的人。

那个春天，我又翻开《昨日的世界——一个欧洲人的回忆》，这是一本告别的书，一个人对世界最后的审美与幻灭。

他动情地追忆了自己的青春，20世纪初的欧洲，那个以安逸与创造、自由与艺术为标签的时代，那是维多利亚的文明之巅，那是欧罗巴的迷人之夜，蓬勃、平和、温煦，这种气候和秩序，让一切理性主义者和浪漫主义者皆感舒适。"暖风熏得游人醉"，大家甚至开始厌倦这种恬静和柔腻……可谁承想，这竟是落日前最后的光辉，是断崖之上的峰顶驻足！接下来，两次世界大战，经济凋敝，贫困饥馑，政治瘟疫，意大利法西斯，希特勒神话，族群仇恨与暴力美学，纳粹集中营，国家主义的狼烟，排山倒海的民粹，疯狂地吞噬理性和肉体，绞杀自由与道德……

人类的微笑冻结了。

这对于一个优雅的绅士，一个宁静的和平主义者，一个在性情和经验上都不熟悉野蛮的人而言，是何等残酷！

"一个人必须服从国家的要求，让自己去当最愚蠢的政治的牺牲品，使自己和共同的命运绑在一起。"

"我在战前享受过最充分的个人自由，现在却品尝到了数百年来人类最大的不自由。"

他失去了物质和精神的故土，沦为荒海一桴。

他在巴西靠岸，并以此为终点。

在那封深夜遗书里，他和夫人祝人类好运——

　　对我来说，脑力劳动是最纯粹的快乐，个人自由是这世上最崇高的财富。我向我所有的朋友致意，愿你们在经过漫漫长夜后迎来灿烂的朝霞，而我这个过于性急的人，先你们而去了。

于世俗，这是个牵强和费解的理由，但于一个唯美和诗性的人、一个守护内心秩序的人，则很容易成立。

他不仅热爱生活，他更致力于活在一个光明的世上。

而他的那份祝福，至今活着。

二

我的印象里，这个春天似乎只有时间，没有空间。

哪怕在时间上，它也和寒冬粘在一起，像块冰坨。

作为春，她的脸竟苍白得没有一丝红润。

整个春天，我滞留山东老家，原本回去陪母过年，不料一待就是三个月。

春节刚过,家乡的郊区暴发了一起监狱疫情,近两百例感染,还上了央视新闻……

你能觉出,小城猛地颤抖了一下。

一夜醒来,大街小巷,马路天桥,路面上的事物全消失了,仿佛退潮后的沙滩,只剩鱼腥和浪沫。各小区门口扯起了绳索、篱栅、标幅,皆有捍卫最后一方净土之意。

它取消了道路,取消了步履,取消了一个人通往另一个人。

墙,无所不在,连空气似乎也变成了砖,被用来砌墙了。每家每户自成堡垒,并因此获得一种安全感:你是清白的。

你被无边的空寂所占领。

窗外即马路,但罕闻车辆声,尤其夜里,一丝响动也没有,恍若置身荒野。你盼着有意外发生,比如,一辆车由远而近驶来,哪怕是大货车的轰隆声,哪怕是急刹的擦剐声。

静,干枯的静,憔悴的静,茧房里的静。

"在做什么呢?"

手机里收到最多的话。

是问候,是探视,也是无聊和空虚,是同病相怜者在交换目光,是无意义者在寻找意义。

是啊,那个牢笼里的春天,你,在做什么?

每天在家具中间踱步,如笼中兽,起初还有"奔""走"之意,后来,身子越来越滞,如同被粘住,成了家具中的一员。

微信朋友圈里看到,有人在跑步机上漫游,有人借视频连线对酌,有人用望远镜逛街……

寓所是一幢临街楼，东西向，隔着马路，是当地的博物馆，院子里有两处古建：一栋叫"声远楼"的古钟阁，一座九层的铁铸佛塔，皆造于北宋。逢雨天，雾珠迷离，醉眼蒙眬，影影绰绰中，总让我想起那句"南朝四百八十寺，多少楼台烟雨中"……

这画面大大缓解了我的焦躁和寂寞，让我浮想联翩，遁入另一时空。

9岁的儿子在上网课，背的是朱自清的《春》——

盼望着，盼望着，东风来了，春天的脚步近了……

我也情不自禁跟出了声，隐隐动容。

春，我知道它来了，它已悄悄爬上了窗台，那是灰白枝杈上的润青，那是流苏一样的杨树穗，那是越来越密的鸟雀啁啾声……

但它和我隔着墙，隔着护栏和玻璃，有些生分。

这不是我想要的春。

我要的是可触可染、耳鬓厮磨的春，是"出门俱是看花客""人面桃花相映红"的春，是"傍花随柳过前川""斜风细雨不须归"的春，是"春风十里扬州路""乱花渐欲迷人眼"的春，是"陌上花开，可缓缓归矣"的春……

身在茧房，你尽可"小楼一夜听春雨"，但难及的是下一句"深巷明朝卖杏花"。

这两者合起来才是春，春之身，春之心，春之事。

我最饥渴的，其实是阳光。

东西向的楼房，最大困扰是光照，一天里，被太阳直射的机会只有两次：朝阳和夕照。

足不出户，对于小孩子来说，是一件残酷的事。

他在长身体，他需要晒太阳，他需要合成维生素 D……

每个黄昏，赶在太阳落山前，我打开后窗，叫儿子过来，让他踩上一只高凳，撸袖敞领，尽可能裸露肌肤，去追一天里最后的紫外线。

天冷，每天十分钟。

儿子兴奋地问：这算不算夸父追日啊？

自此，一个儿童踮着脚、伸长脖颈看夕阳的画面，就定格在了我的脑海里。至今，闻某地疫情封控，我的第一个念头就是小孩子如何晒太阳……那幅画，像弹窗一样跳出来。

那些天里，我最羡慕的，是楼下门口的执勤大妈，红袖章，测温仪，别人坐着，她不，大踏步地折返走，大弧度地甩胳膊，阳光亲热地缠着她，虽蒙着口罩，我仍能看到她满脸的红润。

三

年末，在北京一场读书会上，主持人问嘉宾：2020 年你最难忘的事是什么？轮到我，我说是 4 月的一天，在山东老家，在室内闷了三周之后，我做出一个决定：带 9 岁的儿子下楼去，去走马路！去晒太阳！去看春天！

那个午后，我们出发了。

一出户，明晃晃的光扑上来，人犹如撞在了玻璃上，眯起眼，一股暖流涌贯全身，我幸福得一哆嗦：啊，太阳神！

儿子冲着地面直跺脚，像踩着了什么稀罕玩意儿。

没有车，马路阔得惊人，像一条大河遗下的枯床，无声无际。忽然想起 2003 年"非典"时的北京街头，也是春天，一样的冷寂，一样的空荡，一样的沉默……你坐过空无一人的地铁吗？是的，我坐过。十七年了，本以为那样的春天和大街永远不会再有了。

除了主干道，所有巷口皆封，商铺闭户，公园自然也去不成，我们选了朝阳的一侧，慢悠悠，无目标地走。

空气清凉，风有微棱，父子俩挽起衣袖，摘掉帽子围巾手套，仰起脸，虔诚地，像朝圣者那样，把自己献给太阳。

儿子蹦蹦跳跳，他觉得很梦幻，整条大街都是他的，仿佛掉进了乐高城市……

忽然，不知从哪儿冒出一男子，迎面走来，他，脸上竟一丝不挂！你怔住，身子发紧，拉响了警报。和你一样，对方略有迟疑便做出了反应：提前变道，像车辆紧急避险那样。

你捉紧儿子的手，疾步掠过。

那人的身影，也像是逃走似的。

儿子频频回头，似乎舍不下这路人。

我能不戴口罩吗？儿子跃跃欲试。

不是每个人都有口罩。你警告他。

你有点羞愧，为方才对陌生人的心思。你发现自己的目光变成了一名警察、一个审判者，不仅虎视眈眈，甚至有举报和指控的意味。

口罩是一层纱、一面盾，有时也是一堵墙、一座山。

你未曾料到，在不久之后，一具躯体对另一具躯体的戒备和敌意，将成常态。

在生物界，完全可信赖的，或许只剩下草木了。

沿着阳光导航的直线，我们走了很远，终于，在一个十字路口的拐角，激动人心的事物出现了——

红色！粉红！是桃花！

一声欢呼，父子风一样追上去。

红晕的枝条，像女子的纤臂，从松塔后懒懒地伸出。

一盏盏，一朵朵，一瓣瓣，那桃色，清澈，灼热，羞涩，像胭脂，像朱唇，像恋情。

情不自禁摘下口罩。

刹那间，一缕清风冲进鼻腔，那股消毒水、无纺布的味道没有了，那股在肺里盘踞了很久的化学味。

我张开嘴巴，大口地深呼吸。

儿子很兴奋，凑上前，贴住最近的一簇，贪婪地，使劲吸鼻子，那花瓣颤了一下，我几乎听到一声尖叫……

哎，轻点，别把她弄疼了。

哦，留点花香，给蝴蝶，给蜜蜂……

"村南无限桃花发，唯我多情独自来。"

这是今年我注视的第一株花，于她，不知算不算"初见人"。

这个春天，最寂寞者恐是野外的花了，没有目光和脚步，无人赏，无人宠，无人折……

人面不知何处去，春花无主向谁开？告别她，我们继续走，在一处河畔，遇到了垂丝海棠，还有迎春花，还有两行绿水荡漾的烟柳……

那个明亮的下午，是我们的节日。

晚上，儿子写作文，提到了与花的亲热，我略改两字——

"摘下口罩，我闻见了春天的味道。

"而春天，看见了我的脸。"

我说，儿子，你会写诗了。

终于，夏天来临时，我穿着冬天的衣服回到了北京。

乘高铁前，遵专家提示，N95口罩、乳胶手套、护目镜，儿子全身披挂，像个盔甲武士。

临走，我还做了件事：去街角的小卖部，叮嘱店主一声，往后别再进某牌子的香烟了。那是我请他上的货，本地人不抽它。

我把剩的两条都拿了，拆开一包，请店主尝。

俩人摘下口罩，算是正式照了面。

他嘬了一口："这烟软，劲小，你是外地来的？"

我点点头。

回京后连续多日，我和儿子天天冲下楼，去广场，去公园，踢球，骑车，撒欢，除了吃饭睡觉，不舍得回屋里。

我们以一种近乎复仇的方式，索取露天里的一切，阳光、风、叶子、鸟虫……

月季在开，鸢尾在开，木槿在开。

苹果、桃树、山楂，忙着坐果。蝶纷飞，蜂嗡叫，阳光刺来，我眯起眼，流下几滴泪。

我知道，生活暂时回来了。

我知道，许多人留在了春天里。

四

"瘟疫是如此残酷,它惩罚的竟是自由与亲密。"

整个春天,除了这句话,我没有任何写作。我把它发在了私人微博上。

这个蒙面的春天,你可曾遇见一张生动的脸?可有一份明灿的笑让你春意盎然?

这个牢笼里的春天,寂寞者,除了花开花落,还有女子的容颜。

网友笑曰:大街上终于寻不见美女了!口罩面前,人人平等!

他不知道,这是春色最大的损失。

和花儿一样,没有爱慕,没有目光的饲养,容颜会枯萎。

据说女士们都懒得化妆了。

是啊,当无纺布成了人的另一层肌肤和表情,美貌即显多余了,她们被打入冷宫,犹如冰箱里的水果。

在平等面前,我们停止了对脸孔的想象与探索。

这是审美的灾难。

有什么能抵御悲剧与虚无、死亡与恐惧?

除了宗教,恐怕唯有爱情了。

那个禁足的春天,那个面壁的春天,备受煎熬、亏损最重的,恰恰是浪漫与爱情。

私以为,没有"旅行",即没有爱情。

(我指的是爱情的发生,并非它的维系和保养。)

爱情，是一个人"出远门"的结果，像着床的蒲公英。

没有身体的移动，没有灵魂的飞行，没有目光的漂泊，即无爱情之奇遇。和留在故乡的亲情相反，爱情是"异乡"的产物。从起点上看，所有爱情都是突发，是意外，是陌生场景下的哗变，是生命被打破某种稳定、失去平衡的表现，是一种由异性掀起的热浪、一种空前的喜悦和震颤……较之友情的舒适、亲情的安全，爱情充满惊险和动荡，它意味着，你踏上了一条激烈和颠簸之路，赴汤蹈火，身不由己。

爱情是一个事件。它首先是一个视觉事件、身体事件，然后，才是一个美学事件或灵魂事件。

一个人，若停下脚步，就不会发生爱。

我相信，那个春天，人间的浪漫少了许多。一见钟情的故事，很难上演。

它删减了行走，取缔了远方，解散了人群，阻止了邂逅。

它拦截了一个人走向另一个人的冲动。

它叫停了激情。它把"间隔"定义为舒适与安全。

它警告一切和亲近有关的诱惑，比如握手、约会、依偎、爱抚……比如影剧院、咖啡馆、酒吧、舞厅、沙龙……

这些，被视为地狱的开关。

它改变了身体之间的关系，颠覆了那种天然的向往和信任，它不仅把身体打造成一个个碉堡，戒备森严，门户紧闭，还使之相互拒斥，充满敌意与憎恶。

那种距离，那种冷漠，就像在山林里，一只野兽撞见另一只野兽，彼此敬畏，又相互恐吓。

那个残酷的春天，最受虐的，莫过于情侣，尤其是异地之恋。

那些天各一方的情侣，那些不同空间的热恋中人，相爱却不能相拥，闻语却不能面对，即使同城，也要忍受天堑之隔，犹若当年的"柏林墙"。

他们是 2020 版的"牛郎织女"。

电话和视频，只能缓解对"存在"的焦虑，却暗暗加大对"实体"的饥渴。友情和亲情不依赖实体，爱情则不然，它需要目光，需要体温，需要抚触，需要鲜活的实体，它试图消灭一切距离，包括缝隙。

看到一组照片：在德国和丹麦的边境线上，隔着铁丝网，两位老人热目相对，手温柔地握在一起。老爷爷在德国，老奶奶在丹麦，两人恋爱已有一年，疫情暴发，边境封闭，老爷爷每天骑车 8 公里来此处，他们读报聊天听音乐，眼含幸福，直到夕阳落山。

网传，在一湾之隔的深圳和香港，有不堪相思的情侣，竟循着当年私渡客的足迹，攀上相邻的山头，来到最近的滩涂，对着依稀的人影，挥手呼唤，或在望远镜里相看泪眼。

又看到一位西方艺术家的画作：疫情下的街头，两个火热的年轻人忘情拥吻，而身体一侧，是两具搂抱着坍塌的骷髅。寓意很明显：激情，在死神的注视下。

如果这幅画需要一个名字，我想称之为：哭泣的身体。

是的，它们在哭泣，那些凋零的身体，那些失散在异乡的身体，那些在孤独中日渐憔悴的身体，那些在生疏中火苗渐熄的身体，那些被淡忘和失去信任的身体……

它们呼唤完整，呼唤热焰，呼唤欣赏和赞美……

是的，人类身体里的微笑正在流失。

自由、亲密，这世间最美好的东西，也是最后之际才不得不放弃的东西，再后，就轮到生命了。

我丝毫不敢嘲笑那些拼命活和拼命爱的人，那些奋然不顾去维系日常生活的人。那是一种不怕死的"贪生"。

那种不愿意同往常分手、与旧时光恋恋不舍的样子，多像一个孩子——他拒绝丢下自己的玩具！

我为之动容。

"生活"和"活着"，是两回事。

五

午后，照例去日坛公园散步。

途经一片使馆区。

一座座围院，栅门紧闭，明明是前庭，厚厚的落叶却给人一种后院的感觉，且是废弃的那种。没有风，各色的国旗垂耷着，写满了颓唐与乡愁，我想起了那句"寂寞梧桐，深院锁清秋"……

入园，"北京健康宝"扫码，广播里用中英文提示戴好口罩、保持社交距离。

银杏一片橙黄，天空蓝得感人。

忽然，排椅上的背影吸引了我。

一对情侣隔着口罩轻轻触面，女孩仰着头，阳光吻着她。这让我想起了一幅照片，2003年，北京"非典"期间路人抓拍的，流传甚广，我做节目时还用过,它和眼前情景一模一样,连衣着和神态都像。

转身欲去,忽听女孩的一声叹息——

"好想回到那个不戴口罩的时代……"

心里"咯噔"一下,她用了个词:

时代。

选自《散文》2022年第5期

汗漫

白马
湖记

汗漫
―――――――――――
著有《一卷星辰》《南方云集》《居于幽暗之地》《在南方》等。曾获人民文学奖、孙犁散文奖、琦君散文奖、雨花文学奖等。现居上海。

1

俞平伯弯腰从后门进入教室，坐在一个学生旁边的空位上。那学生侧过身，对这穿长衫的陌生人点头微笑，又扭头沉浸于讲台上那个先生的授课之中。

"我们春晖的校舍里最多的就是湖水，三面潺潺地流着。其次是草地，我从拥挤、局促的北平、上海、杭州，再到空旷的春晖，就有莫名的喜悦。"

学生们笑了。这么抒情的先生，让他们喜悦。

俞平伯也笑了。讲台上，这一个平素寡言的友人，蓦然脱离剑鞘的哑寂，闪露出光芒了。俞平伯压抑自己的身子，避免使那个沉浸在思辨与言说中的讲课者受影响。

"白马湖的水很自由，我们先生、学生也应该是自由的，顺其天性，加以自然界的陶冶，趣味才会纯正。当然，现代生活的中心是城市，是杭州、上海、北平。乡村生活里的修养能否适应城市？这似乎是一个问题。我们可以通过旅行、社会调查，来体会城市生活——下周末，我带你们去西湖边，与浙江第一师范的同学交流，好不好？"

浙江第一师范青年教师俞平伯，小声附和学生们的回答："好！"下周末在杭州交流，是俞平伯与讲台上的先生约定的事情。他拟好了一系列接待春晖师生的行程，包括游湖、祭拜岳飞墓、座谈、开一个新诗朗诵会，等等。

"我觉得，在春晖学习，在白马湖生活，可磨炼承受寂寞的定力，也能培养人与自然相一致的美，对不对啊，同学们？"学生们朗声赞同："对！"讲台上的先生躬下微胖的身子，喝一口茶水，掏出手帕擦汗。

俞平伯又笑了，想起自己的散文《桨声灯影里的秦淮河》中对这位先生的调侃：

　　河房里明窗洞启，映着玲珑入画的曲栏杆，顿然省得身在何处了。佩弦呢，他已是重来，很应当消释一些迷惘的。但看他太频繁地摇着我的黑纸扇。胖子是这样怯热的吗？

那是去年八月的事情，黑纸扇似乎也送给了佩弦——讲台上这一位长他两岁的兄长、北京大学同学、杭州一师前同事、《诗》杂志同仁，未来清华大学中文系主任、西南联大中文系主任。

三月小阳春，天气有那么热吗？俞平伯看看门外发芽的柳树，再看看讲台上年仅27岁的佩弦，有所悟：这是一个热烈的人啊。看看他讲台上的一叠教案、学生作业，再看看学生们专注的表情，就知道需要投入全部身心，才能让一堂中文课像春夜喜雨，"润物细无声"。

"今天课外阅读作业，是咱们校刊《春晖》节选、夏丏尊先生翻译的《爱的教育》。亚米契斯的这部书，值得一读。上学为什么？升官吗，发财吗，作军阀吗？不，为了学习爱——爱自然，爱国家，爱友人，爱我们的每一天、每一秒。有爱的能力，才不辜负这一生一世啊，同学们。下周末，我们在杭州座谈读后感，好不好？"

俞平伯又小声附和学生们的回答："好！"

下课铃声响起。俞平伯起身朝讲台走去。佩弦正在回答几个学生的问候或求教，抬眼看见俞平伯，笑了。两个人紧紧拥抱，丝毫没有顾忌周围学生惊奇、兴奋的眼神。他们上次在杭州见面，仅仅是几天前的事情。佩弦问俞平伯："坐火车来的？我听见火车声音，就想：今天有客人来访吗？走，夏先生今晚请客，子恺兄也在，一醉方休！"

穿过校园，越过春晖中学后门外的木桥，沿一条煤渣路，两个年轻人朝夏丏尊先生家的平屋走去。

周围青山如大象。湖水舔舐岸边野草，酷似白马的嘴唇在咀嚼晚餐……

这是1924年春的一天。佩弦者，朱自清也。

2

近百年后的这一个秋日，我坐在春晖中学校园里。

朱自清当年上课的仰山楼，是一座中西合璧的两层建筑，现成为春晖校史馆。其内，陈列着自编的教材、教具、校园模型、学生作业、半月刊校报《春晖》、杰出校友成就说明、师生著作，等等。一系列老照片，定格了来校教书、演讲、考察的众多名人的青春：蔡元培、何香凝、黄炎培、舒新城、张大千、黄宾虹、胡愈之、张闻天、陈望道、叶圣陶、李叔同、丰子恺、朱自清、俞平伯、朱光潜、柳亚子、刘大白……

这基本上是一个生长于南方、深刻影响中国文明进程的知识分子阵容。比如，陈望道，1920年，将日文版《共产党宣言》翻译为白话文，以汉语的修辞之美和感染力，让普通工农也能入耳入心。北伐军士兵人手一册，像握着一盏革命的路灯——华夏神州的觉醒与巨变，从翻译所带来的新语汇、新句法、新逻辑开始了。

近代以来的中国史，就是自南而北推动变革、再自北而南一统江山的历史，从洋务运动、辛亥革命到共产主义运动，无不如此。这或许与东晋、南宋、南明及抗战时期历次南渡有关。精英阶层经历一番番重创离散，在南方生养、蓄力，对中国的局面静观洞察，再适时发声、北上。从晚清到民国，众多知识分子在南方演说、讲学、制造舆论，让清廷和军阀不安。比如，梁启超，在上海创办《时报》，创造出"中华民族"这一崭新词汇，探索出一种半文半白、且叙且评的新文体，"纵笔所至不检束"。南方不仅仅向北方输送食粮、布匹、木材、瓷器、机器、文人画、通俗小说、海外消息，也提供着一代代士子、质疑、叛逆、曙光。

在新生的民国，在远离上海、杭州的偏僻越地，一个乡村中学，如何能吸引众多名人、教育家次第乘汽车或火车在驿亭站下车，步行数公里来到白马湖边，授业、解惑、栖息身心？原因大概如下：

第一，春晖中学1921年的初创者、出资人陈春澜，幼年家贫失学，后做学徒，渐渐谙熟经商之道，办货栈，开钱庄，成为名闻江浙一带的富商，思想开放，财力雄厚，足以支撑一系列富有新意的教育活动，比如各类学术论坛、演出、师生社会考察、理化学科实验等等。

第二，首任校长经亨颐，一个有世界眼光的教育家、思想者，与廖仲恺、何香凝是儿女亲家，在政界、文化界的影响力可想而知，故能邀动众多非凡之士来校工作、交流，新风新雨扑面来。

第三，春晖中学校训为"与时俱进"，教育方针为"实事求是"，训育理念为"勤劳简朴"，契合于"做人与做事相结合、自由与责任相融会"的现代人才教育观，强烈吸引远近学子入读春晖，即便抗战期间亦不息不辍，终成就"北有南开，南有春晖"之美誉。

在五四运动试图用科学和民主唤醒中国的时候，白马湖、春晖中学，以一个出人意料而又合于逻辑的南方乡村角度，让20世纪20年代以来的人们，振拔复深思。

目前，春晖中学已成为白马湖旅游景区的一部分。进入校园，志忐门卫漠然瞥一眼,大约把我当成一个教师、家长或清洁工了。

这是一个周日的下午,校园安静。广播里轻柔播放着孟郊作词、丰子恺作曲的校歌《游子吟》,以及李叔同填词的毕业歌《送别》。一届又一届春晖学子,在开学典礼、毕业典礼上诵唱:"谁言寸草心,报得三春晖。""一杯浊酒尽余欢,今宵别梦寒。"一个乡村学校,有无限的爱意深情可供抒发。眼下,似乎进入叙事、反讽的时代,连"抒情诗"都成为一种被嘲笑的文体。

偶有返校学生拉着行李箱走过校园。足球场上,一男生正独自踢球,在虚空中模拟出一个个对手、一个个疑难,闪、防、逼、转身、抢、穿插,最后呈现一记漂亮的射门。男生攥拳仰天做欢呼状,倒在地上……一代又一代学子,在为未来的、世界的、中国的惨烈竞争,练习谋胜的意志和步法。而我大致上已知道个人的结局和得分。渐渐离开主场甚至客场,坐在边场、看台乃至云端,为新青年们鼓掌、欢呼或沮丧。

但身处春晖中学,尚能假装前景广阔。那些隐秘的大师,引领我,朝着美和爱的方向奋发。

3

春晖中学后门外那一座木桥,已改建成石桥。我在桥上站了站,沿一条早年的煤渣路变形而成的水泥路,朝夏丏尊先生的家"平屋"走去。步姿与心境可能更像朱自清。我也比较胖,爱出汗。

相较于俞平伯的雅正、博识,我更喜欢朱自清的自然、清简。独自走着、看着,想着从前的人和事,这个秋日下午,比1924年春天的那个下午，都显得孤单。

李叔同先生的"晚晴山房"，正在装修，电锯声声急。丰子恺的"小杨柳屋"门前，没有杨柳。朱自清故居也在装修，门敞开着，油漆气味刺鼻。我敲了敲平屋的黑色门扉，无人应答。夏丏尊在1946年搬到平屋后面的山脚，长眠于松风秋色中。

夏丏尊一辈子从事教育、出版和文学创作，无文凭。出生于上虞一个教书先生之家，15岁考中晚清时代的秀才，入上海中西书院接受现代教育，后因学费匮乏辍学。替父亲在私塾授课，阅读新思潮书籍和报刊，受触动。1905年借款赴日本求学，费用枯竭，归国。因才华卓越被教育界接纳，先后受聘于湖南第一师范、浙江第一师范、春晖中学、浙江省立四中、上海暨南大学、上海南屏女中任教，尝试教育改革，培养现代中国迫切需要的知识分子，而非奴才、犬儒、山林高士。

其中，在浙江第一师范供职时间最长，达12年之久，夏丏尊力图以教育改变这不合于人道的世界。主动承担起清高者避而不为的舍监职务，一早就督促学生起床、上课，晚上为学生掖被子、关灯，节假日提醒外出学生早归、不要醉酒。学生财物在宿舍被盗，他绝食数日，以示自责自戒。其教育方式被学生誉为"妈妈的教育"，其实就是爱的教育。

1922年，夏丏尊来春晖中学，继续"妈妈的教育"，年龄才36岁。

春晖中学实行男生女生混合上课，建立学生选择导师制度，在当时教育界属开先河之举。夏丏尊和受他影响来校任教的朱自清、丰子恺、朱光潜等人，把春晖中学作为现代教育试验田：编印半月刊《春晖》，培养学生编辑、学生记者；举办师生演讲比赛，鼓励思想交锋和口头表达；废除体罚，相信每个孩子都可以成为善者、英才；支持学生建立文学社等社团，自我治理，多维交流……

"彷徨于分叉的歧路，饥渴于寥廓的荒原"，少年的现状与前途，无人关心注目，"是一件怪事和憾事"——三年后，夏丏尊移居上海创办《中学生》杂志，在发刊词中如此感慨。后来，创立开明书店，把教育、出版、写作结合起来，为那些"歧路与荒原"上的孩子点灯、汲水、提供食粮。其他名师随后相继来校任教，春晖中学教育变革的主流未变。夏丏尊也常常自上海回平屋小住，与师生们保持交流。

在平屋，深夜，夏丏尊先生翻译亚米契斯的长篇小说《爱的教育》。完成一章，就请隔壁朱自清、丰子恺来喝酒，讨论译本修改意见。喝的自然是黄酒，下酒菜自然是印糕、霉千张、臭豆腐一类越地小吃。译毕，出版，《爱的教育》成为历久不衰的畅销书。

在南方中国，曾经有这样一群人，把"爱的教育"作为使命，"持志如心痛"（王阳明）。

4

我坐在平屋门前的一块石头上，看白马湖。

夏丏尊当年大概也坐在这块石头上，眺望未来。

湖边，一棵类似千手佛的巨大香樟树，枝条纷纷向上扬起，把天空抱在绿的胸怀里，像母亲。

他和我大概都会想到宋代李唐的《坐石观云图》——两个隐士，坐在溪流边乱石上，仰望周遭群山涌起的云团，念诵诗词，比如杜牧的"行乐及时时已晚，对酒当歌歌不成。千里暮山重叠翠，一溪寒水浅深清"。夏先生与朱自清、俞平伯、丰子恺、朱光潜等友人，一同坐在石头上看湖望云。尤其是暑天傍晚，室内闷热，湖边凉风有充分的吸引力。

如果有学生来，石头不够用，就搬来几把竹椅、一张茶几，围坐聊天、喝酒，叙说南方北国的烟火世态。

在 20 世纪初期纷乱的辰光里，谁也无法成为真正的隐士。没有桃花源、乌托邦可寄居偷生，连弘一法师也需要时时来白马湖小住，闭门静修，避开杭州、泉州的喧嚣与扰攘。在 1918 年转身成为弘一之际，李叔同为浙江第一师范同事、好友夏丏尊临别题词："勇猛精进。"此言出人意料，但合于情理。自古至今，中国不乏独善其身者，更需舍身赴死之人，夙兴夜寐、发声、践行，使一个古老国度朝理想的方向演进。所以痛苦，也因此动人——"冰炭满怀抱"（陶渊明）。

> 靠山的小后轩，算是我的书斋……我常把头上的罗宋帽拉得低低的，在洋灯下工作至夜深。松涛如吼，霜月当窗，饥鼠吱吱在承尘上奔窜，我于这种时候深感到萧瑟的诗趣，常独自拨划着炉灰，不肯就睡，把自己拟诸山水画中的人物，作种种幽邈的遐想。

若干年后，夏丏尊在上海写出《白马湖之冬》，如此自况。

从宋代的李唐，到现代春晖中学里授课、交流的黄宾虹、张大千，都明白：没有人物的山水画，寂寞无聊。哪怕出现一个樵夫、一匹驴子或一角屋檐，弥天寒意间就会透露一线生机，给观者带来安抚和怀想。于是，丰子恺在春晖中学创造了中国漫画这一品类：人，成为被表达的主角，山水花木充满世俗的喜乐和善意。

留学日本归来，丰子恺到春晖中学讲授美术、音乐。平屋旁就是小杨柳屋。夜深了，月华如水，如同窗外白马湖上的水。丰子恺与夏丏尊、朱自清等人，酒聚毕，醺然难眠，展纸挥笔画下中国第一幅漫画《人散后,一钩新月天如水》。这幅作品发表在《春晖》半月刊,成为丰子恺的代表作,代表一个典型的中国月夜、一种雅致的古典生活方式:竹帘半卷,新月妩媚,窗前木桌上是一个茶壶、四个杯子。虽无人,显然在人间。

我坐在平屋前的石头上,喝一瓶矿泉水。农夫、拖拉机和轿车来来往往,这景象,早年那几位先生没见过。当时的煤渣路到平屋为止,仿佛是天尽头,的确是到了一个时代新思想的高迥处。现在,一条水泥路延展通往驿亭镇的北部。连绵群山间有一个缺口,北风就是从那里吹袭、进入夏丏尊的文章中。早年往来于杭州和宁波之间的火车道,依旧存在于缺口外。隐约有汽笛传来,像利用那一缺口、嘴巴,呼唤一代又一代新人次第出现。

前人有"坐石上,说因果"之谓。石头之永恒,与所坐者之须臾一闪,构成强烈对比。眼前石头依旧,20年代的先生们移居于历史深处。我来访,稍纵即逝,亦微微能证明:古老中国爱与美之间的因果关系,不息,未休。

《春晖》上发表的另一幅丰子恺的漫画,也让我欢喜:三先生围坐,木桌上散放几个果子,似乎就是香泡。一只猫,站在墙洞里俯瞰桌面,像壁龛里的神在思考人间忧乐。漫画一角题款:"草草杯盘共笑语,昏昏灯火话平生。"

画中人,大约对应着夏丏尊、朱自清、丰子恺。他们的三处旧居依偎湖边,像三人依偎在桌边。

那盏油灯火苗硕大,像倾吐出一个又一个准确的动词,推动新世界破晓、来临。

5

"问渠那得清如许,为有源头活水来。"朱熹名句,其第二十六世孙、春晖中学青年教师朱光潜,熟知并认同。正是丰子恺漫画和春晖中学教育思想这些源头活水,激发朱光潜写出第一篇美学论文《无言之美》。

无言之美,即含蓄、空白、省略之美。金刚怒目,不如菩萨低眉——那低眉,就是爱意与悲悯。白马湖北边连绵群山间那一缺口,是无,也是有。朱光潜在这一论文开篇,引用孔子的话:"天何言哉?四时行焉,百物生焉。天何言哉?"天不必言,四时百物,就足以展现大块之美。在篇尾,他又引用陶渊明诗句:"此中有真意,欲辨已忘言。"忘言也就忘了,有真意深情眷眷在,就好。

朱自清的名篇《白马湖》,叙述白马湖春天的美,最感动我的句子如下:

> 天上偶见几只归鸟,我们看着它越飞越远,直到不见为止。这个时候便是我们喝酒的时候。我们说话很少;上了灯话才多些。

说话很少,非无话可说,而是鸟飞过、酒已热,就说出彼此间的一切了。上了灯才多说一些,是为了帮助灯光缓解夜色的重负。朱自清这一名篇,也在诠释无言之美。

"我们喝酒的时候",喝的应该是黄酒,郁郁乎,醉至日上三竿甚至一生。因为,是"我们"这同一种人在一起喝酒啊。

移居上海后,夏丏尊索性在家办起"开明酒会",以"每次能喝五斤绍兴黄酒"为入会条件。丰子恺、叶圣陶等人顺利登堂入室,大醉复欢颜。钱君匋只能喝三斤半,被章锡琛挡在门外:"你再锻炼锻炼,半年后来试试。"夏丏尊慈爱后辈,网开一面:"君陶年轻,入会尺度可放宽一些,慢慢培养,打个七折吧!"后来,钱君匋果然喝到五斤标准。

"白马湖散文作家群",是20世纪90年代推出的文学概念。白马湖边的那一批先行者,在文章中呈现出共同的追求:以艺术、以诗意,反制旧中国的荒凉与不堪,以白马湖、以春晖中学,抵御各种暴力权力的合谋与围剿,在陈腐与空无中铸造新人格、新世界。这一群体的代表作,有丰子恺的《山水间的生活》《湖畔夜饮》,叶圣陶的《没有秋虫的地方》,李叔同的《白马湖放生记》……

夏丏尊和他的朋友不会知道被后人冠以"白马湖散文作家群"之名。也未必认同这一命名。如果把他们的文章比喻成黄酒,则应达成共识:在绵软、微甜中隐伏持续的刚烈,内力无穷。连他们书桌上的文具,也恍惚拥有南方酒器之美:锡制,里圆外方,中有夹层,天寒时注入热水以保温。夏先生的砚台就含着一个夹层,可放入炭块加热,免得墨水在冬夜凝结为冰,就能在油灯下一直写到天色微明。

我很晚才读到《爱的教育》这部书,领悟白马湖和春晖中学的意义。20世纪70年代初期校园生活的戾气与恶意,带来严重后果:我缺乏牵挂、心痛的能力,对他人的爱意和友善,常抱持疑虑、淡漠的态度。"救救孩子",是鲁迅借《狂人日记》中狂人之口发出的呼吁。至今,这呼吁,仍未过时。

我来春晖中学补课。当下中国,"如何以爱意消除恨意",需补这一课的人仍很多。

6

离开平屋,我朝白马湖以北逶迤青山间那一个缺口处走去。

夏丏尊移居上海后,思念白马湖,文章中只写了此地的冬天。朱自清去清华大学任教后写《白马湖》,重点描述湖边春色和夏意。显然,这是为了给我留下秋季以供表达,免得一个后生无话可说。

罗兰·巴特曾提出"写作的秋天状态"这一概念,大意是:一个写作者的内心,在累累果实与迟暮秋风间,词与物的广阔联系与精微考究的幽独行文间,转换不已。是的,我正处于秋天状态,尚能转换不已。当然,是白马湖和春晖中学,为我提供了一部分转换不已的势能和动能。

湖水时聚时散,金色稻田的形状也就时大时小,构成一个个岛屿形状的秋色联合体。湖边,稻田边,随处可见以各种简单木板或铁皮拼成的小舟,系在柳树下、桥墩上甚至芦苇间。解开小舟,就可划向对岸或湖水深处,去割稻、采莲子、割水草、捕鱼、走亲戚。春晖中学早期那一代先生,砚台里蘸墨、宣纸上书写的时候,会联想起白马湖和舟子吗?毛笔的确有桨的形式感,砚台的确有扁舟的内涵,宣纸的确有白马湖的苍茫开阔。

越山口,我走到铁路边,恰好有一列绿皮火车隆隆驶来。这条铁路以北两公里处,是另外一条大致上相平行的高速铁路。子弹头形状的列车,呼啸着,冲出又射进一个个车站所构成的枪膛、目标。夏丏尊们如果穿越时空来到当下,会对物质进步如此迅疾、人性优化如此缓慢,深感困惑吧。

朱自清频繁乘坐绿皮火车往返于宁波、白马湖之间,在数所中学兼职,直到后来专职在春晖中学工作。获悉父亲病重,已经在清华大学任职的朱自清,才意识到某种丧失的逼近,匆匆写出《背影》这一名篇。那一个爬过月台、去为儿子买几只橘子的肥胖背影,父亲青布棉袍、黑布马褂的著名背影,打动一代代读者的心。

写这篇散文时,朱自清大约想起一系列铁道、分别、迎接,包括白马湖边驿亭镇的这一个车站。他北去清华大学时,妻子在白马湖边延宕半年,常常步行到小车站,期待丈夫面影能突然闪现于出站口。

> 我的南方,我的南方,
> 那儿是山乡水乡!
> 那儿是醉乡梦乡!
> 五年来的彷徨,羽毛般飞扬!

朱自清在清华大学写下这些诗句,感叹号很多,说明他当时很年轻。

从车站走回春晖中学,一路体验夏丏尊、朱自清们的心境和脚力。我穿皮鞋和夹克。他们穿布鞋与长衫,更宜于感受并用身影表达出道路之起伏、北风之凛冽。

7

来春晖中学游走之前,我在绍兴一家饭店待了两天。

饭店一角,"回到源头:纪念《世界文学》杂志诞生六十五周年高峰论坛"的巨幅会标上,有鲁迅手持香烟作沉思状的肖像,很合适。他出现在这一论坛的关键词里,很必要。《世界文学》杂志前身,就是鲁迅先生在上海创办的《译文》杂志。"回到源头",就是回到鲁迅,回到绍兴这生发中国文学现代性与人的现代性的地方。

与会者一个又一个登上演讲台,思辨、抒情——

"鲁迅先生对于五四新文学的兴起有开山之功。其开山之力,来自于对俄国、德国、日本、法国众多作家的翻译。中国文学的现代性,或者说中国人的现代性,离开翻译,无从谈起。"

"梁实秋批评鲁迅的'硬译',是没有理解鲁迅苦衷。鲁迅就是要以西方语言的新结构、新语式,改造、丰富汉语表达,继而改变中国人的认知方式,这也是他的启蒙计划之一。正是鲁迅、周作人、夏丏尊他们那一代人化欧化古,才有了今天的言语方式和世界观。"

"中国话剧从教师、学生演剧开始,比如春晖中学的话剧社,首演曹禺的《雷雨》。李叔同在浙江第一师范参演《茶花女》。今天,学校依然是话剧艺术发展的重要平台。"

"1935年,周作人主编《中国新文学大系》散文卷,在'序言'中对现代散文文体进行思考,说:新散文的发达成功有两重的因缘,一是外援,一是内应,外援即西洋的科学、哲学与文学上的新思想之影响,内应即是历史的言志派文艺运动之复兴。现代的散文好像是一条淹没在沙土下的河流,多少年后,又在下游被挖掘出来,这是一条古河,却又是新的。"

"鲁迅是剑,周作人是伤口。"

…………

坐在会场里走神,我内心已经走到白马湖边了。那些在"外援与内应"中更新汉语传统的、20世纪初期的先行者,引领我神游于湖边的秋色春晖。会场里的翻译家、学者、作家们不知不觉。

以"《世界文学》之夜"为题的文艺晚会上，学者陈众议吹奏口琴曲《送别》，大家齐声合唱："长亭外，古道边，芳草碧连天……"作家程巍用汉英两种语言朗诵《哈姆雷特》中的著名独白："生存还是毁灭，这是一个问题。"至今，这仍然是一个问题。我走上台去，读了西班牙诗人马查多的名诗《自画像》。尤其喜欢其中三行：

我总跟那个同行的人说话，
是他教会我爱人类的秘密。
我不欠你什么，而你欠了我所写下的东西。

"那个同行的人"，"教会我爱人类的秘密"的人，是一代又一代异域的、祖国的志士与前贤：鲁迅、夏丏尊、朱自清、丰子恺……

8

一盏结构复杂的吊灯，把光辉礼献给一群中国知识分子。

鲁迅、郑振铎、沈雁冰、胡愈之、夏丏尊等先生坐在靠窗一桌，朱自清与叶圣陶等先生坐在靠门一桌。上海法租界的警车喇叭时时响起，为这样的交谈提供时代背景和脚注。

朱自清在内心敬爱许久之后，第一次近距离与鲁迅相处，看他穿一件白色纺绸长衫，头发参差枯燥，大约多日未剪。面无表情，像《呐喊》序言，酷似黑白木刻，大约是饱经人生苦辛而归于冷静的缘故吧。在春晖中学，朱自清讲过鲁迅的小说《药》，一句一句进行文本阐释，这方法，早于美国新批评派。

席散，朱自清上前向鲁迅问好、道别。夏丏尊陪鲁迅步行去旅馆。两个人的头碰在一起，大约说着私密有趣的旧事，法国梧桐树在他们头顶哗哗啦啦摇动。

1926年8月30日的这一个夏夜，是中国知识界重量级人物的一次盛会，与会者另有胡愈之、陈望道、王伯祥、周予同、周建人、刘大白、章雪村等等。这基本上是一个以鲁迅为旗帜、关心普罗大众命运的战士群体。此时，距五四运动已过七年。当年同道，要么成为书斋中的雅士，静享英美式的自由主义或晚明式的宁静美学；要么走上策士之路，成为官场阔人。唯鲁迅"荷戟独彷徨"，彷徨后呐喊不息，"肩着黑暗的闸门，把他们送到光明的地方去"。夏丏尊们对此回应不息，持续以教育救救孩子，就是救救中国。

我曾在某一年雪天，进入北京大学沙滩校区红楼。其中，一教室，保持了鲁迅1920年上课时的格局。黑板上，是他讲授《中国小说史》时的粉笔字——"子曰""虽小道必有可观者焉""艺文志"……这纷乱的字迹，显然是今人对鲁迅手迹的模拟。站在空荡荡的教室内，我像迟到多年的学生。先生和同学已下课，满身雪花跑到附近胡同酒馆里，微醺着、神聊着、纷纷扬扬到黄昏……

在浙江第一师范教书时期，"鲁迅"这一笔名还没诞生——周树人教生理卫生，夏丏尊翻译日文教材，两个绍兴人都受学生爱戴。其体态、面貌、口音、履历、心境、立场，很相似。夏丏尊比鲁迅小5岁，视鲁迅为师长、启蒙者。上海孤岛时期，夏丏尊以开明书店为掩护，接济夏衍、楼适夷等进步青年，与鲁迅救助瞿秋白、柔石、萧红之作为也相似。日本军人多次来夏宅，令其写文章宣传"东亚共荣"。夏丏尊拒绝，被捕入狱，遭严刑拷打。后经友人内山完造营救出狱，已身受重创。1946年去世，年仅60岁。稍可安慰的是，他看到了中国光复如凤凰浴火重生。

鲁迅在上海沦陷前的1936年辞世，55岁，少经历一场剧变与剧痛。

1948年，朱自清病逝于北京，51岁。

1975年，丰子恺去世，77岁。

1986年，朱光潜去世，89岁。

1990年，依靠《红楼梦》《浮生六记》和京剧，度过动荡一生的俞平伯去世，90岁。

…………

"星垂平野阔"。一颗又一颗巨星坠落，增加了中国旷野的壮阔与深厚，让新生的青年、植物、星辰，组成一条不断隆起的地平线。

9

春晖中学、白马湖、驿亭镇，地理上属于上虞、绍兴、吴越南方。

"绍兴"之名，自"越州""会稽""山阴"演变而来。时局递嬗，导致版图盈缩消长、称谓纷纭不定。但"上虞""驿亭"这两个地名，历久如初。

郭沫若首先在殷商甲骨文中发现"上虞"二字，考证其由来：白马湖周围山水，属虞舜后代封地。"驿亭"，无须考证，就能读出"驿站与长亭""告别与迎接"之美景深情。驿亭南，就是"梁祝化蝶"这一爱情传说的诞生地祝家庄。"长亭送别"情节，大约与驿亭有关吧。

中国最早的瓷器"越窑青瓷"，源于上虞。容易破碎，但拒绝腐烂，历千万载而瓷青依旧，天青如初。

"窑变"是一种神秘惊艳的现象，也是美好的词：让火焰与泥，在热恋中生发出难以预见的奇迹。目前，窑变现象少了，原因在于磁窑的热力来自恒定电能，而非恍惚的木柴火苗。从鲁迅、夏丏尊、朱自清、丰子恺，到今天的我，书桌一角的墨水瓶，都有着越窑形状——拒绝恒定，保持恍惚，才能写出惊心动魄的好文章吧。

春晖中学内保留着一座民国风格的白马湖图书馆。我伏身，久久端详馆中玻璃柜子里珍藏的一枚唐代青瓷残片，如旦暮遇之。其上，深刻一个动词——"想念"。

选自《野草》2022年第5期，有删节

南帆

溯源
而上

南帆
———————————————————

本名张帆，福建福州人，1957年生。现任福建社会科学院院长，福建省文联主席，中国文艺理论学会会长。出版《文学的维度》《村庄笔记》等多种作品，散文集《辛亥年的枪声》和专著《五种形象》获鲁迅文学奖。

1

祖父是福州的一个中等资本家,几家小工厂,一个轮船公司,大约如此。我对于他曾经拥有的财产一无所知。少年时代,祖父的资本家身份给我带来无尽的烦恼。每一次表格填写都是耻辱烙印的展示。父亲也不清楚祖父的财产。他对于这一份家业嗤之以鼻,也不愿意腾出若干记忆的空间存放家族往事。18岁的时候,父亲离家到宁波担任中学教师,一年之后考取大学。录取父亲的是两所大学:一所是海南大学的化学系,一所是上海大夏大学的教育系——当时的理科与文科似乎不存在森严的壁垒。父亲自作主张地选择了后者,估计祖父无法参与意见。

那是1947年的事情,当时上海的校园里左翼气氛正在急剧上升。接触到若干进步杂志和一些充满激情的演讲,父亲的思想愈来愈左倾,终于在1949年参加了中国人民解放军华东随军服务团(简称"南下服务团")。南下服务团的工作即是配合中国人民解放军挺进福建,参加地方工作。

南下服务团近3000人,1949年7月乘坐火车离开上海南下。火车刚刚到达上海的古镇莘庄,立即遭到国民党飞机的轰炸,死伤多人。此后他们或者乘车,或者步行,取道浙江、江西,翻越武夷山进入闽地,行走了一个多月的时间。父亲清晰地记得翻越武夷山的分水岭:分水岭的草木一边倒向了江西,另一边倒向了福建。风尘仆仆地从武夷山下来,他们的行军路线终于与闽江的流向一致。到了南平,他们分批乘船沿江而下抵达福州。南下服务团成员来自四面八方。父亲属于返回原籍,即将面对的地域既熟悉又陌生。20世纪50年代初期,父亲在工会任职。他的一部分工作即是与祖父这种资本家谈判,为工人争取利益。我曾经设身处地地想象:南平码头登船的时候,父亲是否产生过一些小小的感慨:

滔滔闽江依然如故，然而，他已经是一个革命新人。

事实上，父亲从未和我交流过这些感慨。革命新人的激昂没有维持太久。祖父赐予他的耻辱烙印远比我深刻，以至于大半辈子磕磕绊绊。这或许也是他沉默寡言的原因之一。我很迟才从父亲嘴里听到南下服务团的只言片语。回忆这些事情的时候，父亲已经老了，没有多少伴随这些回忆的情绪波动，譬如豪迈、骄傲、不平、追悔，如此等等。临江而居，最为常见的感想就是逝水长流，淘尽千古英雄。古今多少事，尽付笑谈中。

2

父亲还记得太祖父运营的轮船公司。作为长孙，太祖父对父亲宠爱有加。他时常坐上太祖父的黄包车，跟随到轮船公司上班。太祖父去世之后，轮船公司传给了祖父。据说这个城市的张姓均是来自闽江下游大樟溪的月洲村。太祖父也是从月洲村出来的吗？什么时候创办的轮船公司？父亲一概不得而知。

父亲和几位叔叔、姑姑仅仅记得，张家在江岸附近的山上有一座祖坟，太祖父埋在里面。祖父已经遵从火葬，所以，这一座祖坟的主人就到太祖父为止。我的少年时代，曾经跟随父亲以及几位叔叔和姑姑祭扫过这一座祖坟。我记得众人攀到了半山上，挥锄劈开了茂密的茅草和小树，祖坟显露了出来。我还记得墓碑上的字体是隶书，既厚重又飘逸。当时我刚刚开始练字，即是从一本隶书字帖入门。我拖走堆在祖坟旁边的茅草和小树，直起身喘一口气，一抬眼看见山下江流如练。

此后，家族之中大约不再有人上山祭扫。如今，谁也说不清祖坟的位置。父亲和叔叔、姑姑俱已老迈，他们的记忆锈迹斑斑。所有的人都只记得，祖坟就在江边的某一座山上。

3

闽江之上也有一座金山寺，位于乌龙江中的一块岩石上。许多地方都能遇到金山寺，不知为什么这个寺名如此流行。闽江的金山寺历史不短，据考，始建于宋代。这一块岩石距离江岸数十米，四周水流湍急，让人想到镇江的金山——故而称为"小金山"。岩石上先是建起一座石塔。人们数过了，石塔由185块白梨石砌成，实心的，大约高10米。寺庙的殿堂围绕石塔修建起来。塔前妈祖厅，塔后大慈楼，左右各一斗室。寺庙小巧玲珑。夜晚沿江岸驾车路过，可见江流之中灯光装点的寺庙轮廓，犹如浮在江面的一盏灯笼。

从江岸进金山寺需要摆渡。寺庙里牵出一条长长的缆绳拴到江岸上，艄公双手拉住缆绳牵引渡船来来回回。我到过金山寺几次。第一次距今约50年了吧，似乎就是跟随父亲和几个叔叔、姑姑到江边的山上祭扫祖坟，下山之后路过金山寺。一个十来岁的少年对于孤悬于江流之中的寺庙十分惊奇。那一天遇到了退潮，我们一行下了江岸，穿过宽阔的沙滩，沙滩与寺庙之间仅剩一道两三米宽的浅浅水流。我的小叔叔发现寺庙的墙根有一块长木条，恰好可以在水流上搭一个简易小桥。他在沙滩上后退几步，助跑之后一跃而起跳到水流对面。小叔叔跳跃的距离还是短了一些。落下的时候，一个脚后跟踩到了沙滩的水洼，一注污水嗤地从鞋子下面喷了出来。

我的小叔叔很快就下乡插队，在山区待了十来年才返回城市，似乎在一个小工厂当工人，很迟才娶妻生子。孩子刚刚几岁，他的脑子里长了一个肿瘤，视神经受到压迫，眼前愈来愈模糊；继而肿瘤开始全面扰乱脑神经，他的意识逐渐陷入混沌。肿瘤的位置很不好，无法手术治疗。小叔叔在混沌之中拖延了几年，终于离世。我和小叔叔没有多少交往。他几乎只给我留下一个生动的形象——一注污水从鞋子的脚后跟下面嗤地喷出来。

4

书橱里摆放了一张母亲的遗像。母亲已经去世多年，她生前从未想到我的寓所可能搬到江滨。母亲的大半辈子辗转于市区的几幢破旧的瓦房。母亲和这条江有过哪些联系？我一时想不起多少事情。

外婆很年轻的时候就开始守寡，母亲是遗腹子。母亲出生之后，外婆没有再嫁，母女相依为命一辈子。她们几乎没有离开过这个城市。唯一的例外大约是20世纪40年代初期。那时日本人入侵，占领了福州，外婆带上母亲外出逃难。她们落脚于闽北的一个山城。母亲那时还是一个身材瘦小的少女。她多次说过，刚刚在那个山城的一个大院里住下，邻居的一只大狗忽地站起来，两只前爪搭在她肩上，吓得她魂不附体。不知她们如何抵达那个山城。孤儿寡母，大约是乘船溯江而上。我想象的镜头是，外婆身着一件长棉袍，一手牵住母亲，一手提一个藤箱下了码头，登上一艘渡轮。我小时候见过那个藤箱，藤箱角上的藤条已经绽开了，那是外婆贮存个人财产的唯一箱子。

母亲是在这条江边认识了父亲。她从师范学校毕业，进入工会工作。母亲见到简陋的办公桌后面坐着一个戴眼镜的年轻人，头发蓬乱，胡子拉碴，穿一件洗得发白的中山装。父亲那一阵子有些失意，不修边幅，各种不切实际的梦想正在逐渐远去。他们慢慢熟悉起来了。我猜，母亲肯定做出了明白的示意。否则，拘谨的父亲大约不敢与活泼的母亲靠得太近。某一天下午，两人双目交汇，心领神会，一条大江从附近流过。

这是大半个世纪之前发生在江边的一件事。

5

大半个世纪之前的闽江是什么模样？我意外地从电影之中看到了。我在互联网上搜索到20世纪50年代的老电影《地下航线》。这是一部黑白影片。影片叙述的是，40年代末期一批游击队利用闽江的航船运送武器，与盘查的国民党军队斗智斗勇。影片之中的闽江水流湍急，似乎比现今的江面狭窄一些，岸边不时出现一些嶙峋的尖利岩石。这一段江面大约是闽江上游，游击队要将甲板底下的枪支送到北部的山区去。

《地下航线》有三位编剧，一位编剧是父亲的朋友。父亲说，当年他们是同一个办公室的年轻干事，相对而坐，时常在桌子底下交换小说。他们的工作是组织工人与资本家抗争，粗犷的言行与革命气氛更为协调，阅读小说仿佛带有小资产阶级情调，不宜公开声张。父亲的朋友显然更为迅速地领悟了文学的奥秘。他很快写出了电影剧本，并且迅速晋升了职务，父亲与他渐行渐远是很自然的事情。

20世纪70年代初期，父亲与这个朋友在空寂的马路上相遇。当时多数机构已经瘫痪，他们共同赋闲在家。朋友邀请父亲到家里玩，父亲带上了我。父亲对我说起这个朋友的文学业绩，口气之中充满了羡慕甚至嫉妒。父亲说，他也想写电影剧本。电影剧本文字简练，他的古文修养或许有帮助。我不知道父亲是否私下尝试过。"坐对真成被花恼，出门一笑大江横",父亲的内心有一些不安之气,这一条江是否在他的内心贮存了一些不同凡响的激动?尽管如此,我觉得父亲的文学天分不足。他性格内向,为人拘谨,没有胆量想象天马行空的故事情节。父亲在这个朋友家里下围棋,我坐在一旁观战。我的记忆之中,他们的围棋水平相当有限。他们两人俯身棋盘一丝不苟地摆棋,棋局结束之后客套地交谈几句,没有一句话提到文学和电影。

昨天偶尔想到,可以到互联网上找一找《地下航线》,果然如愿以偿。每天从窗口看到这条江,已经习以为常。突然在一部老电影的黑白镜头之间与大半个世纪之前的闽江重逢,异样之感挥之不去。

6

我突然意识到,我迟迟没有提到闽江的源头。好吧,现在还来得及。当然,闽江的源头必须从武夷山说起。

"天倾西北,地陷东南",武夷山脉是这一片土地的制高点。我曾经开玩笑地说,站在武夷山主峰抛出的一块石头会骨碌碌地滚进东海。事实上,这句话不如改为——武夷山泼出的一瓢水终将奔涌入海,例如闽江。

所有的闽江源头,无不指向武夷山。

沿闽江溯流而上至南平,分歧出现了。闽江上游一分为三,称谓共同下调为"溪":建溪、富屯溪与沙溪。三大支流各行其是,如同三道闪电沿着不同的方向掠过天空。道不同不相为谋,三大支流各自拥有自己的秘密起源。然而,起源是一个神圣的名义,哲学家称为起源神话。每一个支流都企图垄断闽江源的这个概念。多么伟大的象征——窥见一条江的源头犹如洞悉一个家族的传家秘诀。源头,历史,传统,血管里流淌的是哪一个姓氏的血脉……于是，人们背起行囊，翻山越岭溯源而上，竭尽全力找到一个初始的泉眼，立下石碑，刻上文字，不仅是颁发一个证明，而且制造所有故事构思的起点。

可是，另一些人觉得，似乎没有必要这么严肃。李白大大咧咧地说：黄河之水天上来——他似乎不怎么把起源当一回事。民间的种种夸张更是醉醺醺的，一首民歌居然唱道：黄河的源头是在一个牧羊汉子的酒壶里。写小说的也不见得严谨。美国那位福克纳任性地认为，密西西比河发源于某一个酒店的大堂。也许他们是对的。王侯将相，宁有种乎？——何况于水。起源并不能决定未来，一滴水发展为一条江并不是因为特殊的起源。江河浩大而不干涸，沿途水系的加盟成就了滔滔洪流。五湖四海，不问出身，这是另一种故事。

7

之所以首先提到沙溪，是因为这一条支流与我的母亲密切相关。

当年外婆携带母亲出门逃难的时候，她们落脚的闽北小山城称为永安。外婆与母亲乘船逃到南平登岸，然后向左一拐又行进了百来公里，永安即坐落在沙溪旁边，相距福州接近300公里了。她们在永安没有任何亲友，而是跟随下船的人流到了那儿——40年代抗战期间，永安成为福建的"陪都"，省政府迁到了这个小山城。那时母亲10岁左右，不清楚她与外婆在永安居住了多长时间。70年代初期，40岁左右的母亲偕同父亲沿着这条路线再度出发，途经永安之后继续依傍沙溪上行近200公里，最终抵达建宁县的一个乡村。母亲和父亲的正式称谓是"下放干部"，兼有参加农业生产与自我改造的双重意义。长途汽车行驶在山区公路，母亲和父亲肯定没有意识到沙溪的存在。由于缺乏山区乘车经验，母亲严重晕车，路途的大部分时间忙于呕吐。

按照母亲和父亲的设想，他们先行一步试探，半年之后举家移居乡村。两个意外打乱了预定的计划。首先，乡村的偏远程度远远超出了他们的意料。父亲说，点一根烟已经可以在村子里走两个来回。他们没有勇气率领全家在这里定居——至少，三个子女的读书是一个无法解决的问题。其次，父亲的眼疾突然发作。由于高度近视导致眼底出血，父亲的左眼很快丧失视力，不得不返回城市治疗与休养。春节休假之后，只有母亲独自远赴乡村。

母亲和父亲抵达乡村的时候，村子里为他们的住宿安排了一幢独立的木板楼。木板楼远离村庄主体，孤零零地矗立于一片空地。楼房共三层，大小房间 21 个。母亲和父亲事后得知，村子里的农民传说这一幢木板楼闹鬼，无人愿意入住。父亲逗留城市养病，母亲一个人面对 21 个空荡荡的房间发愣。夜深人静，山风吹得四处乱响，母亲仔细拴好卧室的房门和窗户，要么在灯下做一些针线活，要么给家人写信打发时间，事无巨细地絮叨乡村的见闻。只要有机会回家，母亲拎上一个小包就出门。这时，晕车与翻江倒海的呕吐已经不足挂齿。

母亲和父亲"下放"这个村子 5 年。他们持续往返于这条路线，可是，我从未听到他们提起路边的闽江和沙溪。他们满脸倦容，身心俱疲，对于山光水色视而不见。

8

我有机会沿着沙溪旁边的公路溯流而上的时候，母亲已经去世多年。

不过，那一次我也没有闲心对于阳光下的溪流表示足够的兴趣。这条公路正在大规模翻修，勾机、吊车、压路机的轰鸣此起彼伏，众多水泥管道堆放在路边，几个戴藤帽的工人挥舞小旗指挥车辆的行止。乘坐的汽车时常出其不意地剧烈颠簸，脑袋"砰"的一下撞到了车顶。这是一趟即兴的行程。之所以突然从另一个地方拐过来，心里存在一个秘密的念头——去看一看母亲和父亲当年居住的那一幢木板楼。

我只走到建宁县城为止。到了县城四处询问，没有人说得清母亲和父亲当年下放的乡村在哪里。我只知道他们是某某公社某某大队，可是，数十年之后，公社和大队之称早已废弃。那一带不知合并到了哪一个村镇。我猜想，那一幢木板楼大约也不存在了。我在县城的路边站了一会儿，心中茫然惆怅。一条小河从县城的街道旁边安静地流过，水面几乎看不见波纹。那时，我并没有意识到这是沙溪的末梢。

多年之后再度抵达建宁县，我去了金铙山。这儿已经进入闽江源区域。在所有人的想象中，闽江源是一注获得专家认证的小小水流。四周众多山脉负责保管，小心翼翼地捧在手心，撑起宽阔的肩膀遮挡各种不明的骚扰，避免出现安全问题，尽职地充当合格的保护神。金铙山原名大历山。据说闽越王无诸进山狩猎的时候遗失金铙一面，故而更名。金铙山顶峰高 1858 米，略逊于武夷山主峰黄岗山。

金铙山顶峰是一块光秃秃的巨大岩石，拦腰一圈儿悬空的木栈道如同硕大的肚皮上一条松松的腰带。必须穿过这一条不到两米宽的漫长栈道吗？站在栈道入口处的时候，众目睽睽之下我已经无从退却。我患有轻度恐高症，看到楼顶俯拍的电影镜头即会产生心虚腿软的不适症状。咬了咬牙一脚踏入栈道，祈求栈道底下的支撑架不要突然断裂，另外，千万不能地震，恐怖的地动山摇。闷头疾走之际，仰视斧劈一般的绝壁或者俯瞰云雾缭绕的深渊，心中都会遏制不住逃回去的冲动。支持我闷头疾走的信念是，下山的时候可以从另一条小径绕下去。我对于那些悠然在栈道上摆出各种姿势拍照的人充满怨恨，不知道他们的脸上为什么会带上一副乐呵呵的表情。上山之前听说，登上金铙山顶峰可以遥望闽江上游的大金湖；下山之后坐下来长长吁一口气，几乎记不起曾经看到什么。

9

闽江的另一个支流为富屯溪。按照地图所示，富屯溪曲折蛇行，最后一段拐向武夷山的主峰黄岗山。黄岗山的高度为2100多米，被形容为东南一带的屋脊，山势陡峭，老树蔽日。我迄今尚未涉足，据说山顶长满黄花菜，秋天金黄一片，故名黄岗山。进入深山峡谷搜寻江河的源头，往往目迷五色，见了山而忘了水。一缕涓涓细流如同一个稚童，远不如宏伟的高山峻岭壮观。

武夷山碧水丹山，神女峰、大王峰岩石嶙峋，峭壁高耸，山峰下一条蜿蜒的九曲溪，溪水清浅，竹筏上的艄公左一竹篙，右一竹篙，溪水下面众多大大小小的鹅卵石制造出哗哗的水声。九曲溪旁的观音岩上可见悬棺。数十米高的绝壁之上有一个岩洞，一些棺木藏匿洞内，几根错杂的棺木伸出了洞口。碳素的测定表明，这些棺木距今已经三千多年。悬棺习俗的成因众说纷纭，数百斤甚至上千斤的棺木如何置于岩洞，引来许多猜测。一种说法是从悬崖顶上吊下去的，一种说法是凿开悬崖架设栈道。远古的年代缺乏必要的机械设备，如此大费周折目的何在？这些问题一直没有合理的解释。还有一种说法是，当时的水位与岩洞的高度差不多，棺木是从水上运入岩洞。

水利专家对于此说不以为然。如果三千多年前的水位这么高，那么，下游的福州将是一片泽国。然而，考古证明，五千多年前的新石器时期，福州一带已经有人定居。我对于各种传说与猜测兴趣盎然。这些叙述之中，一条波涛浩渺的大江蜿蜒而来，从郁郁葱葱的武夷山奔向汹涌起伏的东海，水汽如雾，激流如梭。

10

按照百度地图，我的寓所到闽江出海口四五十公里。如此算来，寓所窗口上溯的闽江还有500多公里。可是，我的叙述为什么多半聚集于闽江下游，对于漫长的上游说不出多少事情？我逐渐意识到，这一条大江的首尾重量正在悄悄地变化，如同跷跷板正在朝另一个方向倾斜。萦绕武夷山脉的各种神话、传说开始黯然失色，闽江口汹涌的海潮持续送来一大堆性质迥异的消息。

明代以后，这一片土地愈来愈多地察觉大海的深沉摇撼。郑和开始带领一个庞大的船队进入海洋深处，尽管没有人清楚这个精力旺盛的太监身负何种秘密使命。郑和率领的庞大船队一次又一次停泊在闽江口等待季风，最大的船只长达一百米。如果等待的时间够长，郑和会下船逛一逛闽江口附近的村庄，顺便招募一些水手。明末的郑成功船队也频繁驻扎在闽江口以及东南沿海，从事反清复明活动，继而驱走荷兰人收复台湾。19世纪60年代马江海战的炮声毋宁是严厉的警告：海上炮舰的威胁远远超过了北方大地鼓点般的马蹄声。20世纪40年代，手持三八大盖步枪的日军士兵也是从海面进入闽江，扑向福州。总之，海洋对于这条江的拖拽愈来愈明显。

　　宋代以前并非如此。那时，人们的目光遥遥回望中原。魏晋时期开始，一批又一批的中原望族纷纷南下，武夷山脉形成的山区是他们的重要落脚点。中原大地烽火连天，刀光剑影，大大小小的君王无不杀出一条血路，赶到那儿去登基。一些缺乏政治雄心同时又有若干浮财的大家族不愿意持续担惊受怕，他们宁可悄然南迁，寻找一个可以过几天太平日子的地方。这一带经济富庶，人才荟萃，文化繁荣。一代词宗柳永与理学大师朱熹都在武夷山生活过。武夷山的茶叶闻名遐迩，这些茶叶打包之后装上泊在码头的船只，沿着闽江运送到下游的四面八方。宋元时期这一带山区大量刊刻书籍的作坊，印行许多古典名著。这一带山区的陶瓷名声在外。"建窑"始于唐代，盛于两宋，迄今"建盏"仍是名贵器物。我曾经乘坐竹排游历武夷山脉的一条峡谷，几公里的溪水底下铺满了斑斓的碎瓷片，如同一个未曾褪色的旧梦。总之，武夷山一带承接了北方的文化与生产方式，同时又成为再传播的枢纽。闽江水道恰恰作为传播网络的组成部分。尽管如此，那时的人们仍然觉得，他们的根系与血脉来自北方的中原大地。大海又算什么？风高浪涌，一片汪洋，谁知道龙宫怎么走。闽江行色匆匆地奔赴大海，从未带回什么。

　　转向海洋是一个重大历史事件。北望中原的时候，东南沿海是后排观众。转向海洋之后，后排突然成为前排，继而成为台上的演员。江流滔滔，亘古如斯，然而，伟大的历史不知不觉地修改了闽江上游与下游的对比度，并且按照新的指标重新设置我的叙述比例。

节选自南帆《与大江为邻》，

《作家》2022 年第 5 期，《散文海外版》2022 年第 9 期转载

魏晋风度及避祸与贵人及虱子之关系

夏坚勇

江苏海安人,现居江阴。作品有小说、散文、话剧等多种,曾获首届鲁迅文学奖,近期作品有宋史三部曲(《绍兴十二年》《庆历四年秋》《承天门之灾》)等。

1

早年读鲁迅杂文,有两篇印象最深,原因大抵是标题怪怪的,有意思,又特别长。一篇是《由中国女人的脚,推定中国人之非中庸,又由此推定孔夫子有胃病》,标题几乎就是一篇内容提要,足下如果没有点嘴上功夫,很难一口气读完。文中说孔夫子晚年周游列国,吃了多含灰沙的土磨麦粉,乘着马车在七高八低的泥路上颠颠簸簸,结果颠出胃病来了。大师手笔,令人叹服,那辆在北方的黄尘中踽踽独行的双辕马车,此后就一直颠簸在我早年的文学记忆中,历历难忘。

还有一篇是《魏晋风度及文章与药及酒之关系》。

2

这是鲁迅的一篇演讲,副题是"九月间在广州夏期学术演讲会讲",但文后的编者注释中却说"九月间"有误,据《鲁迅日记》应为七月。这中间的问题是,该演讲的书面文本发表于同年十一月的《北新》半月刊,也就是演讲后大约四个月。把四个月前的事说成两个月前的"九月间",鲁迅的记忆为什么会发生如此不合情理的误差呢?这就要联系当时的政治气候来考虑了。那么,鲁迅发表这篇演讲时的政治气候有什么特征呢?

答案是:杀人。

杀人是人类最古老的游戏,而当时的政治则是给杀人冠以堂皇的理由。三个月前的上海"四一二"反革命政变和几天前的武汉"七一五"反革命政变,把 1927 年夏天的中国裹挟在腥风血雨之中。广州的国民党当局也在大肆屠杀，街头上每天都有新上墙的杀人告示，那些打着红钩钩的名字中，也有鲁迅的学生。为了表示抗议，鲁迅坚决辞去中山大学的一切教职。可以想见，先生当时的处境已相当危险，根据林语堂的说法，当局请鲁迅在夏期学术活动上演讲，也有窥测他态度的用意。鲁迅是真的猛士，他当然敢于正视淋漓的鲜血，"忍看朋辈成新鬼，怒向刀丛觅小诗"。他不怕。但他又懂得韧性的战斗、反对像许褚那样赤膊上阵。在当时的政治气候下，他既要发出自己的声音，又不宜金刚怒目地呐喊，因此，以学术演讲的名义，含沙射影地揭露和批判当局的暴政，是最恰当的方式。而在演讲的文本发表时，作者又把时间"误记"为"九月间"，离那几个血腥政变的时间节点稍远一些，其中有没有避祸的用意呢？我觉得是有的，这不是胆怯，而恰恰是一种斗争艺术，因为，屠夫已经杀红了眼，岂能再授其刀柄？

夏期学术演讲，可讲的题目当然很多，为什么要讲魏晋风度呢？

答案还是那两个字：杀人。

魏晋是一个血腥的乱世，魏晋风度即文人知识分子在屠刀下的众生相。对文人知识分子大开杀戒，似乎应该始自秦始皇。但老实说，嬴政杀的那些个书生，谁能说出其中某个人的生平、事迹、建树、声誉？肯定说不出。他们只有一个共同的名称：儒；或者说他们只是一桩重大历史事件——焚书坑儒——中的道具。到了东汉末年，情况就不同了，魏晋乱世，所谓兵燹所及，玉石皆焚，死的固然大多是无名无姓的草民（士兵其实也是草民），但奉旨杀人，定点清除，死的却大多是不仅有名有姓而且有头有脸的知识分子。为什么要杀知识分子呢？距当时一千四百多年的王夫之说得很清楚："孔融死而士气灰，嵇康死而清议绝。"他认为曹操杀孔融和司马昭杀嵇康是为自己的儿子篡位杀鸡儆猴,"鸡"和"猴"都是知识分子,"士气"和"清议"则是知识分子的声音。杀他们是因为强权者不放心,怕他们与自己离心离德,尤其怕他们抱团鼓噪。中国历来有"文人相轻"的说法,其实不对,东汉末年的知识分子就不"相轻",他们在反对宦祸的斗争中何等同仇敌忾,在近现代政治史上影响巨大的"同志"一词,就是那时候出现的,"所与交友,必也同志"(《后汉书·刘陶传》)。"同志",这是多么亲切而庄严的称呼,一声"同志",不仅春风满怀,而且热血沸腾,即使赴汤蹈火也在所不辞。魏晋时期的"同志",不论是建安七子、正始名士,还是竹林七贤,都是一嘟噜一嘟噜地抱团登场的,这当然又是权势者最忌讳的。而且文人还有个致命的毛病:多嘴、卖弄聪明。你再聪明,还会比人主聪明吗?如果你认为自己的脑袋比人主更聪明,那对不起,人主就会砍掉你的脑袋,以求得平等。建安七子中的领袖人物孔融就是死于多嘴,正始之音中的两根弦——何晏和夏侯玄——则是死于太聪明。杀人毕竟还是管用的,一时屠刀喋血,书生授首;杀气弥天,文士噤声。于是到了竹林七贤的时候,为了避祸,大家喝酒的喝酒,吃药的吃药,或者语不涉时事而专研玄学,谓之清谈。

喝酒者佯醉,吃药者佯狂,清谈者佯作高深,实际上就是逃避当下的政治追问。佯者,装也,一个时代的知识分子集体伪装,而且装得如此风流蕴藉风度翩翩,这是专制制度下一幕周期性的奇观。

3

且说佯醉。

阮籍，文二代，他父亲阮瑀是建安七子之一，他自己是竹林七贤之一。从建安到竹林，历史在改朝换代的震荡中血流漂杵，文人名士成批登台又成批被杀。"步兵白眼向人斜"，对，阮籍就是那个白眼看人的阮步兵。他当然自视甚高，不然也不会在楚汉争霸的古战场发出"时无英雄，使竖子成名"的叹息。英雄者谁？竖子者谁？刘项乎？抑或魏晋人乎？后人众说纷纭，但阮籍不管，叹息过了，他又面对旷野尽情一啸，胸中块垒喷薄而出，古今多少事，尽付长啸中，酣畅淋漓地体验了一回生命的大放达和大自由。他在古战场上的这一声浩叹和长啸，亦被载入史册。

浩叹和长啸固然酣畅淋漓，但那是在空寂无人的山巅或旷野。现实的烟火红尘中，他是一个朝廷命官，品级还不低（正四品）。官场的游戏规则是如此丑陋而黑暗，特别是在一个强权霸凌、铁血政治的敏感时期，那就更加凶险了。四面八方都有阴冷的目光盯着你，跋前疐后，动辄得咎；而且一旦得咎，就要人头落地。他想躲开官场的纠缠，但又不敢公开拒绝，事到临头，只能喝酒，佯醉，装糊涂。司马昭曾想和他攀亲家，对阮家来说，这是高攀了，但阮籍不愿意。不愿意又不能拒绝，他就以醉拒婚。每次有人来作伐，他都喝得烂醉。阮步兵烂醉如泥，偶尔朝媒人翻一个白眼。此一醉竟酩酊昏睡六十天，让媒人始终无法开口，硬是把亲事拖黄了。这件事他玩得蛮漂亮。

但这种以佯醉行苟且的立身方式其实是一种无奈，阮籍本人也并不自以为是。在那篇著名的《大人先生传》中，他借大人先生之口，把那些在强权下怯懦偷生的文人学士狠狠地刻薄了一番："汝独不见夫虱之处于裈中，逃乎深缝，匿乎坏絮，自以为吉宅也。行不敢离缝际，动不敢出裈裆，自以为得绳墨也。饥则啮人，自以为无穷食也……汝君子之处区内，亦何异乎虱之处裈中乎？"

这段话我就不翻译了，因为内容有点不雅，大体意思就是把那些苟且偷生的文人比作寄生在人们裤裆里的虱子。唯一需要解释的是这个"裈"字：有裆的裤子。裤子因为有裆而封闭，则虱子生焉。

景元四年（263 年），曹魏的傀儡皇帝曹奂进封司马昭为晋公，加九锡。这个九锡的名头很大，但兆头不好，以前王莽和曹操都接受过，似乎成了篡逆的代名词。"司马昭之心，路人皆知"这句话是上一任皇帝曹髦说的，曹髦在皇位上战战兢兢地坐了八年，别无建树，只给后世留下了这句歇后语。而他本人却因为这句不当言论丢了性命。现在，上上下下都看得出司马昭的心思，但戏还是要演的，血色下的篡位闹剧偏要铺陈一道温情脉脉的柔光。司马昭照例装模作样地谦让，然后由公卿大臣集体"劝进"，阮籍很不幸地受命撰写《劝进笺》。他又想用喝酒来拖延，但这件事太敏感，他不能翻白眼了。等到使者来催稿时，他只好一边喝酒一边拟稿塞责。他这次玩得不漂亮，连佯醉也不敢过分。《劝进笺》语意依违，自己既很纠结，对方也不会满意。一两个月后，他就死了。史书上没有说他被杀，他应该是病死的。但这种胆战心惊、避祸自保的日子太伤人了，他应该是被吓死的。

不知他最后注视这个世界时，青眼乎？白眼乎？

4

再说佯狂。

司马昭想和阮籍攀亲家，自然是因为阮氏子弟颜值高，学问好，遗传基因出类拔萃。阮籍确是公认的美男子，《晋书》中曾为此不吝笔墨。

一般来说，正史是不屑于关注这些花边新闻的，由此亦可见阮籍之男神风采不同"一般"。而同样在《晋书》中，对嵇康的形象推介又更甚于阮籍，诸如"龙章凤姿"之类的赞语虽然让人不得要领，却肯定是极高的评价。关于嵇康的容貌最富于文学意义的描写还是来自他的一位朋友：

> 嵇叔夜之为人也，岩岩若孤松之独立；其醉也，傀俄若玉山之将崩。

仅凭这两句话想象一个人的容貌，仍然是不得要领，但至少可以认定该男子之高大魁伟，且气质超好。

这位朋友叫山涛。

山涛也是竹林七贤之一。七贤之中，阮籍、嵇康、山涛私交最好。作为乱世名流，三人各具性情，立身处世亦各有风范。阮籍喝酒、佯醉，和官场若即若离。他平日里懒懒散散，白眼看人；但偶尔也会现身官衙露一手，把政务处理得干净利落。他其实是和当局虚与周旋的意思。山涛是忠厚长者，又是官场中人，而且官还做得不小——尚书吏部郎——一看这名字就知道和中组部有关，对，这是中组部主管官吏选任、考察及调动的官员，周围巴结的人不会少。他倒不是那种一阔脸就变的人，相反，他对朋友很关顾。温和、大气、懂进退，而且才华很好，并不平庸，这就是山涛。

嵇康走的是极端路线，他是曹操的孙女婿，在司马氏眼里，大抵属于前朝余孽。既然如此，他索性就彻底地弃绝官场仕途，彻底地不合作。当时的文人有很多是吃药的，那是一种时髦。吃了药不能休息，要"散发"，一般是走路。他们穿着宽大的衣服，趿着木屐，走得风生水起。而且兴奋,举止言谈皆放浪形骸,全不顾纲常名教,这就是佯狂了。嵇康也吃药,但他不走路,他打铁。他原先住在山阳,后来迁到洛阳来了。洛阳是京师,出将入相,冠盖云集。他就在这些大官的眼皮底下开了家铁匠铺。他身材高大,体格健壮,吃了"五石散"后精神焕发,就用打铁排解多余的精力。叮当叮当,打铁声坚定而沉着,一个不世出的大学者在洛阳东郊打铁,中国的冶金史应该记上一笔吧。

他为什么要打铁呢?是不是为了测试自己生命的强度?这是一个铁与火的世界,铁锤砸在铁砧上,实打实,硬碰硬,谁也不怕谁。抡锤人当然不能宽袍大袖,只能短打,甚至赤膊。炉火映照着他健壮的身躯,此刻若用玉树临风或者清新俊逸之类的形容词肯定太轻佻了。锤起锤落,火星四溅,汉子鼓突的腹肌、胸肌、肱二头肌次第发力,联袂炫示,勃发着阳刚的气息。这是真正的秀肌肉,也是他生命中真正的高光时刻。我说不清这种演出指向他性格中的何种诉求,但我至少知道,如果他干别的——例如做豆腐——那就肯定不是嵇康了。

叮当叮当,打铁声坚定而沉着,不屈不挠地传进京师的宫阙。有人想:这家伙哪儿不能打铁,为什么非要从山阳跑到洛阳来打?而且给人打铁还不收钱,这是图什么呢?或者说这是在向谁示威呢?

嵇康一边打铁,一边读书写诗做学问,有时还要给朋友写信,他那封青史流芳的长信——《与山巨源绝交书》——就是放下铁锤写的。

山巨源就是山涛,嵇康为什么要和他绝交呢?

山涛要升官了,由尚书吏部郎升任散骑常侍。顾名思义,"常侍"就是皇帝的贴身秘书,从职级上讲,这是进入了高级官员的行列。需要指出的是,司马氏暂时还不是皇帝,现在坐在皇位上的人还姓曹,但官员的任免大权都在"大将军"(司马昭)手里。因此,这时候任命的散骑常侍,实际上就是司马氏派过去监视傀儡皇帝的特务。看来司马昭对山涛相当信任,不仅派他去"常侍"皇帝,还让他推荐一位吏部的继任者。山涛推荐了嵇康,他可能觉得自己这么优秀的一个朋友,老是在郊外打铁算什么呢?长此以往,连养家糊口都成问题。而且他还有一种不祥的预感:这铁再打下去,恐有……杀身之祸。

一个正五品的、负责朝廷人事调配的、周围有很多人巴结的尚书吏部郎虚位以待,只要嵇康愿意。

弹冠相庆吧。

但嵇康不愿意,于是便有了这封《与山巨源绝交书》。

虽说是绝交,语调却并不激烈。嵇康貌似自嘲地列举了自己不适合当官的诸多原因,计有"不堪者七""不可者二","非常7+2",一共九条。"不堪者"就是不能忍受的;"不可者"就是坚决不做的。这九条理由表面上是说自己的个性特征和生活旨趣,实际上是抨击官场的丑陋和黑暗。且看"不堪者"其中的一条:"危坐一时,痹不得摇,性复多虱,把搔无已。而当裹以章服,揖拜上官,三不堪也。"

他说,做了官,就要端端正正地坐着办公,腿脚麻木也不能自由活动。而且自己身上虱子很多,一直要去搔痒,这时候如果穿着官服去迎拜上司,如何是好?

古代由于书写工具的限制,写文章崇尚简洁,写信更是如此。但嵇康的这封绝交书很长,从开头的"康白"到最后的"嵇康白",调侃挖苦,洋洋洒洒,计一千八百多字。那时候纸的产量很少,还没有完全取代竹简,所谓"洛阳纸贵"恐怕不光是说文章漂亮,纸的价钱也确实贵。想象一下,这封绝交书要用多少竹简!再对比一下,博大精深的《道德经》和《孙子兵法》只不过五六千字,一千八百多字的信,可谓长篇大论矣。

但仔细体味这封绝交书,我还是有点疑惑,我总觉得作者有点举轻若重,似乎有意要张扬什么。如果仅仅是绝交,其实三言两语即可,甚至不予理会即可,根本用不着这样耗费竹简,长篇大论往往有弦外之音。见多了那些分手的恋人,凡咬牙切齿或絮絮叨叨地诅咒不休的,往往是心有不甘藕断丝连。真的绝情,只要一声"再见"或一个手势就了结得干干净净。

那么嵇康有什么弦外之音呢?

这封绝交书一写,嵇康必死无疑,因为他实际上是宣告与司马氏的彻底不合作。嵇康是认定了要当烈士的,但他要保护山涛。因此,他才借此机会当着全世界的面羞辱山涛,这是做给司马氏看的。嵇康这一点很了不起,他自己义无反顾,但他决不让朋友垫背。任何一个时代,义无反顾的烈士总是少数,大多数都是山涛这样的识时务者。嵇康尊重山涛的选择,他在信中对山涛的评价是:"足下傍通,多可而少怪。"意思是你遇事善于应变,对别人总是称赞多而批评少。这话说得多好啊,精准、通透,放之古今而皆准。确实,这样的人在任何时代都会活得滋润些,我们没有理由指责他们,若排除告密和倾陷,"世故"其实并不是贬义词。山涛后来尽心尽意地把嵇康的子女抚养成人,并因此留下了"嵇绍不孤"的成语(嵇绍是嵇康的儿子),也留下了关于政治,关于气节,关于友谊的更多面的阐释。

景元三年(262年)夏天,在刑场上三千多名太学士的抗议中,一颗绝世才华加绝世容颜的脑袋滚落尘埃。太学士们本想提请杀人者珍惜嵇康的身份和名望:当代最具影响力的思想家、文学家和音乐家。但他们不会想到,在这几个闪光的大词中,杀人者根本不在乎思想、文学或者音乐，他们只在乎"家"——家天下的"家"，而那恰恰是需要用杀人来维持的。

5

阮籍和嵇康语境中的虱子只是一种修辞或假托，当不得真，但现实世界中洛阳的虱子肯定不少。那么一个世道，脏乱差再加贫穷，到处都是虱子麇集的乐土。"国家不幸孤家幸"。登基的虱王在"裈中"扬扬自得地发布宣言，老卵得很。那么就说国家吧，司马氏黄袍加身后并没有安稳多少日子，就发生了八王之乱。我们不管是看《三国演义》还是《三国志》，那里面的司马懿和司马昭是何等老谋深算甚至雄才大略。但先人太雄才大略也不是好事，三代以后，到了晋惠帝的时候，却连正常的事理也弄不清了。八王之乱后，晋室在洛阳待不下去，只得收拾细软往江南跑，此即所谓"衣冠南渡"。"衣冠"者，皇室贵族簪缨世胄也。值得一提的是，寄生在"衣冠"里的虱子也随之翠华摇摇地徙居江左。"江南佳丽地，金陵帝王州"，当然那时候还不叫"金陵"，叫"建康"。但"佳丽地"和"帝王州"都说得不错。江南真的是好，不仅达官贵人又找回了繁华旧梦，连寄生的虱子也顺势上位以至登堂入室了。

说虱子登堂入室可不是信口开河，因为有"词"为证——晋室南迁后，在衣冠士族中悄悄地出现了一个时髦的新词：扪虱而谈。

扪虱而谈的典故出自东晋名士顾和，大致情节是：扬州从事顾和去觐见宰相王导，因府门未开，就坐在门前专心致志地捉虱子。武城侯周顗来进见长官，见顾和独自觅虱，夷然不动，和他搭话时亦"搏虱如故"，遂大为叹赏，对王导说"卿州吏中有一令仆才"。

我实在很难理解周𫖮对顾和的夸奖，尚书令和仆射都是相当于宰相的大官，只凭一个人捉虱子捉得认真，就认定他有"令仆才"了？如果这样，未庄的阿 Q 和王胡也应该是够格的吧。

类似的情节还出现在名士王猛身上。王猛这个人据说少有大志，桓温入关时，他穿着粗布衣服前来拜访，大庭广众之下，他"扪虱而言，旁若无人"，纵论天下大势，一屋子的人听得一愣一愣的。他虽然拒绝了桓温的征聘，却因此扬名，后来成为苻坚的辅臣，亦官至宰相。

这实在是一种很有意思的现象，当初的名士们托言扪虱不过是佯狂避祸，那是血腥的高压政治下的"不得已"（鲁迅语），因此，那种玩世不恭放浪形骸也可以说是一种血染的风采。南渡以后，改朝换代的风雨已然远去，文人学士们开始走出为政治站队而担惊受怕的心狱，沉潜在他们心底的家国之痛亦逐渐消融在偏安江左的放诞风流之中。佯醉佯狂自然是用不着了，但佯作高深的清谈却变本加厉。这样一来，就连那不登大雅之堂的虱子亦与有荣焉。长此以往，扪虱而谈竟然成了一种"雅人高致"，甚至是一枚时髦的徽章，那种谈吐从容无所畏忌的"扪虱风度"受到广泛追捧，一时间，好像文士们若不能一边高谈阔论一边随手从身上捉出几只虱子来就不配称为文人高士、更不配经邦济国似的。而"扪虱""烘虱"之类的意象后来也堂而皇之地出现在诗人的歌咏中，成为实验性诗歌的某种尝试。

当然，那已经是到了说话著文不怎么顾忌的北宋。

宋代中期的某个时期，位于开封东厢新城区的春明坊几乎成了京师的文化中心，重量级的文人士大夫一时趋之若鹜。原因很简单：这里居住着著名学者和藏书家宋敏求。宋敏求不仅藏书宏富、质量优良，而且为人慷慨、乐于分享，凡有借阅者皆毫无保留。私人藏书楼变成了公益图书馆，流风所及，文人学士皆争相求为比邻，弄得春明坊的房价比内城的繁华地段还高。这是关于宋代文化风习的一个生动镜像，也是历史上最早关于"学区房"的记载，值得注意。

春明坊的住户中，有大名鼎鼎的王安石和司马光，后人只知道这两位因政见之争而势同水火，以致老死不相往来，但那是神宗熙丰以后的事，现在才是仁宗嘉祐年间，他们同在三司为官，惺惺相惜，经常互为唱和。唱和诗中亦有以"烘虱"为题的，颇引人注目。北宋中期是中国封建社会少有的繁华盛世，官员生活之优裕是不用多说的。因此，这些人的"烘虱"诗篇只是以戏谑为诗的某种尝试，并不是真的身上有虱子。作为文人，隐身于唐朝巨大的背影下实在是一种不幸，唐诗太巍峨壮丽了，他们既无法与唐人比肩，又不甘匍匐于唐人脚下，便试图在游戏的状态中探索诗歌写作的各种可能性，也就是说，宋人的"烘虱"纯粹是一种文学现象，既非矫情，亦与现实无涉。

但如果说宋代官员的身上绝对不会有虱子，那也不尽然。

王安石后来位极人臣，但此公生性邋遢，从不把洗澡和换衣放在心上，以致后来苏洵在《辨奸论》中攻击他"衣臣虏之衣……囚首丧面"。作为宰相，这就关乎朝廷体面了。同事们只得定期架着他去一趟浴室，称之为"拆洗王介甫"。然而尽管定期"拆洗"，虱子还是在他身上安营扎寨了。一次御前奏事，正值一只虱子在他鬓角上巡视。神宗见了，忍不住发笑。退朝后，他问副宰相王珪，皇上为什么笑，王珪告诉他原因后，他连忙叫侍从来捉掉。王珪说："未可轻去，辄献一言，以颂虱之功。"接着，一本正经地吟诵道："屡游相须，曾经御览。"王安石听罢也忍不住大笑一回。

王珪是词臣出身，文思敏捷且辞采赡丽。他有个孙女婿也是名人，叫秦桧。

宋代的虱子其实早已跌下神坛，扪虱也不再是身份高雅的徽章。像王荆公的这种遭遇，并不能怪虱子大胆"僭越"，只能怪他自己失去了身份定位。一个当朝宰相，怎么能一点不顾体面，以致让虱子蹬鼻子上脸呢？真是的。

虱子在贵人的鬓角上巡视，因为被皇帝看到了，所以能够传世。如果虱子在相对私密的场合侵扰贵人，曝光的概率就微乎其微了，除非当事人自己"著之竹帛"。

清同治八年（1869年）四月初七，曾国藩视察永定河水利，回程途中下榻于安肃县，当天日记中有这样的记载——二更三点睡，为臭虫所啮，不能成寐，因改白香山诗作二句云："独有臭虫忘势利，贵人头上不曾饶。"

曾国藩当时的身份是武英殿大学士、直隶总督。因直隶拱卫京畿，故直督号称疆臣之首。按理说，他这个身份的官员是不应该遭遇虱子的。但实际情况是，他下榻在安肃县。直隶总督驻节保定，安肃是距保定五十里的小县城，那里最好的招待所也不能保证没有虱子。也就是说，在这里，曾国藩的身份与环境之间发生了错位。安肃县的旅馆亏待了总督大人，但总督大人大概是不会怪罪地方官的，他只能一边扪虱东床一边戏改唐人的诗句以排解长夜。

唐人的诗，原句为"公道世间唯白发，贵人头上不曾饶"。世间所有的人，无论贵贱，在生老病死的自然规律面前都是平等的。而改诗的意思是，世间所有的人，无论贵贱，在臭虫面前都是平等的。所谓"独有臭虫忘势利"，为什么"独有"？因为现实世界中的人太势利了。这一句看似调侃，其实有痛切的人生感喟在焉。一个老官僚幽微的心迹，在这种私人化的日记中得以真情流转，况味怆然。

当天夜里，总督大人和虱子周旋时，有没有想到那曾让魏晋时代的文士们心驰神往的扪虱风度呢？日记里没有说。也罢。

文章最后，有一点还是要说一下，曾国藩所改的那两句唐诗并非出自白居易，而是出自杜牧，他记错了。记错了也不要紧。曾文正公是凭借再造玄黄的巨大功业而腾达官场的，不像有的官员是靠章句小楷考出来的。他当初虽也有科举功名，但名次相当靠后，令他一辈子羞于提及。清代殿试按名次分为三等，一甲赐进士及第，二甲赐进士出身，三甲赐同进士出身。他是三甲第四十二名，赐同进士出身。"同"就是相当于，用现在的话说，他"相当于"本科毕业，而且，还是三本。

选自《芙蓉》2022 年第 5 期